출렁이는
유령들 2

출렁이는 유령들 2

초판 인쇄 2010년 10월 14일
초판 발행 2010년 10월 22일

지 은 이 이호철
펴 낸 이 최종숙

책임편집 이태곤
편   집 박윤정 임애정
디 자 인 안혜진
마 케 팅 문택주
관   리 이희만

펴 낸 곳 글누림출판사 / 서울 서초구 반포4동 577-25 문창빌딩 2층
전   화 02-3409-2055 FAX 02-3409-2059
이 메 일 nurim3888@hanmail.net
홈페이지 http://www.geulnurim.co.kr
등   록 2005년 10월 5일 제303-2005-000038호

정가 10,000원

ISBN 978-89-6327-094-4 04810
     978-89-6327-092-0(전2권)

ⓒ 이호철 2010

출렁이는 유령들 ②

이호철 장편소설

글누림

추천의 글

　박물관과 책은 닮았다. 둘 다 기억의 저장고다. 기억이 없으면 영원한 현재만 있을 뿐 과거와 미래가 없고 나와 우리도 없으며 문명도 역사도 없다. 서울역사박물관에 새로 개설되는 현대사 방에는 "서울은 만원이다" 코너가 생긴다. 앞만 보고 달리던 이 시절의 모습을 그린 이호철 선생의 동명의 소설에서 딴 제목이다.

　이호철 선생의 다른 소설 『출렁이는 유령들』 역시 가까우면서도 기억이 희미한 '70년대가 무대다. 한일 관계의 재개가 주제다. 해방 후 분단국가가 되어 산업화를 추구하는 한국, 패전 후 "이코노믹 애니멀"로 거듭난 일본 – 이 둘의 재상봉 속에 교차하는 모멸감과 미안함, 자존심과 탐욕이 그려진다. 반공방일의 기치 아래 자라나 유학지에서 이 시대를 놓친 나에게는 요긴한 간접체험을 제공한다.

　우리에게 아직 일본은 편치 않은 대상이다. 그렇다고 "일본은 없다"고 해서 편해질 것도 아니다. 일본에 대한 생각을 정리해야 하겠지만, 그러려면 우리의 집단기억에서 출발해야 한다. 여기에 바로 『출렁이는 유령들』의 가치가 있다고 생각한다. 일제 강점기를 겪고 결별한 세대만의 재상봉을 목도한 한 동시대인의 실감나는 증언인 까닭이다.

서울역사박물관장 강홍빈

| 차례 |

추천의 글 _ 강홍빈(서울역사박물관장) … 5

제5장 … 9

제6장 … 74

제7장 … 137

끝머리 … 216

작품 해설 '역려(逆旅)'의 정신, 성찰의 서사 _ 정호웅 … 235
후기 다시 작가의 몇 마디 말 … 251
초판 후기 … 255

제 2 권

제 5 장

1

 게이조오가 한국을 다녀간 후 박훈석의 집안에서는 당연히 있음직한 미묘한 실랑이가 벌어졌는데 그것은 꽤나 은밀한 형태였다. 박훈석의 아내는 물론이려니와 성갑이나 경자나 노골적으로 드러내놓고는 박훈석에게 말 한마디 제대로 못 하였다. 도리어 박훈석 앞에 모두가 한풀 꺾여 있는 형국이었다. 당연히 그럴 것이 일본에서 모처럼 건너온 그들의 살붙이를, 정작 아무 직접 상관도 없는 박훈석이가 나서서 접대해 보낸 꼴이고 박훈석 스스로가 그런 식으로 자처하고 있었던 것이다.
 "암튼, 누가 나섰어도 나섰어야 할 것 아닌가. 서울 있는 경자가 나섰다고는 하지만 그 애는 나잇살이나 든 주제에 철없이 성병이나 꿰차고 엉뚱한 짓만 벌였어. 모처럼 나온 사람을 편편치 않게만 만들어 놓았을 것이 뻔할게고 아, 지금 현해탄을 건너오는 어느 일본인이건 붙들고 그런 소릴 지껄여 보랑이. 겉으로야 머리를 끄덕이면서 수긍을 할 테지만 낯색은 안 좋을 것이 뻔하지 않겠나. 일본이 36년 간이나 부당하게 한국을 집어 삼키고 있었다느니, 36년은커녕 무력 위협을 수반한 한일 수교부터 따지자면 그 곱쟁이가 될 것이라느니, 남의 궁중에 맨발로들 뛰어들어와서 국모 민비를 생으로 때려잡은 일이라든지, 그뿐인가 임진란을 비롯해서 유구한 역사를 거슬러 살펴보더라도 항상 우리나라를 집적거리고 침략한 쪽은 일본 쪽이었고 우리나라는 피해만 입었지 않았느냐는 둥. 그런저런 소리를 운운하면서 한국인의 자존심이 어떻느니, 앞으로의 양국 관계는 명실상부하게 일대일의 대등한 관계여야 한다느니, 그런저런 점으로 비추어 볼 때 요즘 한국에 나오는 일본인들의 행태나 정신 자세는 구태의연하고 돼먹지 않았다느니, 특히나 주말을 이용한 관광객들의 행태는 목불인견이라느니, 그야말로 진지한 낯짝으로 그런 진지한 소리를 해보랑이. 그야 듣긴 들을 테지. 옳은 소리라고 할 것이고 아직도 일본인이 반성을 제대로 못했다고 입 끝에 묻힌 소리로 동조까지 할 테지만 어쨌든 백의 백명은 기분이 안 좋을 것이야. 누군 그런 좋은 소리 몰라서 못하는 줄로 아는가."

게이조오가 한국을 떠나기 하루 전인가, 서울서 그를 만나고 밤늦게 술이 얼근해서 돌아온 박훈석은 시종 묵묵할 뿐인 여편네 조여사를 앞에 앉히고 4홉들이 깡소주를 또 마시면서 싱글벙글 주절대던 것이었다.

"더구나, 생각해 보랑이. 어쨌든간 게이조온가 뭣인가 그 자는 이 나라에 관광객으로 온 것이야. 요즘 일본 사람으로 관광하러 한국에 건너오는 사람이면 뻔하지 않겠어. 그런저런 듣기 싫은 소리, 귀찮은 소리, 까다로운 소리는 안 좋아할 것이거든. 당장 국력이 남아돌아서, 외화 궁끼로 노오래진 이웃 나라에 외화를 뿌리려고 왔으면, 그 뿌린 돈만한 값은 뽑아내자는 것이 그 누구나의 심보일 텐데 한일 관계가 어쩌느니 저쩌느니 일본 사람들은 반성해야 한다느니, 정신 자세가 돼먹지 않았다느니, 그런 종류의 소리만 지껄여봐 어떻겠는가. 나래도 신경질이 나겠구먼. 물론, 다행히도 그 게이조온가 뭣인가 그 자는 아직도 웬만큼 순진하고 선량해서, 그런 소리 듣는 취미가 전혀 없지도 않은 아직 애숭이 학생기질이 남아 있는 모양이어서 설악산행도 큰 탈은 없었던 모양이지만 말야. 그것도 실은 알 수가 있는가. 성병이나 경자가 그런 식으로 열심이면 어쨌든 2대 1이니까 그쪽에서도 자연 겉으로나마 같이 어울려드는 척 할 밖에는."

"그렇지는 않았을걸요 옛날부터 게이조오는 마구잡이로 먹자판이나 놀자판으로 돌아가는 학생이 아니라 얌전하고 진지하고 착실한 쪽이었으니까 경자나 성병이의 그런 투에는 금방 같이 진정으로 어울려 들었을걸요"

하고 조여사가 눈길을 살짝 내리깐 채 조심스럽게 나서자 박훈석도 여편네가 이 정도나마 마주 상대해 주는 것이 대견하다는 듯이 왕방울 같은 두 눈을 한번 굴렸다.

"글쎄 내 보기에도 그랬을 것 같드구먼. 허나 님자, 기왕 얘기가 나왔으니 하는 말인데 내 말을 잘 들어봐요. 도대체 게이조오가 이번에 한국으로 나온 목적이 무엇이겠소? 그건 님자도 알고 있는 일 아니오! 관광이라니 어림 반 푼어치도 없는 소리지. 님자도 조금 전에 말했지만 게이조오는 그 됨됨이부터가 주말을 이용해서 이웃나라에 관광이나 나오는 그런 추접스러운 쓸개 빠진 자는 아니라는 말이오. 그렇다면 그가 이번에 나온 목적은 뭐냐. 어디까지나 관광이라는 외양을 빌어서 당신들(조여사에 성갑이에 경자)을 만나보고 당신들 사는 형편을 제 눈으로 똑똑히 보자는 것이었더라 그런 말이오. 물론 이것도 게이조오 자신의 뜻이기보다는 그 아범의 뜻이었겠지만. 그러나 아무리 그렇다고는 하더라도 게이조오도 피가 있는 사람이라면 당신들에 대한 관심이나 호기심이 없었을 리가 없지. 바로 그렇게 건너온 게이조오를 당신들 누구나가 그러저러한 명분과 이유를 내걸어 묵살했더란 그런 얘기요. 마지못해 나선 경자는 건너온 게이조오의 본래 목적이나 입장과는 상반되는 쪽으로만 대응을 했고 이게 대체 당신은 잘한 일로 생각하오? 도대체 나마저 안 나섰더라면 어떻게 될 뻔 하였소? 양국의 역사적인 관계나 현실적인 관계는 말라 비틀어졌든지 젖어 비틀어졌든지 간에 당신들이 게이조오를 끝까지 만나지 않았던 것은 온당치 못했던 것이오."

이 말에는 조여사로서도 할 말은 없었다. 그렇다고 남편 박훈석에게 모든 것을 드러내놓고 따져들 형편도 못되어 있었다. 당신이 그 게이조오를 만난 저의가 분명히 뭐냐, 당사자들 셋 가운데 아무도 제대로 안 나서서 마지못해 당신이 나섰다는 소린 말도 되지 않는다. 그건 핑계에 불과하고 이쪽의 약점을 잡아두자는 소리 밖에 안 된다. 도대체 이제부터 무슨 일을 벌일 꿍꿍이속인지 털어 놓으라고 드러내놓고 을러댈 형편도 못 되어 있었던 것이다. 을러대나마나 박훈석의 저의나 목적, 이제부터 그가 벌이려고 하는 꿍꿍이속은 불을 보듯이 뻔하였다. 굳이 물어볼 필요도 없는 것이다.

게다가 서울 있는 경자는 게이조오가 다녀간 이후로 조치원 쪽으로는 코빼기도 안 내밀었다. 경자도 경자대로 그럴만한 사정이긴 할 것이다. 처음에 일본 쪽과 연줄이 닿았을 때에도 셋 중에 가장 펄펄 뛰며 강경하게 거부반응을 나타냈던 경자가 아니던가. 그러나 그때부터 이미 그 정도로 필요 이상으로 펄펄 뛰고 흥분하고 강경했던 것도 상황이 대강 어쩔 수 없이 이런 식으로 벌어지리라는 것을 미리 예감했던 때문이 아니었을까. 경자 나름의 절망감이었을터이다. 아니, 절망감이라고까지는 할 수 없고 일종의 엄살이었을지도 모른다. 서울 살고 있는 탓으로 어쩔 수 없이 당사자 가운데서는 유일하게 게이조오와 상면하지 않을 수 없었다고 하더라도 경자는 현장 보증인 비슷이 성병이를 동참 시키고 있지 않았는가 말이다. 그 정도로 세심하게 신경을 쓰고 있는 것이다. 이를테면 박훈석 쪽에서 가장 악의적으로 해석하자면 저간의 경자의 짓은 모처럼 건너오는 게이조오의 입장은 한 푼어치도 고려함이 없이 자기 쪽의 결백, 조그마한 얼룩 하나라도 남기지 않겠다는 점에만 온통 신경을 쓰고 있었던 것이다. 무언지 처음부터 이 일에(게이조오가 한국으로 건너오는 일에) 대어드는 자세가 자연스럽지 못하고 자기 방위에만 전전긍긍하고 있었던 것이다.

　그야, 경자도 마음이 찜찜한 것만은 틀림없을 것이다. 그렇지가 않았다면 게이조오가 일본으로 돌아간 후에라도 금방 조치원으로 내려왔어야 마땅했을 터이다. 경자 성질로 조치원으로 내려와서 하다못해 어머니 조여사나 성갑이 오빠에게 한바탕 퍼부어댔어야 하는 것이다. 비겁하다, 어째서 모든 것을 자기 혼자에게만 떠맡기느냐, 꼴을 보자는 거냐 뭐냐, 서울에서 무슨 일이 벌어지고 있는 걸 뻔히 알면서도 조치원 구석에 그냥 자빠져 있는 그 심뽀가 괘씸하다, 그게 소위 왈 민족적 자존심이냐 하고 한바탕 떠들었어야 하는 것이다. 그런데 의외로 경자 쪽에서는 감감무소식이고 코빼기도 내밀지 않고 있다. 실은 이 점도 어느 정도 짐작은 된다. 요전번 게이조오가 서울을 떠나기 하루 전이던가 박훈석은 게이조오를 만나고 나서 신촌의 경자 집에도 잠시 들렀던 모양인데, 그때도 술기운이 있던 참이라 박훈석이 모든 것을 까뭉이듯이 경자에게 해댔을 것이 틀림없다. 이를테면 경자의 약점을 속속들이 들쑤셔댔을 것이다. 심지어는 경자 자신도 미처 의식하지 못하던 점까지도 그렇게 둘 사이의 대면에서 혹은 대결에서 경자가 형편없이 패세에 몰려 박훈석이 승세를 굳혔을 것이다. 극성스러운 경자의 기만 꺾어 놓으면 그 다음은 탄탄대로요 여편네나 성갑이 쯤은 전혀 무서울 것이 없다는 박훈석의 계산이었을 터이니까. 대강 그렇게 되었을 것이 틀림없어 보였다. 아니 어쩌면 굳이 대결이랄 것도 없이 둘이 대면하자마자 경자 쪽에서는 한마디 대꾸도 없이 미리 후퇴하고 이 일에서 일체 손을 빼자고 마음먹었는지도 모른다. 그 쪽의 확률이 더 클 것이다. 이미 게이조오가 오기 전부터 이 일에 대어드는 박훈석의 저의를 꿰뚫어보고 저대로 전전긍긍해 하던 경자가 아니었던가. 이젠 글렀다. 큰 윤곽의 한일 관계가 그렇고 그렇듯이 개개적인 한일 관계도 결국은 이렇게 돌아가는가. 이것이 요즘의 시세일는지도 모른다 하고, 필경은 박훈석의 뜻대로 회전해가고 있는 현장을 눈앞에 보면서 그저 암울한 느낌에 빠져들었는지도 모른다. 이렇게 되면 그 꼴 안 보면 된다. 친정 쪽으로는 당분간 일체 발을 끊자, 하고 한편 성갑이도 성갑이대로 한 번쯤 내려옴직도 한 경자가 전혀 코빼기도 안 내밀어 마음 한구석으로는 안도의 숨을 내쉬면서도 한편으로는 그럴수록 더욱 불안해졌다. 깨끗하려면 셋이 다 깨끗하고 지저분해지려면 셋이 다 같이 지저분해져야지 경자 혼자만 쏙 빠지고, 어머니와 자기는 흙탕물 속으로 어영부영 빠져들어도 곤란하겠다는 쪽으로 벌써 묘한 이기심부터 발동하는 것이다. 이런 쪽으로 마음이 먹어진다는 것부터가 이미 성갑은 이 일에 반 이상 박훈석 쪽으로 기울어지고 있는 증좌이다. 당연히 그럴 것이 성갑이는 어장 건으로 벌써 박훈석에게 들은 애기가 있는 것이다. 그러면서도 성갑은 되도록 그 일에는 무관심한 척, 전혀 상관 안하는 척, 생판 어떻게 돌아가는지 알지도 못하는 척 하고 있고, 궂은일에는 몸 담그지 않은 채 떡 생기면 떡이나 먹어두자는 배포이다. 박훈석도 성갑의 그 능구렁이 같은 생각을 모르지는 않는다. 모르기는커녕 도리어 한술 더 떠서 성갑의 그런 거조를 뒷받침이라도 해 주듯이 모든 궂은 역은 저 혼자서만 도맡아 나서고 떡 생기면 떡은 너희들이 먹으라는 식이다. 그러는 편이 박훈석으로서도 편한 것이다. 이런 일이란 말이 많으면 골치가 아파진다. 역사적인 한일 관계가 어쩌느니, 현실적인 한일 관계가 어쩌느니, 경제 침략이 어쩌느니, 매판 자본이니, 외채니, 외세니, 민족적 치욕이라느니, 그런저런 소리가 나오기 시작하면 골치가 아파진다. 그런 소릴랑 서울서 가정교사 노릇이나 하면서 자력으로 대학에 다니고 있는 성병이에게나 맡겨 두면 된다. 더구나 경자에게 강타를 먹여서 입막음을 해놓은 이 마당에 성갑이까지 그런 식으로 몰아붙일 까닭은 없는 것이다. 사실 박훈석으로서는 요즘 조치원 쪽으로 일체 발을 끊고 있는 경자가 여간 마음이 놓이지 않으면서도 한구석으로는 전혀 불안하지 않는 것도 아니다. 경자도 경자대로 칼을 갈고 있을 것이 틀림없을 것이고 일의 진행에 따라서는 언제 어느 때 불시에 덮쳐 올는지 알 수 없는 것이다.

 게이조오가 일본으로 돌아가고 이럭저럭 열흘이나 지났을까, 그의 간단한 안부 편지가 조치원의 박훈석 앞으로 날아들었다. 그야말로 명실상부하게 의례적인 안부 편지여서 짤막한 내용이었다. 서울의 경자에게도 따로 편지를 띄웠을 것으로 보이지만, 편지 문면으로 미루어 더도 덜도 아니게 자기에게 응대해온 만큼의 안부 편지를 쓰자는 저의가 역력히 드러나 보였고 조여사나 성갑이에 대해서도 일언반구 언급이 없었다. 뿐더러 이쪽에서 궁금하게 여기는 그런저런 건에 대해서도 한마디도 언급이 없었다.

 冠省
 그새 별고 없으시고 가내 다 평안하신지요. 저는 무사히 집에 도착하였습니다. 서울 있는 동안 여러모로 심려해 주시고 베풀어주신 은총 거듭 감사하게 생각하고 있습니다. 아버지에게 전해 달라시던 편지는 정확히 전달했습니다. 앞으로 만사 원하시는 일이 성공하시기를 손 모아 빌겠습니다. 가내 다 평안하시기를. 이만 총총.

 서너 번 거듭 읽으면서 박훈석은 한편 섭섭하기도 하고 한편으로는 조금 우스워지기도 하였다. '요런 깜찍한 녀석 같으니라고 누가 왜놈 종자가 아니랬나.' 하고 저도 모르게 혼잣소리가 나왔고, 저편의 저의가 속속들이 집혀졌다. 복잡한 판에는 껴들지 않겠다는 저의이다. 그러나 어떻게 생각하면 약간 빈정거리는 것도 같다. <아버지에게 전해 달라시던 편지는 정확히 전달했습니다>라니. 이게 빈정거리는 게 아니고 무엇인가. 자기는 그것으로 할 짓은 다했고 이제 두 손 싹싹 털고 물러서겠다는 소리가 아니고 무엇인가. 게다가 아무리 성갑이랑 제 앞에 나타나지 않았을 망정 이쪽의 입장을 제대로 이해하였다면 몇 마디 언급은 있어야 마땅했을 터이다. 솔직하게 섭섭은 했지만 이편의 입장이 그런대로 이해는 되었다든가, 그런 식의 하나마나한 몇 마디 정도는 있어야 마땅했을 것이 아닌가. 그뿐인가. <앞으로 만사 원하시는 일이 성공하시기를 손 모아 빌겠습니다>는 또 뭔가. 그냥 의례적인 소리로만 받아들이기에는 문투가 지나치게 공손하다. 손 모아 빈다는 소리도 이런 류의 편지에서 흔히 쓰이는 소리이긴 하지만 지금의 박훈석으로서는 빈정거림으로만 받아들여진다.

　박훈석은 이 짧은 편지를 여남은 번이나 되읽고 나서 결국은 쓰디쓰게 입을 다시었다. 대강 이럴 것이라고 미리 짐작은 했었다. 하지만 유일한 희망은 아무튼 자기의 편지가 다쯔오의 손에 들어갔다는 사실 뿐이다. 이러함에도 감감무소식이라면 이쪽에서는 아예 더 이상은 손을 쓸 길이라곤 없어진다. 게이조오의 편지 전체에 감도는 무언지 빈틈이 없고 쌀쌀맞은 분위기도 그러한 경우에 미리 대비하자는 것인지도 모른다. 그편에서 한국으로 먼저 건너온 것부터가 요즘의 한일 관계의 반영일 따름이지, 추호도 그쪽에서 답답해서였거나 꿀리고 든 것은 아니었다는 생각의 끈터귀가 엿보인다. 하긴 그럴 것이다. 이쪽에서 먼저 일본으로 찾아갈 형편은 처음부터 아니었던 것이다. 피차간의 국력으로 보거나, 개개적인 형편으로 보거나. 박훈석은 약간 암담한 느낌에 사로잡혔다. 결국은 그 편지를 받아 보고 난 다쯔오가 그대로 묵살해 오면 그것으로 간단히 끝장인가. 하긴 전혀 묵살하지는 못할 것이다. 실질적으로 묵살 당하더라도 의례적인 몇 마디는 해올 것이다. 그러나 지금 박훈석의 생각은 그렇게 될 경우에도 전혀 끝장은 아니다. 끝장일 수는 없다는 쪽의 생각이 마음 한구석에 집요하게 자리해 있었다. 그런 경우에도 어쨌든 피차의 혈연이 전혀 영으로 환원될 수는 없는 것이다. 성갑이나 경자와 그들과의 직접 혹은 간접적인 혈연은 그대로 어떤 형식으로든 계속되어갈 것이고, 피차에 소식이 두절되지 않는 한은 박훈석의 쪽에서 또 다른 차선책이나 대비책을 강구할 여지는 있는 것이다. 그리고 당장은 다쯔오가 어떻게 마음 먹느냐에 달려 있다.

순간 박훈석은 틀림없이 게이조오가 서울의 경자에게도 비슷한 안부 편지를 냈을 것이라는 데에 생각이 미쳤다. 그러자 그 일이 여간 궁금하지 않았다. 경자에게도 과연 비슷한 안부 편지로만 그쳤을까. 백에 하나 그럴 리는 없겠지만 어쩌면 저간의 사정이 솔직하게 토로되었을는지도 모른다. 설령 비슷한 안부 편지로 머물렀을 경우에도 그렇다. 똑같은 문면의 똑같은 내용은 아닐 것인즉 그 어떤 단서가 잡힐지도 모르는 것이다. 그러자 무슨 일에나 저돌적이고 적극적인 성격인 박훈석은 당장 경자에게 장거리 전화라도 걸어서 그 내용을 알아보고 싶다는 충동을 억누를 수가 없었다. 그러나 일은 순서가 있다. 당장 전화를 건대서 경자가 순순히 응한다는 보장도 없을뿐더러 자칫하면 사그러드는 불씨에 휘발유를 끼얹는 격이 될는지도 모른다.

우선은 게이조오의 이 편지를 마누라나 성갑이에게 보일 것이냐의 여부가 순서일 듯하였다. 박훈석은 잠시 생각 끝에 보이자는 쪽으로 마음을 먹었다. 봐라, 건너오는 게이조오를 묵살한 그 결과가 이거다. 게이조오 쪽에서 섭섭했다는 기색이 편지 문면에 역력히 감돌지 않느냐.

아닌 게 아니라 편지를 받아든 마누라는 거푸 서너 번 읽어보더니 낯색이 약간 흐려졌다. 그 낯색의 변화를 좇으면서 박훈석은 조심스럽게 물었다.

"어떻소? 님자 보기에도 조금 빈정거리는 문투로 보이지 않소? <여러 모로 심려해 주시고 베풀어주신 은총 거듭 감사하게 생각하고 있다>느니 <앞으로 만사 원하시는 일이 성공하시기를 손 모아 빌고 있다>느니, 분명히 야유쪼 같은데."

조여사는 지친 듯한 나른한 표정으로 적당히 받아 넘겼다.

"글쎄 그야 보기 나름이겠지만요. 흔히 그런 류의 안부 편지에는 그런 소리 쓰는 게 상례가 아니던가요."

"그렇게 볼 수도 있지만 이건 다르다고."

"다른 거야. 당신 경우에서라니까 그렇겠지요. 도둑이 제 발 저리는 격으로."

하고 조여사는 끝의 말이 너무 지나친 것 같아 약간 웃었다. 박훈석은 꿈틀하면서 마누라를 마주 보다가 얘기를 돌렸다.

"서울의 경자에게도 이런 식의 안부 편지를 냈을 텐데. 그쪽은 어떻게 썼는가 궁금하군."

"왜요. 경자에게는 자상하게 이 일 저 일 썼을까 보아서요. 당연히 그랬겠지요. 저들이야 엄연히 남매간이니까."

하고 조여사는 갑자기 두 눈빛이 으늑으늑 이상한 광채를 내뿜으며 낮은 목소리지만 독을 피우듯이 말하였다.

"하지만, 경자가 그런 편지를 당신에게 보일 성싶수? 어림도 없는 소리지요. 어릴 때부터 형제들 가운데서 게이조오와 경자가 그중 자별했어요. 하긴 어릴 때는 피차에 그럴만한 나이가 아니긴 했지만, 게이조오가 성갑이하고는 서로 안 좋게 지낸 것 같은데 경자를 예뻐하는 건 말로 말로 다 못했다구요. 이것도 요즘 와서야 새삼스럽게 기억이 되살아나는군요."

박훈석은 이렇게 활발하게 지껄이고 있는 여편네를 의외라는 듯이 뻥하게 쳐다보았다. 이것도 자기를 골려주자는 저의나 아닌가 의심하듯이. 여느 때는 전남편 쪽의 문제가 나오면 여간 조심하지 않고 입이 무겁던 여편네였는데 이게 별안간 웬일인가 싶어졌다. 그러나 그보다도 당장의 박훈석은 그 옛날 형제들 가운데서 게이조오가 경자를 가장 예뻐했다는 얘기가 더 흥미를 끌었다. 도대체 처음 듣는 얘기인 것이다. 그러나 금방 그 정경이 이해는 되었다. 남매간에 나이층이 훨씬 진데다가, 이미 경자가 태어날 무렵에는 종전 무렵이어서 게이조오의 형들은 모두가 출정해 있어, 집안이 꽤나 호젓했을 것이다. 더구나 경자는 막내둥이겠으니 남아 있는 온 가족이 옥이야 금이야 했을 터이다.

지금 조여사도 조여사대로 어쩌다가 갑자기 이 사람 앞에 이런 얘기까지 나와졌을까 하고 스스로 깜짝 놀라졌다. 이때까지는 전혀 없었던 일이다. 박훈석과의 근 삼십년 생활에서 그 옛날 다쯔오와 살던 애기를 사소한 한 조각인들 내비친 일이 없었던 것이다. 남쪽으로 나와서도 그랬지만 북쪽에 있을 때도 그랬다. 결혼 초, 북에 살 때 박훈석의 극성에 못 견뎌 시쳇말로 인사 청탁인 셈으로 오라버니를 찾아다닐 무렵에도 그런 정도의 내외간이었으면 지난날의 애기쯤 단편적으로라도 나왔음직 하였는데 전혀 없었던 것이다. 조여사 쪽에서 그것은 원체 철저해서였는가 어느새 박훈석도 으레 그러려니 하고, 그 점에 대해서는 그 무슨 양해사항 이기나처럼 접어 두었다. 결혼 초에 술이 얼근하게 취해 박훈석이 제 지나온 세월을 손에 잡힐 듯이 펴내 보이며, 만주에서 중국 여자와 살림을 차렸던 일까지도 소상하게 들려주는 옆에서, 조여사는 시종 철부지를 대하듯이 미소를 그치지 않곤 했다. 지금 와서 생각하면 그것이 어떤 뜻의 고집이었는지 스스로도 이해가 안 된다. 그 정도로 치욕감이 절절했다는 뜻이었을까. 그러나 요즘에 와서는 치욕감 쪽의 느낌은 별로 없고 자기에게도 그런 때가 한때 있긴 있었는가 싶게 꿈결속에처럼 떠오른다. 게이조오가 서울 와 있는 며칠 동안에도 실은 조여사는 제정신이 아니었다. 조개가 제 껍질 속으로 오므라들듯이 혼자만의 세계로 세계로 오므라드는 것이었고, 옛날 어린 때의 게이조오가 조각조각으로 떠오르는 것이었다. 그리고 그 게이조오 곁에는 성갑이보다도 늘 경자가 있었다. 할머니를 묻고 철쭉꽃이 핀 언덕을 내려 올 때도 아장아장 걷는 경자의 손을 잡고 있던 것은 까만 쓰메에리에 중학생 모자 차림의 게이조오였다. 수용소에서 다시 화차간에 옮겨 탔다가 추운 겨울에 고원으로 삼방三防으로 오르내리다가 결국은 다시 동네로 들어와 이듬해 초여름까지 있는 동안에도 게이조오는 잠시도 경자를 떼어 놓지 않았었다. 본채는 리인민 위원회 간판이 붙어 있어 낮이고 늦은 저녁이고 한동네 사람들이 들랑날랑 하였지만 게이조오는 눈치 보는 법도 없이 막무가내였다. 경자를 안고 과수원 속으로 어정거리기만 하였다. 토지개혁 공고가 나붙으면서 인근의 분위기도 수선스러워졌다. 과수원도 통째로 리 당국에 귀속되는 모양이었지만 그런 점에도 전혀 아랑 곳 하지 않았다. 낮이고 해가 저무는 저녁이고 게이조오는 경자를 데리고 과수원 속을 어정거렸던 것이다. 그런 정경을 하나하나 떠올리면서 조여사는 어느새 삼십 년이라는 세월이 자기 속에서 그 세월의 치욕감 쪽은 실감으로서 많이 바래어져 있는 것을 느낀다. 나이 탓인가 늙은 탓인가 하고 생각해 본다. 혹은 세상 탓인가, 되어 가는 세상 꼴이 알게 모르게 묻어 들어온 탓인가.

갑자기 박훈석이 달래듯이 말하였다.

"님자, 서울 경자에게 좀 다녀오구려."

그 소리에 조여사는 펀뜻 제정신으로 돌아왔다. 박훈석은 자기 말을 오해라도 할까보아 겁이 난다는 듯이 덧붙였다.

"경자가 이렇게꺼정 걸음을 끊어서야 될 말이오?"

"……"

조여사는 물끄러미 박훈석을 건너다보았다.

"님자가 못 올라가겠거든 성갑이래도 올려 보내요. 도대체 저토록 틀어질 까닭이라곤 없는 것 아니오. 뭣 때문에 그러는지 원."

이튿날 아침 조여사는 과수원으로 나가는 체 하고 성갑의 양어장 쪽으로 갔다. 찌쁘드드하게 흐린 날씨였다. 버스를 타고 네 정거장을 가서 다시 두어 마장 걸어야 하는 곳이다.

성갑은 허겁지겁 나왔다.

"웬일이요? 아침부터 어머니가, 무슨 일이 일어났습니까?"

"무슨 일은 무슨 일이냐. 네가 아무리 바쁘더라도 한번 경자에게 다녀와야 할까부다. 무엇이 그다지도 고까운지 모르겠다만 이렇게까지 소식이 없을 수가."

"뭐, 별일이야 있을라구요. 소식 없는 것으로 치면야 성병이나 경희도 매한가지인데요. 더구나 경자는 엄연히 출가한 터이고"

듣고 보니 그럼직도 하였다. 경희나 성병이를 두고는 이토록까지 마음을 쓰고 조바심을 피우지는 않았던 것이다.

"그야, 그냥 이런다면야 몇 달 소식이 없단들 어떻겠냐. 탈없이 잘 사나부다 여기면 그만이지. 하지만 일이 어디 그러냐. 너도 잘 아다시피 그 일로 해서 우리를 고깝게 생각하고 있을 테니까 이러는 게지. 더구나 일본서 편지가 왔구나."

"네? 편지가요? 게이조오 형에게서 말입니까? 아니면……"

아버지에게서 말입니까? 하려다가 입을 다물며 성갑은 질겁을 하듯이 놀란다.

"어머니에게 직접 왔던가요?"

"아니다 나한테 보낼 리가 있겠니. 코빼기도 안 내밀었는데. 너나 내 얘기는 일언반구 없고 성을 애비한테만 간단한 안부 편지로."

하며 조여사는 스스로 놀란다. 성갑이 앞에서 남편인 박훈석을 <성을 애비>라고 불러 보기는 처음인 것이다. 그것을 의식하며 조여사는 갑자기 얼굴색이 홍당무로 변하여 화를 내듯이 말하였다.

"성갑이 네가 오늘이라도 당장 경자에게 올라가 보아. 어쩜 경자에게는 자상한 편지가 가 있을는지도 모르는 거 아니겠냐. 암튼 경자와 툭 털어놓고 얘기도 한번 해야 할께고, 네가 그렇게 미적미적 물러서서야 되겠냐. 이러든지 저러든지 태도를 분명히 해야지."

"……"

성갑이는 뻥하게 입을 벌린 채 어머니 조여사를 건너다보았다.

이렇게 되자 성갑이도 성갑이대로 입장이 곤란해졌다. 더 이상은 뒷전에 물러서서 제 3자적 입장에만 머물러 있을 수가 없게 되었다. 어머니 말이 맞다. 이러든지 저러든지 태도를 분명히 해야 할 것이다. 그러나 어머니의 이 말이 옳다고는 여겨지면서도 과연 어떻게 하는 것이 태도를 분명히 하는 것인지 여전히 어리벙벙하였다. 아니, 어리벙벙하다기보다는 사태에 정면으로 대어드는 것만은 어쩐지 회피하고 싶었다. 실은 그렇게 말하는 어머니인들 매한가지다. 이러든지 저러든지 태도를 분명하게 정하지 못하고 있고 모든 것을 성갑이에게 떠넘기려고 하고 있는 것이다. 그동안 경자가 조치원 쪽으로 얼씬도 않은 것을 내심으로 좋아했던 어머니가 아닌가. 그 점은 물론 성갑이도 어머니나 박훈석과 매일반이었던 것이다.

그렇던 어머니가 갑자기 이곳까지 찾아와서 극성을 부리는 것이 어쩌면 무슨 곡절이 있을는지도 모른다는 생각으로 어머니 쪽을 조심스럽게 건드려 보았다.

"글쎄 그거야 누가 모릅니까. 이러든지 저러든지 태도를 분명히 해야지요. 한데 어머니는 태도를 분명히 정하셨나요? 경자도 그렇지요. 경자 쪽에서 어떤 식으로든 태도를 분명히 정했다면 무엇이 무서워서 못 내려올 겁니까. 무언지 자기 자신에게도 미심한 구석이 있으니까 못 내려오는 거지요. 지금 이 일에 대해서 태도가 분명한 사람은 한 사람 밖에 없어요."

"그거야 아버지다. 성을 애비야. 하지만 그 사람은 그럴 자격도 없는 거 아니냐. 우선 당사자들은 슬금슬금 뒷전으로 물러나 있고 그 사람 혼자서 저러고 돌아가는 것도 차마 볼 수가 없구나. 정작 일본 쪽에 대해서도 더 미안해지고 말이다."

"태도를 분명히 정하지 못해서 그렇지요. 아니 까놓고 얘기합시다. 저도 어머니 앞에서는 경자에게보다 더 쉽게 얘기할 수는 있겠는데요. 하기야 경자는, 제 말로는 누구보다도 분명한 태도를 선언하지 않았습니까. 그전에 내려왔을 때, 자기는 이 일에 전혀 간여하지 않겠노라고 한 것이 그것이지요. 그렇지만 간여하지 않겠노라는 앙탈 섞인 말부터가 결국은 그러지는 못할 것이라는 일종의 짜증 아니겠습니까. 정작 우물쭈물하던 어머니나 나는 그 일에 간여하지 않는 꼴이 되고, 그 대신 전혀 간여하지 않겠노라던 경자만이 혼자서 간여한 꼴이 되었지요. 물론 서울 사니까 어쩔 수 없이 그렇게 되었겠지만 말입니다. 경자는 바로 이 점에 화를 내고 있는데 그것은 실은 우리에게 화를 낼 성질은 아니거든요. 우리가 특별히 저의를 가지고 경자 혼자에게만 그 일을 떠넘긴 것은 아니지 않습니까. 경자도 그걸 알기 때문에 혼자서만 화가 나 있을 뿐이지요. 그런데 이런 것은 모두 지엽 말절이라는 겁니다. 괜스레 쓸데없는 감정의 소모일 뿐이고 말의 낭비지요. 경자도 그새 겪어보니까 일이 간단치는 않겠다는 생각이 어찌 안 나겠습니까. 그러니 저 혼자만이라도 피하는 길 밖에 없겠다는 생각일 거예요. 바로 그만큼 비겁한 거지요. 아버지에게 — 성을 아버지 말입니다. — 정면으로 대결해서는 이길 자신이 없으니까요."

"그 점은 너도 마찬가지 아니냐. 물론 나도 예외는 아니겠고 말이다."

"그래요 이 점이 결국은 핵심이에요 아버지는 제 생각 먹은 대로 염치 불구하고 그야말로 투지만만하게 나서고 있는데 어머니를 비롯해서 나나 경자는 그 무슨 체면치레 쪽으로만 신경을 쓰고 있어요 어찌어찌 체면 정도라도 유지 될 길은 없을까 하고 말입니다. 어떤 의미에서는 더 악질적이고 치사하지요. 아버지는 기왕 악질이기를 스스로 자처하고 작정한 것이지만 말입니다. 우리는 누구나가 수세에 몰려서도 두 손에 피 묻히기를 싫어하는 것이에요 서로 힐끔힐끔 얼굴만 바라보고."

어머니는 비시시 웃으면서 말하였다.

"어이구, 늘 멍청하게만 있는 줄 알았더니 볼 것은 다 보고 있었구나. 나야 기왕에 늙은 몸이고 게다가 처음부터 염치없이 나설 입장이 못 된다만 너희들은 다르다. 첫째 젊고 너희들 일인데 성을 애비가 저렇게 나서도록 내버려둔다는 건 말도 안 된다. 경자도 별거겠냐. 사내로 생긴 오빠라는 사람이 이 모양이니까 저러고 있는 거지. 너는 실은, 경자가 아닌 내 앞에서는 까놓고 얘기하겠다고 하고 쉽게 얘기할 수 있겠다고 운운하면서도 정말 해야 할 얘기는 아직도 숨기고 있는 것 같다. 그야 네 말대로 성을 애비에 비해 우리가 체면치레 정도로만 대응하고 있는 건 사실이다. 이 점이 더 치사한 것도 사실이고 하지만 결국 문제는 너와 성을 애비에 귀착되는 거다. 처음부터 이 일의 성격으로 보더라도 네가 나섰어야 해. 우리 셋 당사자들 가운데서도 첫 당사자는 그야 이 에미겠지만 내가 나설 형편은 못되는 게고 말이다. 맑은 일이면 맑은 일대로 궂은일이면 궂은일대로 네가 온통 떠맡고 나선다면 성을 애비가 어떻게 나설 것이냐. 나설 틈서리라곤 없는 거야. 너는 지금 기껏 한다는 소리가 체면 얘기를 하고 있다만 따져보자, 체면이 무슨 개나발 같은 소리냐. 체면이라니? 도대체 피차에 걸린 사정으로 보나 무엇으로 보나 체면 운운할 성질이냐. 제 앞에 닥친 일이면 분명하게 전폭적으로 대어들 일만 있을 뿐이 아니겠냐. 여기서도 너는 남의 눈길을 의식한 모양이지만, 그런 떠도는 풍문 같은 것을 그토록 무서워하는 건 뭔지 모르겠다. 모든 것은 제 앞가림을 하고 난 다음이다. 제 앞에 벌어진 일이면 일 자체에 즉해서 일단 해결을 해야지 무슨 잡소리 잔소리가 그다지도 많다는 말이냐. 까놓고 얘기해라. 너는 처음부터 이 일에 임해서 비겁하게 피했던 거다. 피하다가 어느새 성을 애비하고 서서히 한통속으로 기어들기 시작했어. 여기에는 분명히 이해 상관이 있는 거지. 성을 애비는 너를 그런 식으로 유혹했고 너는 이 어장일로 차츰 귀가 솔깃해진 것이야. 궂은일은 성을 애비를 앞세우고 너는 살살 잇속이나 뽑자는 것이지. 그걸 그냥 보고만 있을 수는 없구나. 어서 오늘이라도 당장 경자에게 올라가 보아라."

어머니 쪽에서도 제 얘기에 스스로 취하여 목소리에 서슬이 서며 얼굴색이 하얗게 질려 있었지만, 성갑이도 예리한 송곳 끝이 심장 한복판을 간질이기나 하는 듯이 꿈틀꿈틀하며 질려 버렸다.

"올라가서, 어떻게 하라는 겁니까?"

하고 성갑은 바보천치처럼 뺑하게 물었다.

"그걸 지금 나한테 묻는 거냐. 네가 알아서 할 일이지. 경자를 만나서 툭 털어 놓고 얘기하면 같이 무슨 방법이 열리지 말라는 법이 없을 거다. 우선 일본 쪽에서 경자에게도 안부가 왔을 게고 말이다. 그새 경자가 겪은 일본 쪽 반응도 알아보고 암튼, 이런 얘기까지 일일이 내가 일러야주어 하겠냐. 너는 이미 한 집안의 어른이다.

"올라가지요"

성갑이는 비로소 두 입술을 사려 물었다.

"사는 사람 입에 거미줄 쓰라는 법은 없다. 먹고 살기보다 굶기가 어떻게 보면 더 힘드는 거다. 너무 그런 일에 겁낼 것은 없고 이 어장일에도 너무 미련일랑 갖지 말어라. 아버지는 원체 생겨 먹기를 저렇게 생겨서 덮어 놓고 탐욕스러울 뿐 어떤 목적이 철저한 사람은 못 된다. 그래서 저렇게 단순하지만 그만큼 끈기가 있고 담대한 구속도 있는 사람이다. 도대체 다 늙마에 무슨 목적으로 이러느냐고, 진짜로 돈을 벌고 싶어서 이러느냐 벌어서는 어쩌겠다는 거냐는 식으로 물어서는 해결이 안 되는 사람이다. 말로 설득되는 사람은 아니니까 자기 기분대로만 죽을 둥 살 둥 모르게 빠지는 사람이고 호랑이 굴에 들어가래도 들어갈 사람이다. 이런 사람과 맞대거리 하기가 힘은 부칠 것이다만 너는 나이가 있다. 한창 젊지 않으냐. 게다가 일본 쪽에서 볼 때도 당사자는 네 쪽이지 성을 애비 쪽은 아니다. 결국은 네 마음먹기에 달린 거다."

성갑은 새삼스럽게 어머니를 건너다보며 여느 때는 입이 무겁던 어머니가 비로소 이해가 될 듯하였다. 일본 치하의 세상과 이북 세상, 이남 세상을 겪으면서 살아오는 동안 크게 글을 배운 일은 없지만 큰일 작은 일 어머니 나름으로 환히 꿰고 있는 것이다. 옳고 그른 일, 할 일과 하지 못할 일.

"경자더러는 내 얘기 듣고 올라왔다걸랑 말고, 그렇지 않아도 경자는 다들 마땅치 않게 여기고 있는데 그런 소리라도 했다가는 더더구나 너를 제대로 상대나 할 것 같으냐. 네가 스스로 알아서 할 일이지."

성갑은 아직도 이렇다 할 엄두는 나지 않았다. 다만 어머니 말이 천만 번 옳다는 생각뿐이었다. 그러나 그 옳은 일에 어떻게 처하느냐 하는 점에서는 아직 아무 엄두도 없었다. 경자를 만나는 일보다도 일의 핵심은 차라리 박훈석을 만나는 일이라는 생각이지만 덮어놓고 만나기만 한데서 박훈석이 호락호락 물러설 사람도 아닌 것이다.

"성을 애비하고 정면으로 맞서서 싸울 생각일랑 말어라. 싸움이란 여러 가지니까. 네 위인으로 그렇게 대어 들어서는 백 번 천 번 성을 애비에게 못 당한다. 경자에게 와 있다는 안부 편지 내용을 알아보고, 거기에 대한 경자의 눈치를 알아보고 일본 쪽에다가 편지를 쓰든지 어쩌든지 할 길이 있는 게다. 어쨌든 경자를 만나 봐라."

그날 하루 종일을 성갑은 혼자 이 일 저 일 생각에 골몰하였으나 뾰족한 해결책이 떠오르지 않았다. 길이 있다면 일본 쪽에다가 솔직하게 모든 것을 털어놓고 박훈석으로 하여금 더 이상 그쪽으로 비벼대지 못하도록 차단할 길 뿐이었다. 그 길이 가장 겉으로 드러나지도 않고 두고두고 후환도 없을 것 같았다. 그러나 경자는 과연 이 일을 어떻게 생각하고 있는 것일까.
　이튿날 아침 일찍 박성갑은 조치원의 고속버스터미널로 나갔다.
　어제 어머니와 약속했던 대로 조치원 집에는 들르지 않고 곧장 서울로 향하였다.

2

　오빠 성갑이가 방으로 들어서자 경자는 화다닥 놀라며 섬칫해 하였다. 엷게 화장을 한 얼굴이 약간 의외라는 듯이 오빠를 멀뚱히 건너다보더니 딴청을 피우듯이 물었다.
　"갑자기 웬일이우? 소문도 없이."
　"언제는 일일이 소문내며 올라 오드냐."
하고 성갑이도 눈길 마주치는 것을 조심스럽게 피하며 나지막하게 받았다.
　"네가 통히 내려오질 않길래 무슨 오해라도 있는가 해서 내가 올라 왔다."
　"오해는 무슨 오해에요 피차에 뻔한 일인걸."
　경자는 애매하게 받았지만 억양은 통명하고 벌써 입을 약간 비쭉였다.
　"내려가나마나 조치원쪽 돌아가는 형편이야 뻔한 걸요 그 꼴 저 꼴 안 보는 게 차라리 낫지."
　성갑은 잠바 포켓에서 담배를 꺼내어 물었다. 경자의 말이 무슨 뜻이라는 것은 대강 짐혀졌지만, 저간의 일을 되끄집어내어서 이러고저러고 지껄여본들 개미 쳇바퀴 도는 격일거라고 생각하며 단도직입적으로 물었다.

"일본서 무슨 기별 없었니? 그새."

"네에? 기별이라뇨?"

"아버지한테는 몇 자 적어서 건너 왔더구나. 게이조오에게서. 그냥 의례적인 것이긴 한 모양이더라만."

"그러니까 오빠는 직접 보지는 못허고, 풍문으로만 듣고 있군요"

하고 경자는 다시 입을 조금 비쭉이는데 성갑은 고분고분하게 응하였다.

"어머니에게서 들었다."

"흥, 꼴 좋구먼. 정작 엄마한테는 한 자 소식 없고 엉뚱하게도……"

"너한테도 왔을 것 아니냐. 그런 의례적인 편지라면."

경자는 조금 사이를 두었다가 팻뜩 신경질을 부리듯이 받았다.

"오면 어쩌고 안 오면 어쩌고 그게 뭐 그렇게 대단한 일이에요. 대체 오빠는 그 일로 또 이렇게 올라왔군요."

"뭐, 반드시 그런 건 아니다만, 가만 나 잠시 화장실 좀 다녀 올란다."

하고 성갑은 예리한 화살은 우선 피하려는 셈으로 슬쩍 일어섰다.

경자는 입술을 사려 물면서 팔깍지를 끼었다. 호락호락 당하지는 않을 거라고 버릇처럼 생각은 하였지만 도무지 매사는 아리송하였다. 사실 경자 자신부터 요 얼마 동안은 뭔지 몰라지는 느낌이었던 것이다.

정작 게이조오가 돌아가고 나서야 경자는 사무치게 육친의 정 같은 것이 조심조심 되살아는 것을 어쩔 수 없었고 그것은 어느새 일말의 회한으로 그녀를 휩싸던 것이었다. 객관적인 관계로서의 한일 관계에만 역점을 두고 그를 상대했다는 것이 속이 빠안히 드러나 보였을 것 같기도 하였다. 좀 더 정직하고 솔직할 수 있었을 터였다. 육친으로서의 애정이 껴든대서 객관적인 한일 관계가 그만큼 상처를 입는다는 법도 없었을 터인데 말이다. 너무나도 그 무슨 겉치레에만 신경을 쓰고 자기를 지켜보는 누군가 등 뒤의 눈길만을 지나치게 의식했던 것 같았다. 사실이 그렇지 않는가. 둘만의 해후에 굳이 성병이까지 불러낼 필요는 없었던 것이다. 그것은 육친으로서의 회포를 풀기보다는 처음부터 그 무슨 연극을 하자는 것이었을 터이다.

경자는 게이조오가 돌아가던 날의 일을 새삼 떠올렸다. 아침부터 경자는 여간 조마조마하지 않았고 가슴 한복판에 큰 덩어리 하나가 걸려 있는 듯하였다. 기어이 호텔 쪽으로 전화를 걸어 일행이 돌아가는 것이 한 시 비행기라는 것까지 알아냈다. 물론 이쪽의 정체는 드러내지 않고 말이다. 그러자 더욱 안절부절이고 참을 수가 없었다. 차라리 비행기 뜨는 시각을 몰랐더라면 좋았을 걸 싶었고 기왕에 알아냈으니 나가 보아야 하지 않겠느냐는 쪽으로 스스로를 몰아가게 되는 것이었다. 결국 경자는 오랜 시간 거울 앞에 앉아서 멍하게 그 옛날의 그런저런 일들을 떠올리면서 정성스레 얼굴을 매만지고는 열두 시가 되자 부랴부랴 집을 나섰다. 지나가는 택시를 잡고 곧장 김포공항으로 내 달렸다.

어쨌든 간에 게이조오의 조부와 조모는 이 땅에 묻혀서 이 땅의 흙이 되어 있다. 그것이 어찌 게이조오의 조부와 조모이기만 할 것인가. 저간의 사연이야 어쨌건 그것은 경자의 조부요 조모이기도 한 것이다. 그러나 바로 그 저간의 사정, 역사적 현실적 및 객관적인 한일 관계에만 가려서 육친의 정 쪽이 전혀 무로 환원될 수는 없는 것이다. 그렇기는커녕, 도리어 육친의 정 쪽이 잘 살려짐으로써 객관적인 한일 관계에 더욱 절실하게 긍정적인 작용을 더할 수도 있었을 것이다. 육친의 정 쪽을 거부하는 데서는 처음부터 모든 일이 비뚤어질 일 밖에 없다. 비근한 예가 지금 벌어진 사태가 그렇지 아니한가. 조치원의 어머니나 오빠가 코빼기도 안 내민 것은 민족적 자존심이라는 허울을 쓴 일종의 쑥스러움일 터였다. 경자 자신부터가 그러했다. 그런 결과로 빚어진 것은 기껏 조치원 아버지가 이 일에 개입해 들어온 꼴이 되지 않았는가 말이다. 무조건적인 거부반응 일변도는 생산적이 못 된다. 모든 안티·테제라는 것이 그렇듯이 말이다.

사실 경자는 게이조오를 처음 만나고 집으로 돌아온 그날 저녁부터 그 무슨 열에 떠 있는 자신을 어쩔 수가 없었다. 밤잠도 제대로 잘 수 없고 안절부절이었던 것이다. 이 일이 이래서 좋은가, 저래서 좋을까 하고 연성 혼자 묻곤 하였지만 열에 떠서 묻는 물음에 침착한 해답이 나올 수는 없었다.

집안에서는 남편을 비롯해서 아이들에 이르기까지 누구에게도 이 일을 알리지 않았었다. 마치 이 일을 알린다는 일 자체가 그 무슨 치욕을 집안에 끌어들이기나 한다는 듯이. 막연히 그런 강박관념에만 사로잡혀 있었던 것이다. 그러나 남편도 여느 때와는 달리 무언가 열에 떠 있는 아내를 물끄러미 쳐다보면서 묻는 것이었다. 바로 게이조오를 처음 만난 그 다음날쯤이었을 것이다.

"당신 요 며칠 동안 조금 이상하구려. 무슨 일이 있는 거 아니오?"

"아니, 제가 늦바람이라도 났답디까?"

하고 경자도 능청스럽게 받아 넘기자

"그야 아는가. 나처럼 아침 일찍 출근해서 저녁 늦게 돌아오는 사람으로서야 마누라가 그새 야곰야곰 재미를 보는지 어쩌는지."

"그런 소리 말아요. 장난으로 하는 말이 진짜가 된답디다."

남편은 비시시 웃었다.

남편 강수덕은 육군장교 출신으로서 무역과 전혀 상관이 없지도 않은 반관半官 회사의 중역으로 있다. 군 출신답게 허우대가 큰 몸집에 입이 무겁고 사내답게 생겨 있지만 무슨 일이나 그닥 창의적으로 대어드는 사람은 못되었다. 판에 박힌 일을 판에 박힌 대로 해 내는 일에나 적당한 사람이어서 지금 근무하고 있는 직장은 어느 모로나 그에게 안성마춤이었다. 정부 예산으로 경영하는데다가 일 자체도 무역과 전혀 상관없지 않다 뿐, 조사월보 정도를 내고 그달 그달의 국제경기 동향을 대충대충 총괄하는 것이 주된 업무여서 매달 기계적으로만 돌아가면 되는 것이다. 아닌 게 아니라 그렇게 십여 년을 근무하는 동안에 남편은 그러지 않아도 그닥 짭짤한 편은 못 되던 사람이 날로 더 둔탁하고 덤덤해져갈 뿐이었다. 그전에는 입이 무겁다는 것이 제법 사내다워 보였는데, 요즘에 와서는 입이 진짜로 무거워서 무거운 게 아니라 노상 할 말이라곤 없으니 무겁고 말고 할 것도 없겠다고 약간 경멸이 섞인 쪽으로 생각하게 되었다. 허우대가 커서 첫눈에 위엄도 있어 보이지만 그것도 알고 보면 거죽 뿐이었다. 어쨌거나 본시 창의적인 구석이라곤 눈을 씻고 보자고 해도 찾아볼 수 없는 사람이다. 게다가 십여 년을 기계적인 직장에서 기계적으로만 매달려 있는 동안 그는 이상스럽게 허우대만 큰 단순아동처럼 되어 갔다. 이따금 반 외유 비슷이 그런저런 핑계를 붙여서 일본으로 동남아로 열흘 보름씩 혹은 달포씩 나가는 것이 유일한 기다림일 뿐 그 밖에는 나날이 수면상태나 다름없었다. 그러니 특별히 취미가 있을 리도 없었다. 기껏 취미라고 한다면 홈바에서 세계 각국의 여러 가지 술을 재료로 하여 칵테일을 만드는 것, 그리고 술 수집하는 것 정도일까. 그 방면에서는 거의 전문가가 되어 있었다.

이런 위인이지만 그런 나름대로 눈치 하나만은 능구렁이였다. 알고도 모른 척 하기가 일쑤였고, 매사에 구렁이 담 넘듯 하는 것이다.

이번 일도 그가 몰랐을 리가 없다. 아무리 경자는 이 일을 게이조오의 내한을 집안 식구들에게는 숨기려고 하였지만, 친정인 조치원으로 오르락내리락하며 약간 열에 떠서 돌아가는 아내의 기척으로 대강의 눈치를 이미 차렸을 것이다. 더구나 그는 제 아내의 아버지가 실은 일본인이라는 사실도 그 무슨 은밀한 자랑거리 비슷이 받아들이고 있었으니까. 다만, 그런 소리를 아무데서고 헤프게 지껄이지 않았을 뿐이었다. 경자와 여섯 살 터울인 그는 왜정 때 해주고보를 다녔고 집안 환경도 일본 쪽에 개인적으로는 원한을 가질만한 일이 별로 없는 분수였던 모양이다. 고향은 평안도였다. 경자가 처음 그를 만났을 때는 육군 장교였는데, 허우대나 뭐로나 사내다운 사내라는 생각이 어느새 점점 성겁고 둔탁한 사내라는 쪽으로 옮아갈 무렵에는 둘이 다 중년으로 접어들고 있었고 슬하에 애들이 주렁주렁 달리고 있었던 것이다.

그는 이번 일에도 시종 아는 체를 하지 않았다. 그러나 그의 표정 어느 구석인가, 외경 비슷한 것이 감도는 것을 경자도 경자대로 어느새 경멸감 섞어 간취하고 있었다. 부부 생활이란 피차에 숨길 수가 없고 모르는 일이 없는 것이다. 서로가 서로를 알아내는 독특한 후각이 마련되어지는 것이다. 경자는 이미 남편이 일부러 시치미를 떼고 있고, 처갓집에서 벌어진 실랑이를 시종 모르는 체 하면서도 혼자 외경감으로 부풀어 있다는 사실, 그리고 그것이야말로 남편다운 식민지 근성의 잔재요, 민족적인 비굴이라고 생각하면서도 이편에서도 그냥저냥 아무 소리도 하지 않았다. 이 일과 상관되는 남편이 그저 무언지 역겹고 싫기만 하던 것이었다.

그러나 결국 성병이를 불러내고 설악산행이 결정되면서 경자도 이 일을 어떤 형식으로든 남편에게 알리지 않을 도리가 없었다. 게다가 원체 그 결정도 성병이가 충동적으로 그렇게 몰아간 터여서 차라리 다행이었다고 할까. 경자는 남편에게 전화로 이 일도 알렸던 것이다. 삼박 사일 예정으로 설악산에 다녀와야겠다는 얘기에 곁들이듯이,

"실은 일본서 오빠가 왔어요. 별로 좋은 소리는 아니어서 당신에게랑 알리지는 않았었지만."

하자, 남편도 서로 눈길 부딪치는 일 없이 전화로 이런 소리 나누게 된 것이 되레 다행이기라도 하다는 듯이 약간 반색까지 하던 것이었다.

"나도 대강 짐작은 했었지, 역시 틀림이 없었구먼."

그 반색하는 억양에 경자는 또 울컥 혐오감이 느껴졌었다. 자기 지체보다 한 차원 높은 대견한 손님이 제집에 왔을 때 같은 그런 낌새가 남편의 목소리에서는 벌써 감돌고 있었던 것이다.

"어머, 어떻게 알았지요? 당신이."

"대강 눈치로 알았지. 실은, 언젠가 당신이 조치원과 장거리 전화하는 것 들었어."

"어머 그랬구먼."

'그러니까 속속들이 알겠구먼.' 싶으며, 일순 경자는 멍한 얼굴이 되다가

"암튼, 그렇게 아시고 계세요 삼박 사일 예정이니까."

"그럼, 지금 떠나게 되나? 뭣 하면 회사 차라도 한대 차출해낼까?"

"아니에요 그만 두세요 그럴 것 없어요 택시 한대 잡으면 되니까."
하고 경자는 질겁을 하듯이 거절하였다. 경자는 무의식이었을망정 남편의 저의가 짐작이 되었기 때문이었다. 자, 어떻소 당신의 매부되는 사람도 이만한 분수는 되는 사람이오 하고, 시위하고 싶어 하는 속셈이 번득였던 것이다.

설악산을 다녀왔을 때는 남편은 더 이상 이 일에 대해서 물어오지는 않았다. 그것이 약간 다행하게 여겨지기도 하였지만 한편으로는 남편의 그 능청이 새삼스러워지기도 하였던 것이다. 이 일에 툭 터놓고 개방적으로 대어들지 못하는 바로 그만큼 남편도 남편대로 무언가 내심으로 바라는 것이 있고 꿍심이 도사려 있는 것이다. 비록 분명한 바람은 아닐망정 차라리 분명한 바람이 아니기 때문에 더 치욕스럽게 느껴지는지도 모른다.

그러나 지금 와서 남편의 반응 같은 것은 별로 문제가 아니었다. 모처럼 건너온 게이조오 오빠와 그냥 이렇게 헤어져 버린다는 것이 엄청난

죄책감으로 덮쳐오는 것이었다.

경자는 택시 속에서도 김포공항으로 나가서 딱이 어쩌자는 요량은 없이 입술만 잘근잘근 씹었다. 대체 김포공항으로 나가서는 어쩔 작정인가. 들어가는 게이조오를 붙들고 한바탕 울 수는 있다. 그러나 그건 신파극 치고도 졸렬한 신파극이다. 필경은 먼발치로 비행기에 올라 타는 게이조오의 뒷모습이나 흘낏 보게 되기가 십상일 것이다. 아닌 게 아니라 김포공항이 거의 가까워 오자, 어느새 경자는 이게 무슨 부질없는 짓인가 하고 차츰 여기까지 나온 것이 후회 되었다.

공항은 공항 특유의 묘한 들뜬 분위기가 감돌고 있었다. 바로 이 분위기는 들어오고 나가는 여행자들이 집단적으로 뿌리고 있는 인단 냄새 같은 것이다. 경자는 택시에서 내리자 핸드백에서 색안경을 꺼냈다. 급하게 마중할 사람이라도 있는 듯이 공항 휴게실로 올라갔다. 휴게실도 초만원이었다. 역시 공항대합실 특유의 이국 냄새로 물씬거렸다. 오렌지 쥬스를 마시며 시계를 보았다. 이십 분 전이었다. 경자는 짙은 색안경을 낀 채 주변을 두리번거렸다. 관광단에 끼어서 왔으니까 게이조오가 휴게실 같은데 들어 올리는 만무라는 생각이었지만 한편으로는 우연처럼 딱 마주쳤으면 하고 바래어 지기도 하였다. 어쩔까, 어쩔까, 이제 게이조오 오빠는 다시는 안 건너올는지도 모른다. 그렇게 되면 영원히 못 만나게 될 사람이 될는지도 모른다. 만일에 그렇다면, 그것이 확실하기만 하다면 경자는 모든 체면 불구하고 게이조오 앞에 나서고 싶었다. 그냥 나서기만 해도 족한 것이다.

십분 전 쯤 경자는 휴게실을 나서서 출국 수속을 하는 쪽으로 가 보았다. 일행이 우르르 떠들썩하며 올라오고 있었다. 그 일행의 각각의 얼굴들이 모두 게이조오로 착각이 되었다. 경자는 질겁을 하면서 다시 뒷걸음질을 쳐 송영대 쪽으로 나갔다. 가슴은 연성 뛰고 있었다. 경자는 송영대 끝머리에 서서 마음을 가라앉힐 겸 혼자서 가만히 중얼거렸다.

'결국은 이렇게 되기가 십상이었어. 이 송영대 끝머리에 서서 트랩을 오르는 그의 뒷모습을 바라보고 비행기 속으로 들어가는 광경을 혼자서 가만히 지켜보는 것이지 뭐.'

이렇게 마음으로 작정하자 즉각 침착해졌다.

잠시 후, 하나둘 손님들이 나가고 있었다. 그들은 바로 앞의 공항버스에 올라타는데 물론 어느 사람이 게이조오인지 가려 낼 수는 없었다. 버스는 곧 비행기 트랩 앞으로 다가가서 손님들을 한꺼번에 쏟아 부었다. 그리고 이곳에선 거리가 너무 멀어서 누가 누구인지 가려 보기가 힘들었다.

그제야 경자는 저도 모르게 눈물이 쏟아져 나와 손수건을 꺼내었다. 허망하다는 느낌이 용솟음치듯이 안겨오는 것이었다.

어느새 비행기는 이륙하고 있었다.

성갑이 화장실에 가 있는 동안 경자는 조바심 섞어 결정을 하려고 하였다. 게이조오에게서 안부 편지가 왔다고 사실대로 알릴까 어쩔까. 알린 대도 별로 대수로울 것은 없었지만 정작 성갑이 쪽에서 그것을 꼬집어서 물어오지만 않았어도 담박하게 사실대로 말했을 터인데, 그 점을 꼬집어서 물어온 만큼은 조치원 쪽에 그 무슨 복잡한 사연이 있지나 않을까 하고 의심이 가는 것이다. 도대체 이번에 성갑이가 올라온 목적은 무얼까. 조치원 아버지의 콧김이 쏘인 것일까. 조치원 아버지에게도 안부 편지가 왔더라고 한다. 그 내용은 들으나마나 뻔한 것이었을 터이다. 성갑이의 말을 어디까지 액면 그대로 믿어야 할까. 그의 말로는 경자 쪽에서 내려오지 않기 때문에 무슨 오해라도 있는가 해서 올라왔다는 것인데 그것이 과연 성갑이만의 생각인지 혹은, 조치원의 아버지나 어머니의 생각인지도 궁금한 것이다.

아무튼 하고 경자는 머리를 설레설레 저었다.

'모든 얘기를 이쪽에서 자진해서 지껄일 것은 없고 주로 듣는 편이 되자' 하고 마음을 다졌다. 그러자 경자는 문득 게이조오가 떠나던 날 자기가 공항까지 나갔던 것을 어찌어찌 성갑이가 미리 알아낸 것이나 아닐까 싶었다. 그러나 그럴 리는 없다고 알 리가 없다고 다시 한번 머리를 저었다. 하지만 성갑이 쪽에서 그 사실을 알 리가 없고 그 일은 자기 혼자만의 비밀이지만 바로 그런 일이 있었음으로 해서, 이미 반은 성갑이 앞에 심리적으로 꿀리고 있는 자신을 느끼고 있었다. 이 점은 바로 며칠 전에 게이조오에게서 온 의례적인 그 안부 편지를 보았을 때도 섬찟하게 느꼈던 의심이다.

그리운 누이동생에게

무사히 돌아왔다. 설악산에 갔던 일이 지금까지도 눈앞에 삼삼하구나. 여러 가지로 폐를 끼친 점 용서를 빌겠다. 트랩을 오르면서, 그리고 비행기 속으로 들어가기 전, 자꾸 뒤가 돌아다 보이더구나. 혹시나 네가 나와 있을는지도 모른다는 생각으로 물론 이건 나의 터무니없는 상상이었을 테지만. 아무쪼록 건

강을 빈다.

오빠 게이조오로부터

이 문면을 보는 순간, 경자는 심장이 멎을 정도로 화다닥 놀랐던 것이다. 혹시 게이조오가 공항에서 먼발치로나마 자기를 본 것이 아니었을까 하고. 그러나 다시 거듭 되읽으면서 경자는 이것이 도둑이 제 발 저리는 격과 비슷한 것임을 알아냈다. 게이조오는 이번에 건너 왔다가 돌아가는 자신의 심정을 그런 식으로 암시를 해서 드러내 보이고 싶었을 것이다.

그러나 지금 성갑이가 올라온 마당에 그 일이 다시 수상쩍게 되떠올랐다. 혹시나 게이조오가 조치원 쪽으로 보낸 안부 편지에다가 공항까지 배웅을 나온 자기를 보았다는 소리나 하지 않았을까 하고. 그러나 그것도 필요 이상의 기우라고 금방 기분 전환이라도 하듯이 머리를 저었다. 혼자서 은밀하게 공항까지 나갔었다는 그 죄책감이 그렇게 저렇게 피해망상으로 작용해 오는 것이었을 터이다.

성갑은 화장실에서 돌아오자 나지막하게 말하였다.

"실은 어머니가 너에게 미안해하더구나. 모든 일을 너에게 떠민 격이 되었으니 물론 그 점 나도 마찬가지 생각이다만."

"그 얘기라면 그만 둡시다. 나도 이젠 입으로만 이러고저러고 지껄이는 데에는 진절머리가 났으니까 어차피 일은……"

"어차피 일은 되어질 대로 되어진다는 것일 테지만 생각해 봐라. 조치원 아버지가 이 일에 껴들 성질인가."

"그야, 엄마나 오빠가 안 나서니까 조치원 아버지로서야 얼씨구나였을 테지요. 이미 톱니바퀴는 돌아가고 있다구요 이제 와서 어쩌고저쩌고 해본들."

"하지만, 너도 그렇게꺼정 기승부릴 것은 못 된다. 네 생각도 무언지 철저하지는 못 했어. 암튼."

"암튼, 난 처음부터 그랬잖아요. 이 일에는 아예 상관 않겠다고 아이 지긋지긋해요. 그만 둡시다."

경자가 와락 소리를 지르자 성갑이도 꿈틀하듯이 입을 다물었다. 잠시 간을 두었다가 목소리를 낮추었다.

"정말 이런 일이 이렇게까지 까다로울 줄은 몰랐다. 지금 와서 생각이 다만 처음부터 자연스럽게 만나보는 걸 그랬다는 생각이다. 어머니나 나나 모두 김포공항까지 마중을 나가고 말이다. 그편이 도리어 떳떳했어."

"지금이니까 그런 생각이지요 우르르 마중을 나갔으면 나가는 대로 문제가 있었을 테지요 모든 건 사람이에요. 오빠라는 사람이 원체 칠칠하지가 못하니까 이 모양이지요."

"그래, 그건 네 말이 맞다. 실은 내가 올라올 때 어머니 말씀도 같은 소리였어. 내가 칠칠하지 못한데서 이렇게 되었다고."

"그러니까 되었네요 아무리 우리끼리 얘기해 본들 소용이 없지요 칠칠하지 못한 사람이 갑자기 칠칠해질 리도 만무고."

순간 성갑은 미간을 찡그리면서 입을 삐죽이 내어밀었다가 다시 애걸하듯이 말했다.

"하지만 나로서는 일이 뻔하게 돌아가는 것을 알면서도 그냥 저대로 내버려 둘 수는 없구나. 설령 호랑이 굴에 들어가더라도 정신이라도 제대로 차려야 싶은 것이. 솔직하게 얘기하마. 나는 조치원 아버지가 벌이고 있는 저 일을 어쩜 은근히 환영하고 있는지도 모른다. 그러구 이 점은 나 자신이 분명하게 의식하는 것조차 피하고 있어. 아버지가 어장을 빗대서 일본 자금을 끌어들이고 싶어 하는 건 너도 짐작하지?"

 경자는 꿈틀 하듯이 성갑이를 건너다보며 또다시 멍한 얼굴이 되었다. 너무나 까붙이고 나와서 차라리 어이가 없다는 얼굴이었다. 그러나 금방 꺼져드는 목소리로 되물었다.

 "어장이라뇨?"

 "내가 조치원에 벌이고 있는 어장말이다. 그러구 조치원서 아버지가 올라왔을 때 너한테도 들렀다면서? 그때 아버지는 별 소리 없드냐?"

 "별 소리가 무슨 별 소리에요. 나더러 여간 칭찬이 자자하지 않습디다. 엄마와 성갑 오빠는 입이 닳도록 욕허고 일본서 사람이 왔는데 저렇게도 모른 척할 수가 있느냐고 말이에요. 하지만 나는 게이조오 오빠를 어찌 되었든 응대하였대서."

 "그게 너를 구슬르는 술수였을거다."

 "그 점, 난들 왜 모르겠어요 뻔히 알지만 알면서도 어쩔 도리가 없더군요. 어쨌거나 엄마와 오빠는 조치원에 그냥 눈 뜨고 앉아 있는데 아버지는 경순이랑 경희를 호텔로 보냈으니까요. 그렇게 제 생각대로 정력적으로 대어드는 건 아버지 쪽이고 오빠 쪽은 그걸 뻔히 보면서도 손가락 하나도 움직이지 않았으니까."

 "그렇게 자꾸 똑같은 소리로 나를 들쑤시지만 말어. 그것도 전혀 비생산적으로 말이다."

"그래요 그렇담 아무 소리도 안 할게요. 한데, 대체 오빠는 뭣 하러 날 만나러 올라왔지요? 솔직하게 말하세요. 일본 쪽에서 나에게는 어떤 식으로 편지가 왔는지 그게 알고 싶은 거지요?"

"우선 그거다. 엄마도 그걸 알고 싶어하고 있고"

"엄마 뒤에서 엄마를 그런 식으로 충동질하고 있는 것은 조치원 있는 아버지일 것이고요. 내 말이 틀렸어요?"

"글쎄 그럴는지는 모르겠다만 돌아가는 사정을 똑똑히 알기나 해야 할 것이 아니냐. 돌아가는 사정이란 다른 것이 아니다. 일본 쪽에서 지금 어떤 식으로 반응을 하느냐 하는 것이다."

"조치원 아버지에게 보낸 게이조오 오빠의 편지로는 성이 차지 않는다 그것이군요. 그냥 의례적인 인사치레 편지여서 실망했나부지요. 그래서 혹시나 나한테는 특별한 편지가 왔는가 해서 이렇게 세 사람이 같이 작당이라도 하듯이 탐욕스럽게 달려드는 것이군요."

"세 사람이라니?"

"물론 지금 내 앞에 앉아 있는 것은 성갑 오빠 하나뿐이지만, 오빠 뒤에는 조치원에 엄마가 앉아 있고 그 엄마 뒤에는 역시 조치원에 아버지가 있는 거 아니에요?"

"……"

성갑은 저도 모르게 피식 웃음을 흘렸다. 듣고 보니, 그 풍경이 지나치게 희화적일는지는 모르지만 그렇게 될 것 같았다. 그 점은 자기 자신도 미처 분명하게는 의식하지 못했던 일이었다. 어머니는, 아버지의 하는 짓이 아무래도 걱정이 되니 성갑이더러 경자에게라도 올라가서 아버지에게 대결할 어떤 길이든 같이 모색하라는 식의 말이었지만 실은, 경자가 보는 눈이 정확한 것이나 아닐는지 싶었다.

경자가 다시 말을 이었다.

"난 처음부터 이 일에는 껴들지 않겠노라고 미리 못을 박았었지만 본의 아니게 게이조오 오빠를 응대한 꼴인데요. 그것도 자의 반 타의 반이었던 셈이지요. 응대하던 며칠 동안에 나도 나 혼자서 여러 가지 많은 것을 느끼기도 했고 생각하기도 했어요. 하지만 그건 나 혼자서만 느끼고 생각한 것이지 다른 누구에게 털어 놓을 성질은 아니구요. 내가 처음부터 이 일에는 껴들지 않겠노라고 미리 못을 박았던 것은 지금 생각해도 옳았던 것 같아요. 왜냐하면, 그 후 모든 일은 내가 예상했던 대로 벌어지고 있으니까요. 거듭 얘기지만 내가 처음부터 이 일에 껴들지 않겠다고 못을 박은 것은, 더러운 판에서 나 혼자만이라도 빠지겠다는 이기심으로 오빠랑에는 보일는지 모르겠어요. 그렇게 보자면야 그렇게 보일 수도 있겠지요. 그렇게 보인대두 할 수 없구요. 그렇지만 까놓고 얘기지만 조치원 아버지를 당해낼 사람은 엄마와 오빠와 나 셋 가운데 아무도 없어요. 그건 오빠나 엄마도 다 아는 일이지요. 그렇다고 성병이를 우리 쪽으로 끌어들이자는 생각도 해 보았지만(아버지에게 그런대로 맞대거리해서 당해내는 사람은 우리 식구 가운데서 그래도 성병이 하나뿐이거든요.) 그렇게 되면, 온 집안이 난리법석이 될 거예요. 그러기도 무언지 미안하더군요. 아무튼 성병이가 껴든다면 모르지만, 그렇지 않고서는 엄마와 나와 오빠와 셋이 뭉쳐서 부딪쳐 가더래도 아버지에게는 못 당해낼 것이거든요. 대강 이런 점을 나는 직감적으로 이미 간취했던 거지요. 그런데 정작 어떻게 되었나요. 나는 뒤통수를 맞은 셈이에요. 설마 아무리 철면피일망정 그렇게까지 되리라고는 나는 꿈에도 생각하지 못했었는데, 경순이가 올라와서 경희까지 꼬여내어 게이조오 오빠를 호텔로 찾아가서 만나고는, 바로 그 자리서 나에게 전화를 걸었더군요. 그 순간은 하느님 맙소사 싶더군요. 도대체 조치원서 엄마와 오빠는 눈뜨고 앉아 있나 눈 감고 앉아 있나 세상에 이럴 수가 있는가 싶더군요. 그러니 이렇게 되면 나도 할 수 없다고 마음먹었지요. 서울서의 내 호신책으로서도 성병이를 끌어들여야겠다고 마음먹었지요. 성병이랑 같이 설악산에 갔던 일이 그거예요. 그러구 끝으로 얘긴데요. 게이조오 오빠에게서 나에게 꽤 긴 편지가 왔어요. 일본서 돌아가는 사정을 일목요연하게 알 수 있는 편지가요. 그렇지만 이건 절대로 아무에게도 보여줄 수가 없어요. 조치원 아버지가 이걸 보고 싶어서 침을 질질 흘릴 테지만 어림없지요. 이것만은 절대로 보여줄 수 없어요. 지금의 나로서는 오빠나 엄마도 조치원 쪽의 한 통속으로 보이고 있는 만큼 사정은 마찬가지지요. 가만 내가 쓸데없이 얘기가 너무 길었나부다."

경자는 약간 빈정거리듯이 웃고 있다.

서울의 경자에게 일본 쪽에서 꽤 긴 사연의 편지가 왔다는 것이 박훈석에게 알려진 바로 같은 날 저녁에 공교롭게도 일본의 다쯔오에게서 박훈석 앞으로 적지 않게 고무적인 편지가 날아들었다.

그러니까 게이조오가 일본으로 돌아가고 나서 얼추 한 달이 지나 있었고, 성갑이가 서울서 경자를 만나고 내려온 닷새쯤 후였다.

아닌 게 아니라 박훈석은 그동안 적지 않게 조바심 속에서 나날을 보냈는데 그 조바심 속에서도 일본 쪽에서 경자에게 별다른 사연의 편지나 없었는지, 만일 있었다면 그것은 어떤 방법으로 알아내야 할는지 하는 점에만 모든 신경을 곤두세우고 있었던 것이다. 하기야 어쩔 수 없는 궁지까지 몰린다면 그런 것은 알아보나마나 게이조오 앞으로 그의 아버지인 다쯔오의 주소를 알려 달라고 편지를 낼 수는 있다. 그러나 그것은 마지막으로 몰렸을 경우이고 몰염치하기로 마음을 먹고 나서의 일이다. 평소에 박훈석이 아무리 몰염치한 사람이라고 주위에서 알고 있고 스스로도 그렇게 자처하고 있을망정, 이 정도까지 몰염치하기에는 아직 이런저런 체면은 남아 있었던 것이다. 어쨌거나 지금 형편으로서는 일본 쪽의 동정을 알아내는 일 뿐이었는데, 전혀 깜깜인 판국에서 경자에게 긴 사연의 편지가 와 있다는 소리는 그야말로 눈 속에 불덩이라도 솟아나올 듯이 정신이 번쩍 들었던 것이다.

지나가는 말 비슷이 여편네가 그 소리를 지껄였던 것인데 여편네는 여편네대로 남편 박훈석의 아픈 구석을 건드려보자는 속셈이었다. 마주 앉아 마악 점심을 먹고 나서였다.

"경자에게 일본서 꽤 긴 편지가 왔더라는 얘기 들으셨지요?"
하자 박훈석도 갑자기 두 눈이 디룩디룩해지며 와락 달려들듯 하였다.

"누가 그럽디까?"

"아니 모르셨우? 성갑이가 서울 갔다 온 일."

"내가 어떻게 아우? 아무도 얘기 않는데."

"난 성갑이가 으레 당신을 만난 줄로 알았지요."

"그런데, 그 편지는 성갑이도 보았답니까?"

"보긴커녕, 경자는 펄펄 뛰드라드만. 절대로 아무에게도 보여 주지 않는다고 그동안 자기 혼자 그 모든 일을 뒤집어쓴 것을 성갑이에게 푸념하면서 말이우. 꽤 긴 사연이라면서 누구에게도 보여주지 않겠노라고 하드랍니다."

일순 박훈석은 쓰디쓰게 웃으면서

"무슨 소린지 믿을 수 있나. 괜히 성갑이나 나를 골리자는 셈으로 허튼소릴 하는지 누가 아오"

하고 심드렁하게 받았다.

"아무리 그럴망정, 생판 없는 거짓말이야 할라구요 그 애 깔끔한 성질로도."

"어떻게 그렇게까지 얘기가 나왔는지는 모르겠지만 그 애 깔끔한 성질로 보아서도 편지가 왔으면 왔다 정도로 말할 애지, 긴 사연이니 어쩌느니 운운할 아이는 아니라고 이편을 미리 넘겨짚고 하는 수작이지."

"글쎄 그렇게 들으면 그렇기도 하긴 한 것 같소만."

그러나 이때 벌써 박훈석의 머릿속은 사처로 뜀박질을 하고 있었던 것이다.

어쨌거나 확인을 해 보아야지. 알아보더라도 빠른 시일 안으로 알아보아야 할 터인데. 당장 서울 올라가서 경자의 남편 되는 사람을 만나 볼까. 그 자도 허우대만 싱겁게 컸지, 그런 일을 실하게 해낼 위인은 못 되는데. 내가 직접 올라가도 경자는 편지를 내놓을 리가 없지. 내놓기는커녕 피가 곤두설 것인데. 경순이를 또 올려 보내보는가. 그러나 경자인들 경순이가 올라가면 내가 시켜서 왔다고 뻔히 알 것이고 그러면 어쩐다? 무슨 방법이 없을까. 옳지 성병이를 움직이면 될 성싶군. 경자는 친정 식구 가운데서는 유일하게 성병이를 믿으니까. 하지만 부자지간에 못 본지가 이미 몇 년이 아닌가. 이 일로 해서 만난다는 것도 뭣 하지만 성병인들 호락호락 넘어가 줄 것 같지는 않다. 자기의 급한 성격으로는 이러고 저러고 복잡하게 대어들 것도 없이 당장 올라가서 경자를 만나 멱살이라도 잡아 틀어쥐고 우격다짐으로라도 그것을 빼앗아 보고 싶었지만 그럴 성질도 아니었다.

한데 바로 공교롭게도 이날 저녁답에 항공 우편이 날아들었던 것이다. 이때 집에는 박훈석 혼자 있었는데 그는 그것을 받아들며 가슴이 여간 뛰지 않았다. 발신인 쪽을 보자, 거기에는 엄연히 <泉 達夫>라고 적혀있는 것이다.

그 순간 박훈석은,

'가만 있자, 이게 혹 잘못 온 편지나 아닌가. <泉 啓三>여야 맞을 텐데. 이게 어떻게 된 셈판이지?' 하며 다시 수신인 쪽을 보자 틀림없는 자기 주소요 틀림없는 자기 이름이었다. 그제야 이쪽 이름이 게이조오의 아버지 이름임을 떠올리며 기쁨은 배가하였다.

박훈석은 애써 흥분을 가라앉히며 방 안으로 들어갔다. 집에 혼자 있었던 것을 거듭 다행으로 여기면서 정성스럽게 겉봉을 뜯었다.

두 눈을 크게 떠 문면을 더듬어갔다.

謹啓

 계삼 편으로 보내신 편지는 잘 받아 보았으며 솔직하게 말해서 일종의 감동에 사로 잡혔었습니다. 계삼을 통해서 서울서 만나 뵈었던 사정도 들었지요. 더구나 당신 스스로 나의 세 식구를 근 삼십 년 동안이나 맡아 기르셨다는 얘기에는 그 뭐랄까요, 거듭 얘기지만 커다란 감동을 느꼈습니다. 그러나 저는 이미 늙은 몸이오, 따라서 마음이 조급합니다. 요즘의 심정으로는 아이들을 한번 만나 보기만 해도 원이 없을 듯 합니다만 듣자니 그쪽 사정도 사정대로 원만하지만은 않은 것 같더군요. 당연히 그럴 것이오, 솔직하게 얘기해서 그 점은 한국인들의 새 독립국으로서의 기개일 것이라고 도리어 마음 흡족한 바도 있습니다. 그러나 아비된 입장으로서는 가슴이 아프고 섭섭하지 않을 수가 없었습니다. 계삼이가 모처럼 근 삼십 년 만에 한국으로 나갔다가 아무도 못 만나고 그냥 돌아 올 뻔도 했다는 점에 다시 생각이 미치자, 당신에 대한 감사한 마음이 새삼 구름 피어 오르듯 하는 것이었습니다. 더구나 당신도 삼십 년 전 그때에는 만주에 있었던 몸이오. 그 당시의 연줄에 사람으로서 당연히 가질만 하고 가져서 마땅할 관심을 보이신 점도 여간 마음으로 즐겁지 않았습니다. 그리하여 그 후 며칠 동안 노구를 이끌고 사방으로 수소문 해본 결과로 그 大谷이라는 분과 연결이 닿았습니다. 허나, 유감스럽게도 당신이 찾으시는 그 장본인 大谷喜次郞이라는 사람은 이미 몇 년 전에 세상을 떠난 모양이오. 그가 세상을 떠날 때의 유언도 만주! 만주! 라는 두 글자의 두 번 되풀이였더라는 것인데, 이 유언이 나마 당신에게 알려드리는 즐거움을 맛보아야겠습니다. 혹시 모르는 일 아닙니까. 그가 그런 유언을 할 때 그의 눈앞에는 옛날 만주시절 당신과 같이 있던 무렵의 바로 당신의 모습이 어른거렸을는지도 마치 당신이 그의 생사를 못내 궁금해 하듯이 말입니다. 피차의 이심전심이라는 것은 있는 겁니다. 이건 성격이 조금 다른 얘기지만, 당신과 나의 관계도 그렇습니다. 나의 세 사람의 피붙이를, 당신 자신이 말했듯이 근 삼십 년 동안 맡아 기르셨다가 이제 서로 소식이 닿아진 것도 일종의 이심전심의 연장이었으리라고 단언 못할 바도 아닌 것입니다. 이 글을 쓰는 지금, 저는 새삼 이런저런 감동된 마음이 되살아올라 혹시 편지에 두서가 없더라도 넓은 아량으로 용서하시기 바랍니다. 다시 본 화제로 돌아오거니와 당신이 궁금해 하시던 그 大谷 장본인은 이미 세상을 떠나고 그 계씨 되는 사람은 꽤 큰 상사를 경영하고 있는데, 그 사람은 직접 만나 뵐 수 있었습니다. 불행 중 다행이랄까. 그 사람이 경영하는 상사는 동남아, 중동, 아프리카 등등 주로 후진국 방면으로 줄을 뻗고 있는데 당신의 양어건을 대강 얘기만 비쳤음에도 불구하고 호기심을 보이더라는 말입니다. 말할 것도 없이 그 사람이 보이는 이 호기심도 내가 그의 앞에서 소상하게 밝힌 당신과 나와의 관계, 그리고 당신과 그의 돌아가신 형님과의 관계 등등이 복합된 것이었음은 물론일 겁니다. 앞으로 좀 더 구체적인 얘기가 오고 가리라 믿습니다. 이만 줄이겠습니다.

가내 다 몸 건강하십시오.

泉 達 夫

3

일 년이면 열두 달, 거의 집안에만 들어 박혀 있던 박훈석이 갑자기 바깥출입이 잦아졌다. 연거푸 이틀을 곤드레만드레로 취하여 통행금지가 임박해서야 들어서더니, 사흘째 되는 오늘 저녁에는 아예 미호천 넘어 충북 쪽으로 건너가서 마시는지 자정이 훨씬 넘었는데도 들어올 줄을 모른다.

조치원으로 내려와 앉은 처음 얼마동안 박훈석은 인근의 유지들 낯을 익혀둔답시고 연일 미친 듯이 퍼마시곤 했었는데 그 무렵에도 통행금지 시간이 임박하면 급하게 택시를 불러 미호천을 건너가 통금 제한이 없는 충북 경내로 들어가서 밤내 계속 마시곤 하여 부부간에 어지간히 실랑이를 벌이곤 했던 것이다. 조여사의 지론으로 말하면 교제술이란 분명한 이유와 명분이 있어야 하는 법이지, 덮어놓고 인근 유지들과 술 퍼마신다고 유지행세가 될 것 같으냐 어림없는 얘기라는 것이었다. 그러나 원체 씀씀이가 헤프고 호기를 좋아하는 박훈석이라 자신의 고집을 그냥 세웠다.

"글쎄 그러는 게 아이랑이. 세상이란 눈앞에 당장 보이는 잇속만으로 살아지는 건 아니랑이. 새로 이사를 왔으면 이사 온 사람의 도리라는 게 엄연히 있는 법이고 더구나 통이 큰 사람이면 그만하게 처신을 해야 하는 것이거든. 다아 어느 정도 투자를 해두면 그만한 보상은 언제나 받는 법이야."

술기운도 얼큰한 판이어서 박훈석도 이렇게 그다운 큰소리를 뻥뻥 지껄였던 것이다.

그러나 조여사도 남편의 그 헛수고를 그냥 묵과하지는 않았었다.

"하기야, 당신 고집을 누가 꺾겠수. 보기 너무 딱해서 하는 소리지. 유지행세도 어느 정도 뒷감당이 될 만큼이나 밑천 될 것이 있어야지요. 도대체 서정리서 술장사 색시장사 때려치우고 금방 내려와 앉은 주제에 내세울 것이 뭐가 있어요? 하다못해 의사 자격이 있어 곧 개업을 할 것이라든지, 전직이 공무원이었다든지, 은행원이나 농협 같은데 직원이었다든지, 전직 경찰이었다든지, 그것도 아니면 하다못해 소방서장이었다든지, 초등학교 교장 정도라도 해 먹었다든지."

박훈석은 조여사의 이 말이 스스로 그럴듯하였던지 피식 쓴 웃음을 흘리었다.

"글쎄 님자 말도 일리는 있는데 하지만."

"암튼, 생각해 봐요. 그야, 서정리 살적에야 어쨌거나 그만한 터는 갖고 있었으니까 유지 대접 받았지요. 어디서나 사람이 잘 나서 유지랍니까. 지위와 돈이지. 서정리에서야 그만하면 대접받을 만도 했지요. 중심가에서 여관이요, 술집이요, 고용하는 색시가 이, 삼십 명이나 되었으면. 하지만 앞으로는 꼬박꼬박 까먹어야 하는 판예요. 그전처럼 허황하게 생각했다가는 큰일 나지요."

"바로 그거랑이. 까먹어도 까먹는 방법이 있는 것이야. 그냥 밤송이 까먹듯이 까먹어갈 수는 없는 거 아니겠어. 하다못해 복덕방을 해 먹더라도 말야. 이곳의 판세 돌아가는 낌새를 알아두자면 말이지."

아니나 다를까, 과연 그 후의 형세는 조여사의 말이 맞았던 것이다. 박훈석은 사사건건 조여사의 반대를 무릅쓰고 농장에도 손을 대보고, 집장사에도 기웃거려보고, 관청가 근처에 요상스런 술집도 내보고 하였으나 하나같이 남 좋은 일만 시켰을 뿐 되는 일이라곤 없었다. 이렇게 되자 피차에 술이 취했을 때만 유지대열에 껴주던 인근 유지들도 뿔뿔이 다 떨어져 갔다. 박훈석을 두고 자세히 내용을 알고 보니 형편없이 싱거운 녀석이더라는 뒷공론이 돌기 시작하는 눈치였고 표가 나게 달라지고 있었던 것이다. 다만 그동안 흥청망청 술 얻어 마신 것이 미안해선가 통장 교섭이 왔었으나 그것은 이쪽에서 강경하게 튕겼다. 도대체 통장 정도 해먹을 사람으로 보이느냐고 울뚝뱉이 불끈 솟았지만 그렇다고 당장 이쪽에서 내세울 것이 쥐뿔도 없는 판이라 그냥 참는 도리 밖에 없었던 것이다. 그렁저렁 하는 동안에 박훈석은 일체 바깥출입을 끊고 집안에만 들어 박혔고, 대낮임에도 꾸정꾸정한 바자마 바람으로 골목 끝의 담뱃가게에 모습을 보이는 게 고작이었다. 그렇게 몇 년 동안을 거의 폐인이 되다시피 살았고 더구나 조여사가 함지를 이고 근처 과수원으로 과일을 받으러 들랑거리게 되면서는, 그나마 누구 회갑이네, 생일이네 하고 더러 유지들 틈에 끼이던 일도 깡그리 없어지고 말았던 것이다. 그러나 박훈석은 이런 식으로 벌써 오륙 년 이상을 지나오면서도 여전히 기는 죽지 않고 있었고 그럴수록 더 어느 구석인가 음험한 독기를 뿜어내고 있었던 것이다. 성병이가 가출한 것도 바로 이런데서 연유가 있었다.

아무래도 무슨 일이 있나부다 하고 조여사는 새삼 벽시계를 쳐다본다. 벌써 자정을 넘어 삼십오 분으로 육박하고 있다. 이런 일은 지난 몇 년 동안 거의 없었던 일이다. 마시더라도 인근 잡화상에서 소주를 사다가 마누라 안주 삼아 깡술로 혼자 마시곤 했던 것이다. 그러고 보면 지난 사흘 동안의 일도 지금에서야 새삼 심상치 않게 집혀 온다.

첫날은 거의 자정이 임박해서 들어 왔는데 인사불성으로 취해 있었다.

겨우겨우 겉옷만 벗기고 자리에 눕혔는데, 통히 무슨 소린지 못 알아먹을 소리를 혀 꼬부라진 소리로 혼자 주절대다가 그대로 디릉디릉 코를 골던 것이다. 조여사도 조여사대로 그런저런 일로 속이 상해서 저러려니, 더구나 서울의 경자에게 온 게이조오의 안부 편지를 보고 싶은데 마땅하게 방법이 없어 안달이 나서 저러려니 하고 귀 담아 듣지도 않았던 것이다.

이틀째에는 조금 덜 취해 있었지만 열한 시가 넘어서 들어 왔다. 술기운만 아니게 기분이 꽤 좋아보였다. 하긴 그날도 조여사는 아침 일찍 집을 나섰던 것이어서 아직 잠자리에 있는 남편의 밥상은 흔히 그래온 대로 머리맡에 차려만 주고, 꽁치 토막이며 콩나물국이며는 제가 일어나서 찾아 먹도록 밥솥 안에 넣어 두었던 것이어서 종일 남편이 어떻게 지냈는지 알 턱이 없었다. 조여사는 해질녘에야 돌아왔는데 이미 만반의 외출준비를 하고 있던 남편은 기다렸다는 듯이 집을 나갔던 것이다. 저 양반이 연거푸 웬일인가 싶었지만 그런저런 일로 속이 상해서 저러거니 도리어 조여사 편에서 약간 미안해지는 느낌이었다. 일본 쪽에 저 지경으로 신경을 써대는 남편이 결국은 자기 탓이라는 생각으로. 그러나 그렇게 열한 시경 들어온 남편은 여느 때 없이 기분이 좋아보였고 지난 몇 년 동안에는 통 엄두를 내지 않던 짓까지 하려 들었다.

"이 양반이 왜 이래요. 취했으면 곱게 주무실 일이지 다 늦어서 이게 웬 주책이람."

하고 조여사가 질겁을 하고 피하자

"이봐, 그럴 일이 있다구. 님자가 알면 깜짝 놀랄 일이야."

싱글싱글 웃으면서 해괴한 소리를 지껄였다. 그러면서도 여전히 기신기신 무릎걸음으로 달려드는 것을 조여사는 여전히 방구석으로 피해 달아나며

"글쎄 건넌방의 경순이 듣겠우. 갑자기 미쳤나? 왜 이리 주책을 떨어요"

하자

"그럴 일이 있다구, 그럴 일이 있다니까는."

하고 자리에 벌렁 자빠지며 낄낄 웃는 것이 아닌가. 그 웃음이 조금 이상스러웠다. 어떻게 보면 자포자기 비슷하였고 또 어찌 보면 그 무슨 복선이 깔려 있는 것처럼도 보였다.

"어서 주무시우. 저 양반이 오늘저녁 왜 저러는가 모르겠네."

"흥, 모르겠지. 님자야 알 수가 있나. 모를 밖에. 하지만 이제 알아질 것이야. 조만간에 알아질 것이랑이."

"알아지긴 뭐가 알아져요? 쥐뿔따구나 알아질 것이 뭐가 있어서."

하고 말대꾸를 하다가 조여사는 새삼스럽게 남편을 건너다보았었다. 옳다, 그새 그런저런 일이 있었나보다. 경자가 기어코 제 말을 안 들어먹을 것 같으니까 경자 남편과 장거리 전화로 사정사정하여 경자에게 왔다는 게이조오의 그 편지 내용을 알아냈다는 것이나 아닐까. 필경 그럴 것이다. 알고 보니 그 내용도 대동소이하게 별 것은 아니니까 저렇게 실망을 달래자는 것일 터이다. 이런 식으로 생각하며 조여사는 남편이 측은해지까지 했던 것이다.

그러나 그런 정도의 일이었으면 오늘 저녁도 미호천 너머까지 건너가

며 마셔댈 일은 아닌 것이다. 비로소 조여사는 지난 며칠 동안의 일이 전혀 다른 조명 속으로 떠올랐다.

혹시나⋯⋯ 조여사는 벽시계를 쳐다보았다. 한 시 십 분 전이다. 순간 그 무슨 영감이라도 좋고 직관이라도 좋고 아무튼 조여사는 무엇에 이끌리듯이 자리에서 일어섰다. 급하게 작은 장롱서랍 두 개를 번갈아 열어 보았다. 엊저녁과 아까 초저녁에 그 서랍을 열었다가 웬 봉함편지 하나가 있는 것을 무심히 넘겼던 것이 와락 생각난 것이다. 윗서랍 이었던지 아랫서랍 이었던지 딱히 기억은 없어서 두 서랍을 번갈아 열어 보았다. 더구나 얼마 전에 게이조오에서 온 일본 편지라면 조여사도 알고 있었는데 그것도 아닌 듯하였다. 혹시나⋯⋯ 퍼뜩 떠오른 이런 생각. 그 이상은 아무런 짐작도 요량도 없었다. 그저 칠흑으로 깜깜할 뿐이었다. 그러나 그런 나름대로 혹시나⋯⋯ 하는 그 강도는 여느 때의 어떤 호기심보다도 강렬하던 것이다.

아니나 다를까, 그 편지를 집어든 조여사는 갑자기 저도 모르게 온몸을 부들부들 떨며 발신인 이름부터 젓겨 보고, 거기 <泉 達夫>라는 석 자를 찾아내었다. 그것은 문자 그대로 한밤중의 유령이었다. 조여사는 눈 앞이 아찔하고 가슴이 두근거렸다. 그것은 삼십년 만에 접하는 그 어느 옛날의 익숙한 이름이었지만 우선은 그 어떤 짙은 낭패감과 공포감으로 엄습해 오는 것이다.

'어머머, 이 양반이 기어이 일을 저질렀나보군.' 하고, 조여사는 스스로 두근거리는 가슴을 가라앉히기라도 하려는 듯 남편 박훈석에게 가볍게 푸념하듯이 속으로 중얼거렸다. 다른 한편으로는 '이까짓 종이쪽지쯤 가지고 놀라지 말자. 이까짓 종이쪽지 쯤.'하고 자신을 조심스럽게 달래었다. 그러나 어쩔 수 없이 그 이름 석 자에서 풍겨오는 은밀한 그리움 비슷한 느낌을 어쩔 수는 없었다. 깊이깊이 묻어 두었던 그 옛날의, 그들과 살을 맞부비면서 살 때의 자상한 분위기들이 한꺼번에 폭발해 나오듯이 연기 피어오르듯이 피어오르는 것이 아닌가.

조여사는 그 봉함편지를 한 손으로 와삭 글어 쥔 채 방 한가운데 잠시 머엉하게 앉아 있었다.

삼십여 년 전 어느 눈이 내리는 초저녁이었다.

하늘은 희뿌옇게 흐려 있었고 함박눈이 조금 뜸해진 틈에 주변의 먼 산, 가까운 산이 선명하게 제 모습을 드러냈다가는 다시 함박눈이 쏟아지면 눈앞이 보얗게 흐려지곤 하였다. 조여사는 눈 덮인 들길을 소달구지를 타고 가고 있었고, 옆에는 검정장화에 당꼬 즈봉차림의 다쯔오가 자전거를 한 손으로 끌며 걷고 있었다. 조여사는 지금 그 기억은 분명하지 않다. 거리의 큰 길을 걷다가 호젓한 들판 길로 들어서면서 연거푸 다쯔오가 권하는 통에 할 수 없이 달구지에 올라탔을 것인데, 어느 근처에서 어떤 식으로 달구지에 올랐는지는 까맣게 기억이 없는 것이다. 필경은 혼자서 댈롱 올라탔을 리는 만무였고 다쯔오가 안아 올렸다든지, 뒤로 엉덩이를 받쳐 올렸다든지 했을 터인데 말이다. 그것이 다쯔오의 손이 자기 몸에 닿은 맨 시초였을 것이다.

다만, 지금 조여사가 분명하게 떠올리는 것은 그날 저녁 눈 덮인 석산리라는 곳에 난생 처음 닿아, 무언지 처음부터 수상쩍고 수선스러운 분위기가 불안했던 것인데, 아니나 다를까 저녁밥을 들고 나자 다쯔오가 나지막하게 지껄이던 일방적인 선언. 아, 그것은 조여사로서는 청천의 벽력이었던 것이다. 독립운동으로 온 집안이 폭삭 망하고, 남은 친정식구라곤 반은 몽유병자가 된 늙은 어머니와 함흥 형무소에 무기징역을 받고 살고 있는 두 오라버니뿐이었던 것이다. 결국 조여사는 열여섯 살에 의지가지없는 고아나 다름없이 되었는데 오라버니의 수사를 맡았던 일본인 하나가 동정심에서 그녀를 양녀 겸 식모로 맡게 된 것을, 마침 그 자와 막역한 친구지간이던 다쯔오 쪽에서 눈독을 들여 그 자에게 청을 넣어 떠넘겨 받았던 것이다. 그러나 정작 장본인인 조여사는 그런저런 내용은 까맣게 알 리가 없었고, 그날 저녁 눈이 퍼붓는 속에 그 일본인 집을 떠나올 때도 단순히 식모살이를 옮겨 왔나부다 정도로만 생각했던 것이다. 아, 지금에야 새삼 짐작이 간다. 그때 어디쯤에선가 소달구지에 올라 탈 때 다쯔오가 안아 올렸던지 엉덩이를 받쳐 올렸던지 기억이 안 나는 것도, 시골의 일본사람 집으로 식모살이를 옮겨 앉는 것이겠거니 정도로 가볍게 여겼던 때문이었을 것이다.

"오늘부터 너는 내 마누라가 되는 거다. 알겠느냐."

순간 그녀는 온몸의 피가 금방 발가락 사이로 빠져 나가는 것 같았고, 모든 사고능력이 기능을 멈추고 온 누리가 엉뚱하게도 고요해지는 느낌이었다. 다음 순간, 그녀는 혼신의 힘을 내어 다쯔오 앞에 엎드렸던 것이다.

"선생님, 제발 용서해주십시오. 저는 아직 철없는 어린애입니다. 저는 그저 식모살이 하러 오는 줄로만 알았습니다. 선생님, 저를 살려 주신다면 평생 그 은혜를 잊지 않겠습니다. 제발제발 용서해 주십시오. 열심히

밥도 짓고 물도 긷고 일도 하겠으니, 식모살이로만 살게 해 주십시오" 하고 정신없이 주절대는데 어느새 다끄오는 그의 두 볼을 두 손으로 싸쥐며 일으켜 앉혔다.

"오늘 이곳으로 올 때부터 그런 약정으로 온거다. 난 엄연히 먼저 집에 네가 있던 집 말이다, 사례도 많이 했고 알겠느냐. 너도 이미 그 나이 시집 갈 나이는 된 나이다."

"선생님, 제발제발, 저를 용서해주신다면 평생 그 은혜를 보답하겠습니다."

"내 말 알아듣겠냐? 기왕 네 집은 망한 집이다. 오라버니들이 함흥 형무소에 살아있다고는 하지만 죽은 목숨이나 매한가지야. 살아 나오지는 못할 것이다. 살아 나온들 온전한 사람 구실하기는 글렀다. 내 말아 듣겠냐?"

"……"

"네 집 대를 이을 사람은 오로지 너 뿐이라는 말이다. 그렇다면 네 집안을 생각해서도 네 책임이 막중하지 않겠냐. 그야, 나는 일본 사람이다. 네 집안으로 보자면 네 집안을 그 지경으로 만든 장본인의 하나요 적이다. 하지만 그런 앙심과 원한을 가져본들 이미 아무 소용 없어. 기왕에 이렇게 된 것도 운명이라면 운명이고, 인연이라면 인연이 아니겠냐. 네가 이 집으로 들어오게 된 그런저런 사정만을 자꾸 억울하게 생각할 것은 없는 거다. 어쨌든 너는 나를 통해서라도 네 집안을 도로 일으켜야 할 막중한 책임을 지고 있다는 말야. 기왕 나로서도 이렇게 된 바에는 이 점 깊이 명심하고 있다. 네 오라버니들 문제도 크게 희망을 갖지는 말라

마는 내 힘자라는 데까지 애를 써보겠지만, 저영 가망이 없을 때는 네 몸에서 나오는 아이들이 네 성性을 갖게 해서 네 집을 잇도록 하겠다는 말이다 어떻게 들으면 이 말이 너의 집으로서는 더 없는 치욕으로 들릴 것이다만, 그렇게 고깝게만 생각하지는 말어라. 나로서는 나대로 진정이 담긴 말이니까. 내 피가 너의 집안에 섞여든다는 쪽으로만 생각하지 말고 우리 사이의 자식은 너 자신의 피라는 쪽으로 받아들일 수도 있지 않겠나. 조씨의 피로. 그러기 네 성을 좇도록 하겠다는 것이 아니겠나. 거듭 얘기다만 이건 나대로의 진정이다. 이 점 믿어다오 모든 일은 세월이 해결해 줄 것이다. 알겠나?"

아, 그때 갓 스물! 그 무렵의 여자 나이로는 이미 노처녀에 속하는 나이였지만, 여전히 어린애 기분이었던 그때 갓 스물. 아무리 식모살이었을 망정 앞날에 대한 한줄기 희망은 사그라지지 않고 있던 아이에게 이 무슨 청천의 벽력이었던가. 그리고 웬일인가. 깊고 깊이 묻어두고 아득하게 잊어버리고 있었던 그때 처음으로 다쯔오가 하던 그 말이, 그때 그 방의 가물거리던 등잔불과 함께 바로 어제 일인 듯이 되떠오르는 것이다.

조여사는 잠시 정신 나간 사람처럼 뻥하게 앉아 있었다. 그러나 갑자기 펀뜻 정신이 돌아 온 듯이 손아귀에 걸머쥐었던 봉합편지를 펴서 수신인의 이름을 들여다보았다. 당연히 자기 이름이어야 한다는 듯이. 그러나 수신인은 남편 박훈석의 이름이었다. '그러면 그렇지!' 하듯이 조여사는 빙긋이 웃으며 머리를 두어 번 끄덕였다. 물끄러미 한참 동안이나 그 수신인 이름을 들여다보았다. 수신인으로 자기 이름이 아니라 박훈석의 이름이 적혀 있다는 사실이 어쩐지 이 다쯔오라는 사람과의 관계에서는 앞뒤가 맞을 것 같고 일관성이 있겠다는 쪽으로 새삼 머리가 끄덕여지는 것이다. 처음부터 이런 식으로 자기라는 사람을 짓밟고 대어들었던 사람이 아니던가.

조여사는 비로소 편지 내용을 읽어 내려가기 시작했다.

밤을 꼬박 새운 조여사는 동이 트기 시작하자마자 일어나 주섬주섬 옷을 주워 입고는 건넌방의 성을이와 경순이 깨지 않게 살그머니 집을 나섰다. 손에는 다쯔오의 봉함편지가 들려 있었다. 딱이 어디로 가자는 엄두가 있어서 나온 것은 아니었다. 남편 박훈석과 이대로는 대면 할 수 없다는 생각이었고, 성갑이에게든 서울의 경자에게든 가서 이 일을 알리고 어떤 대비책이라도 강구해야겠다는 요량이었다.

새벽거리는 이따금 헤드라이트를 컨 택시가 쏜살같이 지나갈 뿐 아직 인적이 뜸하였다. 그러나 바로 코닿은 곳인 고속버스터미널에는 사람들이 웅성거리고, 덩다랗게 버스들이 줄지어 서 있었다.

간밤을 꼬박 새웠지만 정작 새벽거리로 나오자 열에 뜬 마음이 약간 잦아들며 이 일이 이토록 충격일 것은 뭐냐는 쪽으로, 현 남편 박훈석이나 전남편 다쯔오나 그런 사람들인 점은 새삼스러운 것은 아니지 않느냐는 쪽으로 생각이 다잡아졌다. 그러나 아무리 그렇다고 한들 설마 이럴 수가 있을까. 저것이 사내들 세상이라는 셈인가. 다쯔오의 편지로 짐작되는 박훈석의 짓은 거듭 등골이 오싹해지는 것 이다. 근 삼십 년 동안을 맡아 길렀다니. 감히 그런 얘기를 어떻게 할 수 있을까. 민족적 자존심까지는 거창하게 쳐들지 않더라도, 사람으로서 털끝만큼이라도 자존의식이 있는 사람이면 차마 저 소리는 입 밖에 못낼 터였다.

조여사는 텅 빈 새벽거리 한가운데를 휘이휘이 휘젓고 가듯이 혼자 무작정 걸으면서 옛날로 옛날로 빠져 들어 갔다.

그날 밤으로 다쯔오와 처음 잠자리를 같이 했던 것인데 이미 이렇게 되면 어찌 해볼 수 있는 입장은 아니었다. 그저 정신없이 덜덜 떨고 울면서 제발 이러지 말아 달라고 용서를 빌었을 뿐인데, 그것도 이미 절망감의 몸부림일 뿐이었던 것이다. 다쯔오는 몸뚱아리는 짐승이었으나 그녀를 어루만지는 손길이며 밤새도록 달래고 위로하는 말은 그런대로 벌써 따뜻하고 사근사근한 남편이었다.

"암튼 살아보자. 처음이니까 이렇지. 조금 익숙해지면서 애라도 두엇 빼 낳으면 괜찮아질 것이다. 너로서는 차라리 이편이 편하게 빠진 팔자인지도 모른다. 몇 년 지나고 보면 알 것이다."

이런 식으로 되풀이 지껄이는 소리를 귓결으로 듣는 둥 마는 둥, 죽어 버리는 거다. 오늘밤이 지나면 혀라도 깨물고 죽어버리는 거다 하고 거듭 곱씹으며 설핏 잠이 들었는가 싶자, 다시 눈을 떴을 때는 어느새 아침이 되어 있었다. 와락 일어나 앉아 퇴창문 틈으로 밖을 내다보니 천지는 온통 눈 속에 파묻혀 있지 않는가. 일순 그녀는 풀썩 도로 주저앉으며 아무래도 죽지는 못할까부다 도대체 어찌 되는가 견뎌 보자 차마 죽을 수는 없다, 하고 한숨 쉬듯이 생각했고 그러자 어느새 잠이 깬 다쯔오도 발딱 누운 채 담배에 불을 당기던 것이었다.

그 후 몇 년 동안의 일은 그저 막연한 분위기일 뿐 이렇다 하게 분명하게 떠오르는 것은 별로 없다. 저 무언지 어수선하고 수선스러운 속에 늘 좌불안석이었고 죄책감과 회한이 범벅이 된 조바심 속의 무엇엔가 항상 쫓기듯 하는 세월이었던 것이다. 물론 들여다볼만한 친정도 없었지만 설령 있대도 무슨 염치로 들여다볼 것인가. 친정과도 일체 발을 끊어 버렸다. 그러노라니 매일매일을 열에 뜬 듯이 일속에 파묻혔다. 크고 작은 일을 가리지 않고 바깥일이건 부엌일이건 노상 일속에 파묻혀서 지냈다. 밤이면 몸을 요구하는 다쯔오에게 한번 내맡겨 놓고는 그대로 깊은 잠속에 골아 떨어졌고, 닭이 울기 무섭게 새벽같이 일어나서 일군들의 새벽 조반부터 해내었다. 이렇게 이, 삼 년 지나는 동안 시어머니의 자기를 보는 눈길도 날이 갈수록 따뜻해 갔고, 큰 댁(다쯔오의 처)도 처음 들어올 때처럼 쌀쌀하게 대하지는 않았다. 더구나 성갑이 경자 남매를 낳고부터는 배다른 형들도 여간 아이들을 귀여워해주지 않았고 그녀에게도 작은어머니 하고 여간 따르지 않았다. 그러나 그것도 잠깐이었다. 그런 생활에도 이럭저럭 익숙해져서 조금 숨구멍이 틀만 하자 바깥 세월이 다시 술렁거리고 수선거리기 시작했다. 게이조오 위로 게이이찌(경일)와 게이지(경이)가 차례로 군문으로 들어갔고 그렇게 집안은 썰렁해졌다. 아무리 보아도 세상은 심상치가 않더니 기어이 1945년 여름 전쟁이 끝났다. 그날의 기억도 별로 없다. 한낮의 파란 하늘에 솜뭉터기를 찢은 듯한 얇다란 구름이 스러지듯이 흘러가던 것을 멍히 쳐다보던 기억뿐이다. 그때 조여사는 동네가로 흐르는 붓도랑에서 경자를 데리고 빨래를 하고 있었는데, 꼴짐을 지고 소를 몰고 지나가던 새돌집 총각이 어디서 들었던지 상글벙글 웃으며 지껄이던 것이었다.

"일본집 아주머니, 전쟁이 끝났대요. 아주 끝나버렸대요 일본이 졌다는군요"

순간 조여사는 빨래 손을 멈추고 붓도랑가의 둔덕 위에 서있는 뽕나무 잎새 틈으로 엷은 구름 한 조각이 머흘머흘 흘러가는 것을 보았던 것이다. 대강대강 빨래를 걷어 경자를 들쳐 업고 집으로 들어왔다. 반바지에 각반을 치고 국방색 전투모 차림의 다쯔오가 큰 문가에 서 있었다. 들어서는 그녀를 보자 눈길을 피하였다. 그 피하는 눈길에서는 무언지 귀찮아하는 쌀쌀한 것이 감돌고 있었다.

  그날 저녁도 예외 없이 전깃불이 깜박깜박하며, 삼사십 분 꺼져 있곤 하였다. 그보다 두어 해 전엔가 동네에 전기를 끌어 들였었는데, 원체 전압이 낮아서 높은 촉수를 켜지 않으면 등잔불이나 매한가지였다. 게다가 늘 깜박깜박하며 꺼지고 더러는 초저녁 때 내내 꺼져 있다가 밤이 늦어서야 불이 들어오곤 하였다. 그날 저녁도 예외 없이 그러하였다. 조여사는 그날 저녁 따라 이렇게 전깃불이 꺼져 있는 것이 차라리 여간 다행하게 느껴지는 게 아니었다. 캄캄한 것이 도리어 좋고 마음이 안온해지는 것이었다. 등잔불도 켜지 않은 채 칠흑 같은 어둠 속에 가만히 앉아 있었다. 그 무슨 낌새를 저들 나름으로 느끼는 듯, 성갑이와 경자도 여느 때 없이 얌전하게 앉아 있었다. 방문은 열어둔 채여서 과수원 위로 산등성이 수묵빛으로 뻗어갔고 덩실한 목조 이층집인 건너편 큰집에는 등잔불빛이 내비치고 있었다.

  다음날 저녁인가, 술기운이 있는 동네 장정들 여럿이 몽둥이며 쇠스랑이며 삽이며 들고 몰려 왔으나 문 앞에서만 서성거리며 고래고래 소리를 지를 뿐, 한동네 나이든 어른들의 만류로 별 불상사는 없었다. 그때도 조여사는 두 아이를 데리고 딴 채의 방에 문을 처닫고 들어 앉아 꼼짝을 하지 않았다. 건너편의 큰집도 쥐죽은 듯 조용하였다.

 그날 밤으로 석산리의 장노격인 어른들 몇이 정식으로 다쯔오를 찾아와 한참을 수군거리고 돌아갔다. 여기서 대강 피차에 양해가 이루어진 모양이었다. 거리의 일본인들의 향배를 좇아서 본국으로 돌아가겠노라는 얘기였던 것 같다. 그리고 같은 날 밤늦게 비로소 다쯔오가 건너왔다. 전쟁이 끝나고는 처음으로 가까이 대면하는 셈이었다. 회색기운이 도는 검정색 하오리를 걸치고 있었고 여느 때 없이 근엄한 얼굴이었다.

 "너는 어쩌겠느냐. 본가 친정으로 가봐야 하지 않겠느냐."

 조여사는 저도 모르게 노여움과 원한이 깃든 얼굴로 휘딱 다쯔오를 건너다보았다.

 "그야 내일이라도 가보아야지요."

 "애들은?"

 "그야, 데리고 가야지요."

 "가서, 눌러 있을 형편이면 있을 작정이냐?"

 그러나 그런 엄두까지는 아직 안 서 있었던 것이다. 이미 친정 쪽은 까마득히 잊어먹고 있었던 것이다. 아니, 잊어먹었던 것이 아니라 무슨 낯으로 들어가나 싶어 아예 그쪽으로는 생각을 안 하고 있었던 것이다.

 잠시 간을 두었다가 조여사는 나지막하게 받았다.

 "눌러 앉아도 될 형편이면 의당 그래야지요 허나……"

하고, 조여사는 다시 한번 냉연하게 다쯔오를 건너다보았다.

 "애들도 있으니까, 그런저런 문제는 할머니랑 같이 의논을 하도록 하지요."

"그렇군. 그러는 게 좋겠구나."

그날 밤으로 여전히 전깃불이 깜박깜박하는 속에서 가족회의가 열렸고 이 자리에서 애들 할머니가 기어이 고집을 세워 경자는 그쪽으로 넘기도록 합의가 되었다. 할머니는 경자에게 흠뻑 정이 들어 있었던 것이다. 그러나 이튿날 친정으로 갈 때는 두 아이를 일단 데리고 가도 좋다는 허락을 받았다.

그러나 다쯔오 쪽에서 경자를 떠맡겠다는 생각이 얼마나 무모한 것이었던가 하는 것은, 그해 초겨울 불과 열흘도 못되는 열차 속에서의 고생 끝의 끝내는 바싹 야위고 까맣게 석탄재에 쩔어 들어 석산리 집으로 도로 기어들어 오면서 할머니 자신이 절감을 해야 했던 것이다.

거리는 완연히 아침으로 접어들어 택시나 시내버스의 왕래가 늘어나기 시작하였다. 장사치들이나 도시락을 든 막일꾼들의 모습에 길가의 점포들도 하나둘 열리고 있었다. 조여사는 어느새 거리의 서남쪽 끝머리에 와 있었다.

'이러구저러구 할 것 없이 그게 불찰이었어. 저번에 게이조오가 왔을 때 두 애를 데리고 떳떳이 나섰어야 하는 건데. 그렇게 정직 담박하게 이쪽 입장을 밝히고 들었어야 하는 건데.'

하고 조여사는 새삼 후회가 되었지만 그 점이라면 지금이라도 늦지는 않을 것 같았다.

다쯔오 앞으로 조여사 자신이 편지를 쓸 수도 있는 것이다. 일본글에 비록 자신은 없었지만 우리말로 써서 서울의 경자 남편에게라도 번역을 부탁할 수는 있는 것이다.

조여사는 곧장 고속버스터미널로 되돌아 걷기 시작했다.

다쯔오의 그 편지를 그대로 손아귀에 걸머쥔 채 서울 신촌의 경자 집에 들어섰으나 아침나절부터 거기서 벌어졌을 사정은 뻔하였다. 이러고저러고 여러 소리 할 것도 없었고, 더구나 편지 사연을 구체적으로 알아보려고도 않은 채 경자는 금방 제 집으로 들어선 어머니를 다짜고짜 되끌고 조치원으로 내려 갈 태세이던 것이다.

조여사는 어이가 없었다.

"아니, 숨이나 좀 돌리자꾸나. 조치원으로 내려가서는 성을 애비에게 따져들 작정이야?"

"흥, 내가 성을 애빈지 성병이 애빈지는 미쳤다고 만나요. 성갑이 오빠 만나서 사내자식이 못 나도 분수가 있어야지 이 꼴 벌어지도록 뭘 하고 자빠졌느냐고 해대야지요. 대체 어찌 할 생각이냐고."

"맞다, 그건 네 말이 맞아. 성갑이가 조금만 칠칠했어도 이 지경으로 짓밟히지는 않는 건데."

"듣기 싫어요. 짓밟혔다, 짓밟혔다, 짓밟혔다, 그런 입 끝에 바른 소리나 지껄이면 대수인가. 어서 나갑시다. 여섯 눈이 생생해가지고 당한 주제에 짓밟혔다는 소리나 지껄이면 대수에요?"

"그 말도 네 말이 맞다만, 올라오면서 곰곰 다시 생각해 보았는데 역시 처음부터 성갑이 뜻대로 했어야 하는 거였다. 게이조오가 왔을 때 나랑 성갑이랑 당당하게 나섰어야 하는 거였어. 나서서 할 얘길 했어야지."

"흥, 이제 와선 내 탓까지 잡는구먼."

"네 탓을 잡자는 것이 아니라 네가 하도 극성을 떠니까 성갑이도 그만

주눅이 들었던거지. 나부터 실은 그랬으니까."

"이거 봐요 엄마. 만일 만났으면 만났던 대로 사단이 벌어졌을걸요 못난 사람은 바로 서나 거꾸로 서나 못 나기는 마찬가지에요."

"그 말이 맞다만, 엄마나 오빠는 네 말대로 못 났다하고, 그렇다면 너래도 잘났으면 될 게 아니냐."

"잘 났으니까 그때는 그러고 지금은 이러는 거 아니에요. 암튼, 어서 일어서요. 왜 아침부터 하필이면 그런 일을 떠메고 내 집으로 와요? 나는 아예 조치원의 그런 일 하고는 상관 않으려는 사람인데. 자, 어서 일어서요, 일어서래두요"

경자는, 조여사 손에 들려 있는 그 편지가 마치 징그러운 마귀할멈이나 되는 듯이, 그리고 그것이 잠시라도 자기 집에 들어와 있었다는 것이 크게 부정하기나 하듯이 신경질적으로 재촉하였다.

"가만, 왜 이러 수선이냐. 올라 왔던 김에 경희랑 성병이랑도 좀 만나보자꾸나. 일이 이쯤 되었으면 그애들에게도 모든 걸 다아 털어 놓고 애기할 때도 된 것 같고"

비로소 경자도 조금 수그러들었다. 경희는 말고라도 성병이는 당장 불러내고 싶다. 매사에 이런 식으로 일이 꼬이고 어려워졌을 때 경자로서 가장 믿음직한 것은 늘 성병이었다. 조치원으로 내려가더라도 성병이를 데리고 가는 편이 든든한 것이다. 그리고 이참에 집안이 당장 두 조각이 나는 한이 있더라도 모든 것을 백일하에 드러내고 표면화시켜서, 성을 애비의 흑심이나 성갑 오빠의 구렁이 담넘 듯 하는 마음을 몽땅 까발리고 싶어지는 것이었다. 경자는 약간 목소리를 낮추었다.

"글쎄 경희는 다음번에 올라올 때 만나더라도 성병이는 당장 만나게 해줄 테니까요. 가만있자 몇 시나 되었나?"

시계는 아직 열시 전이었다.

"조금 있어요. 성병이에게 전화부터 걸어 볼 테니까."

경자는 곧장 전화 쪽으로 다가가서 다이알을 돌렸다. 마침내 성병이가 나오는 모양이었고 간단간단히 약속을 하는 모양이었다. 주고 받는 말로 보아서 엄마가 조치원서 올라왔는데 소리 같은 것은 일체 빼고, 모종 급한 일이 생겼으니 어느 어느 다방에서 지금 곧 만나자는 것 같았다.

"전화 주고받는 뽄세가 너희들끼리는 상종이 잦은가보구나. 녀석하고는."

하고, 조여사는 이 경황 중에도 대견하다는 듯이 비시시 웃었다.

"그럼, 그렇구말구요. 내가 믿는 건 성병이 뿐인걸. 그건 아무튼 어서 나갑시다. 성병이 기다릴 텐데."

"기왕 왔는데 경희에게도 연락을 해보았으면 쓰겠구나. 하긴 근무시간이어서 힘들겠지?"

"그래요, 나오긴 힘들어요. 찾아가지 않고서는."

"그럴 줄 알았으면 그 애 일하는 곳 근처 다방에서 약속할걸 그랬구나. 저엉 못 나오면 잠시 들여다보기라도 하게."

"암튼 어서 나갑시다."

둘은 곧 신촌 집을 나섰다. 택시 속에서도 여전히 다쯔오의 편지를 그대로 손아귀에 걸머쥐고 있는 어머니가 보기에 민망했던지 경자는 얼굴을 창밖으로 돌리며 은근하게 한마디 하였다.

"아이, 엄마도 무슨 보물단지라고 그걸 그렇게 손아귀에 틀어쥐고 있우? 어디 주머니에라도 넣지 그래요."

"참, 내 정신 좀 보게. 노상 이러구 있었던가보구나. 조치원 집을 나설 적부터 말이다."

여전히 경자는 외면을 하고 있었고 조여사는 잠시 망설이다가 주섬주섬 그걸 양말 틈에 쑤셔 넣으면서 지나가는 소리처럼 중얼거렸다.

"아무리 네 고집이라곤 하지만 이 편지의 글씨라도 보고 싶지가 않다는 말이냐."

"보아서 뭘해요. 엄마처럼 그렇게 보물단지 모시듯이 해야 하나요. 난 그럴 수는 도저히 없어요."

"누가 보물단지 모시듯 했다는 말이냐. 그냥 이렇게 손에 쥔 채."

"그게 여자들이라는 걸 거예요. 사내들하고는 다른 점이지요. 무의식 속에라도."

"그럼 너는 너를 낳아준 사람에게 아무렇지도 않다는 말이야. 피차에 걸린 사정은 어쨌든 간에."

"나를 낳아준 게 엄마지, 누가 또 있다는 말인가요?"

"경순이가 그런 소리 하면 철이 없다고나 하겠다만."

운전수도 비시시 웃으며 백미러 속으로 뒷자리를 흘끔거리자 경자는 다시 조여사를 살짝 건드리며 말했다.

"그만 합시다."

서울역 앞 고속버스터미널에서 내려 터미널 입구의 다방으로 도로 걸어 내려왔다. 십분 남짓이나 기다렸을까. 잠바떼기가 거의 희끄무레하게 닳아질 대로 닳아진 청바지 차림의 성병이가 들어서더니, 어머니를 보고도 별로 반색하지도 않고 털썩 제 누이 옆에 앉아 필터 없는 담배부터 꺼내 물었다.

"아침부터 웬일들이유? 어머닌 또 웬일이고 조치원에서 무슨 일 일어났습니까?"

하고 능청스럽게 묻자 경자는 낄낄거리고 웃었다.

"엄니, 이 애가 커가면서 왜 이렇게 점점 능청스러워지지요? 징그러워 못 견디겠어요."

그러나 그 억양은 정말로 징그럽다기보다는 믿음직스럽다는 쪽으로 들렸다.

"징그러운 동생 하나 두어서 너도 넉넉한가 보구나. 성병이 능청이야 어릴 때부터 그랬지."

"제 아빠를 닮았어. 이 애는 닮아도 정반대로."

성병이는 필터 없는 담배를 탐스럽게 들이 빨면서 시큰둥한 얼굴로 물었다.

"그건 그렇고, 대체 뭡니까. 일본서 무슨 흉측한 소식이라도 왔다는 말입니까? 큰누나가 나를 불러냈을 때는 좋은 일일 리는 만무고 혼자서는 감당 못할 정도의 일이 생겼을 것이 뻔한데."

"어쩜, 어쩜 그렇게 쏘옥 집어낸담."

하고 조여사는 경자의 눈치를 흘끔 살피듯이 하고는

"기왕 알아질 일 털어 놓자꾸나. 일본서 편지가 왔다. 조치원 아버지한테. 일본의 네 누나 아범으로부터."

하고 단도직입적으로 말하고는 양말 틈에서 그 편지를 도로 꺼내었다.
　성병이는 급하게 담뱃불을 비벼 끄면서 튕기듯이 받았다.
　"대체 그게 무슨 얘기입니까? 누나 아버지한테서 누나에게나 엄마에게라면 몰라도 조치원 아버지에게라뇨?"
　"글쎄 말이다. 일이 들꼬이나부다. 그래서 누나도 널 불러내는 게 아니냐?"
　성병이는 오만상을 찌푸렸다.
　"편지 내용은 뭐든가요?"
하고 다시 어머니를 마주 건너다보면서 물었다.
　"내용이야, 기절초풍할 일이지. 오죽하면 어젯밤 꼬박 새고 새벽같이 경자에게 올라 왔겠니?"
　"조치원 아버지는 어머니가 올라오신걸 아십니까?"
　"알기는커녕, 벌써 사흘째 술타령이고 지난밤에는 아예 미호천 다리 넘어서 밤새 마시는가보다."
　"대강 짐작이 되는군요."
　그러자 경자가 말했다.
　"우물쭈물 할 것 없다. 당장 내려가서 우선 큰오빠부터 만나. 성병이 너도 내려갈 수 있겠지? 학교는 하루쯤 결석하려무나."

제 6 장

1

다쯔오가 한국의 박훈석과 일본의 오오다니상사 간에 연줄이 닿도록 교량역을 하고 있다는 사실을 일본에 나와 있는 북쪽의 에이전트에서인들 몰랐을 리가 없었다. 그들은 벌써 몇 년째 다쯔오 부자를 비밀리에 쫓으면서 틈을 노리고 있었던 것이다. 한편, 일본의 내각조사실 산하 해당 기관에서도 그대로 일정한 거리를 유지한 채 지켜보았다. 다만 그런 정도의 일은 일본 사회 안에는 거의 비일비재로 널려져 있는 것이어서, 이 일이라고 특별히 신경을 곤두세운다든가 하지는 않았지만 사태의 진전은 은밀하게 지켜보고 있었다. 사실은 다쯔오가 한일 관계의 타결이 이루어지는 육십년대 중반부터 안절부절 게이스께(성갑) 모녀의 소식을 두고 여간 궁금해 하지 않았던 것도 그 배후에는 이미 보이지 않는 힘이 작용하고 있었던 것이다. 말하자면 다쯔오로 하여금 그런 궁금증을 불러

일으키게 한 동인은 모종의 바깥 작용이었던 것이다. 다만, 지금까지도 그 사실을 다쯔오 자신조차 의식하지 못한다 뿐이었다. 어디까지나 순수한 자의라고 믿고 있는 것이었다. 주한 일본 대사관 측도 다쯔오와 게이스께 모녀와의 연결을 실무적인 차원에서의 문제 자체에만 즉해서 처리하였다. 이런 종류의 일은 비단 다쯔오와 게이스께 모녀간만 아니라 그 무렵에는 비일비재로 숱하게 널려져 있었던 것이다. 의당 이런 문제는, 현지 대사관이 다룰만한 차원으로 실무적인 차원에서만 접근을 하였다. 그야 일본의 정부차원, 이를테면 주한 대사관측에선들 이런 문제에 그런 저런 불순한 세력이 껴들 수도 있다는 가능성을 처음부터 배제하지는 않았지만, 일본 정부가 그 점으로 과히 신경을 써야 할 입장은 처음부터 아니었던 것이다. 그들로서는 그들 국민 가운데 어느 한사람이라도 그런 저런 문제로 괴로움이 있다면 그 괴로움을 풀어주는 쪽에다가 역점을 둘 뿐, 그 밖의 문제에는 일본 정부 자신이 당장 발등에 불이 떨어질 정도로 급하지는 않았던 것이다.

  일본 정부가 다쯔오와 그의 한국에 남아 있는 가족과의 관계에 대처하는 방식은, 일본정부가 한반도 남과 북에 대해서 취하는 그 일반적인 반응양태의 일면을 처음부터 그대로 드러내고 있었던 셈이다. 이를테면 어디까지나 실제적인 실익 본위의 접근방식, 한반도의 남북 당사자가 피차에 걸려 있는 긴장 관계를 십분 이해하면서도, 직접 얽혀드는 것을 조심스럽게 피하면서 되도록 원시적인 시야를 견지하는 체, 사실은 실익 본위로 대어드는 그 접근방식 말이다. 더구나 한반도의 남쪽은 같은 자유세계라는 명분에서도 그렇지만 실익면에서는 거의 불가분의 관계여서 일본 자체의 안위를 바로 한반도의 남쪽이 실질적으로 감당해 주고 있는 형국인 것이다. 그렇다고 그 점을 드러내놓고 꼬집어서 운운하는 것은 되도록 꺼린다. 민간 베이스로 혹은 비공식 정부 루트로라도, 한반도 북쪽과의 장삿길에 장애요소가 되는 점은 꺼리고 있는 것이다. 따라서 일본 정부로서는 일본 현지에 나와 있는 북쪽 에이전트에 대해서도 당장 일본 정부에 위협이 되지 않는 한은 그 활동을 묵과하고 있는 형편이다. 그러나 그렇다고 모든 것을 그대로 무방비상태로 내버려두고 있는 것은 아니고 문제의 세부들에 대해서만 은밀하게 지켜보고 있는 것이다.

바로 다쯔오 부자의 한국 가족에 대한 관계에 임해서도 일본정부 쪽의 입장은 그런 정도였다. 그러나 최근에 와서 그쪽의 움직임이 갑자기 활발해지는 낌새여서 일단 개입해 보기로 결정하고 미끼를 던져본 셈이었다. 그 미끼가 바로 다쯔오였고 다쯔오의 오오다니상사 방문이었던 것이다.

한데 오오다니상사도 그랬다. 일본의 흔한 무역 상사들이 다 그렇듯이 온 세계의 구석구석이 시장으로서 장사 대상으로만 뜻이 있을 뿐이지 그 밖에는 관심이 없다. 자유세계니, 공산권이니 하는 것도 그들로서는 별로 관심이 없다. 아니, 관심이 전혀 없다는 것이 아니라 그런 유별은 자기들의 소관사항이 아닌 듯이 생각하고 있고 사실이 어떻게 보면 그렇기도 하다. 그런 유별이 개개적으로 압박감으로 느껴진다면 장사고 뭐고 어떻게 할 수가 있을 것인가. 그런 문제를 담당하는 소관은 의당 따로 있다고 생각하고 있는 것이다. 그들은 오직 하나서부터 열까지 장사뿐이다. 장사만 된다면 자유권이니 공산권이니 가리지 않는다. 공산권 상대의 무기수출 같은 것이 결국 언젠가는 제 발등에 불이 떨어질 날을 자초한다는 쪽의 생각도 전혀 없는 것은 아니지만, 그런 먼 앞날까지 미리 걱정하면서 당장의 장삿속을 버릴 수는 없다고 생각하고 있다. 아니, 언젠가는 제 발등에 불이 떨어진다는 식의 발상이 고식적인 낡은 생각이라고 보고 있다. 왜냐하면 세계가 달라져 가는 것은 일종의 추세여서 그때그때의 상황에 닥쳐서 그때그때로 처신할 길이 있다고 생각하는 것이다. 먼 앞날의 일을 오늘의 차원으로 당장 오늘의 생각으로만 가늠할 수는 없다고 보는 것이다. 국가적인 차원에서의 그 정도의 유연한 생각이 있어서 비로소 한편에는 공산당 같은 극좌적인 정당도 버젓이 활보를 하고, 한편으로는 당장의 일본 국민들의 먹고 사는 길을 담당하는 무역상사들도 존재할 수 있게 되는 것이다. 그렇게 유연한 생각이 국가적으로 통할 수 있을 정도로 일본이라는 내외 여건이 행복하다고 볼 수도 있다.

그러나 그런 식으로 국가의 먼 앞날에 대한 정치적인 원려 같은 것은 그 분야의 사람들에게 맡겨둔 채, 당장 자신의 돈벌이에만 혈안이 되고 있는 사람들도 이것이 비단 자기 자신의 돈벌이일 뿐 아니라 국가의 부를 늘리는 것이라는 긍지 정도는 갖고 있는 것이 사실이고 객관적으로 볼 때도 오늘의 일본 국가에서 어느 쪽이 더 큰 기여를 하고 있느냐 하는 점에서 후자에 점수가 먹여지게 되는 것이 당연하겠지만 여기에 편승되는 여러 가지 요소에 대해서는 비교적 덤덤한 셈이었다. 다시 말하면 상사들이 오직 돈을 목적으로만 세계 곳곳으로 왕래하는 그 틈을 타서 다른 목적을 지닌 다른 촉수가 편승해 들어오지 말라는 법은 없을 터였다. 오오다니상사에서도 장래의 한국진출을 염두에 두고 벌써 몇 년 전부터 야마나까 무역상사의 한국대리점을 이용 한국에 줄을 대고 있는 정도지만, 아직 이렇다 하게 큰 건은 걸려들지 않았었다. 그리고 오오다니 상사 본사 측에서는 전혀 모르는 나가노 사부로우야말로 바로 그런 끄나풀이었던 것이다. 바로 게이조우가 한국으로 나가던 때에 비행기 옆 좌석에 앉았던 그 사람 말이다.

물론 게이조오는 아버지 다쯔오가 오오다니상사에 드나들고 한국 쪽의 박훈석을 위해서 그 나름으로 열을 올리고 깊이 개입해 들어가고 있다는 것을 대강 짐작은 하면서도 되도록 상관은 않으려고 하였다. 게이꼬와 박훈석에게 안부 편지를 낸 것으로 자기는 모든 것을 일단 마무리 지었다는 생각이었고, 그 일에서 발을 뺀다는 생각이었고 그 일에서 손을 끊었다는 생각이었다. 더구나 게이조오는 일본으로 돌아와서 사흘째 되던 날 정체불명의 사내로부터 연락을 받고 그와 만났던 일도 시종 불쾌한 기억으로 남아 있었고 자기의 성격이나 분수로는 처음부터 그런 판에 껴들 위인이 아니었다고 새삼 다지고 있었다. 그날 저녁 피차에 주고받은 대화는 지금 되떠올려도 뒷등이 서늘해질 정도로 창피하였다. 어느 면으로 보더라도 그럴 필요가 전혀 없었음에도 자기 쪽에서 처음부터 잔뜩 겁에 질려 응대를 하고, 저편을 으레 그런 사람으로 작정을 하고서도 끝까지 자기 쪽이 열세에 몰려 있었다는 것이 혼자서도 얼굴이 뜨거워지는 느낌이었다. 그날 저녁 그 자가 슬그머니 일어서면서 귓속말 하듯이 하던 말,

"당신은 역시 당신 말대로 현지에 갔다가 오더니 복잡해지셨군. 대체 당신은 어느 편이오? 그편이오? 이편이오? 조금 기간을 두겠습니다. 그동

안 생각을 정리하십시오. 물론 여기는 일본 땅이고, 당신은 일본 사람입니다. 당신은 이 편도 저 편도 아니게 살 권리가 있고 당신 마음먹기에 따라서 쉽게 그렇게 될 수는 있습니다. 우리가 당신에게 기대는 것은 당신의 도덕적인 의식뿐입니다. 아무튼 여기까지 온 이상 우리는 당신을 그냥 내버려두지는 않을 겁니다. 당신은 작정을 하셔야 합니다."

그 말이 요즘도 이따금 귀에 쟁쟁 울려오는 것이다. 그리고 그럴 때마다 게이조오는 머리를 설레설레 흔들며 새삼 다잡았다.

'나는 다만 일본 안에 사는 비교적 양심적이라고 불리울 정도의 일개 시민에 불과하다. 그리고 이 경우 양심적이라는 것은 일본 안에서의 매사에 양심적이면서 동시에 한국에서 귀환한 일본인으로서 한반도에 대해 양심적인 생각을 가지려고 한다는 뜻이다. 그러나 이런 정도의 양심은 그야말로 마음의 형태로 명실상부하게 양심으로만 있어질 뿐, 조금이라도 이것을 행동화하려고 들면 엉뚱한 함정에 빠지게 된다. 바로 이 점까지 포함해서야 오늘의 한반도가 제대로 이해가 된다. 양심으로, 즉 마음의 형태로만 지난다는 것은 따라서 아무 의미가 없을 수도 있지만, 한국 사람이 아닌 나로서는 반드시 그것을 넘어서야 할 이유도 없고 의무도 없다. 나는 그저 선량한 시민이요, 한국과 옛날에 그런 정도의 인연이 있었고 지금도 그런 정도로 관련되어 있는 선량한 일본 시민일 뿐이다. 그 이상은 나로서 분수에 넘친다.'

이렇게 생각한 게이조오는 별로 표가 안 나게 그 자신이 할 수 있는 일로서 어장을 하는 게이스께에게 그런 분야의 참고서적 네댓 권을 사서 보내주는 일로 그나마 약간의 위안을 삼았다. 그런저런 사연은 일체 적지 않은 채 박훈석의 주소로, 그러나 게이스께 현재 한국 이름인 박성갑 앞으로 보낸 것이다. 다만 책머리에다 보내는 사람으로서 게이조오 자신의 이름을 쓰는 김에 그 분야의 잡지를 매달 구해서 보내 주겠노라고는 몇 자 적었다. 게이스께가 일본글을 읽고 못 읽고는 여하간에, 또 게이스께의 당장 어장 경영 형편이 그런 류의 책을 붙들고 앉았을 정도로 한가한지의 여부는 여하간에, 게이조오로서는 자기가 지금 할 수 있는 길은 이 정도뿐이라는 것을 박훈석에게 혹은 게이스께 모녀에게 암암리에 시사해주자는 뜻이기도 하였다.

그 후, 그 분야의 잡지를 두 번 정도 부쳤을까. 받은 쪽에서 받았는지 못 받았는지 전혀 소식이 감감인데, 그러니까 게이조오가 한국을 다녀온 지도 두석 달쯤 지난 어느 날 저녁답이었다. 뜻밖의 곳에서 전화가 걸려왔다. 그날은 방학 임박한 일요일이어서 게이조오는 아이들이 시험답안지 점수를 내고 있었다. 아내 다까에의 말에 게이조오는 귀찮다는 듯이 되물었다.

"어디래? 학교인가?"

"아니요. 학교 같지는 않은데요"

하는 아내의 억양으로 게이조오도 비로소 머리를 들었다. 그 마주치는 눈길은 언젠가 그런저런 전화를 몇 번 받아 본 사람들의 불안이 피차에 살짝 감돌고 있었다. 일순 게이조오는 흠출하고 가볍게 놀라며 얼굴색이 조용해졌다. 한국에서 돌아온 지 사흘째에 만나고는 감감소식이어서 그 어간이 너무 뜨지나 않은가, 이따금 생각나곤 했던 것이다. 생각 날 때마다 살짝 불안해지곤 하였지만 어쨌든 이제부터는 전화로 깨끗이 거절을 해버리리라 작정을 하고 있었다. 지금도 게이조오는 으레 그 전화겠거니 생각하며 잠시 멍하게 불안해하는 얼굴이다가 갑자기 결연하게 일어서 전화 앞으로 걸어갔다.

"여보세요 제가 게이조오입니다. 누구십니까?"
하고 의례적인 억양으로 말하자, 저편에서는 대뜸 반색을 하는 것이 아닌가. 그 반색하는 억양도 으레 그쪽 사람이 지니고 있는 둔중한 억양이 아니라 야들야들하게 경박해 보일 정도로 호들갑을 떠는 목소리였다.

"아, 게이조오씨입니까. 오랜만입니다. 가만, 제가 기억이 나실라는가 모르겠습니다. 언젠가 한국 가는 비행기 위에서."

"네? 비행기 위에서라뇨?"
하고, 비로소 게이조우도 두 눈이 휘둥그레지면서 바로 문 옆에 엇비슷이 모로 서서 듣고 있는 아내 다까에 쪽을 흘낏 쳐다보았다. 그렇게 게이조오는 저편의 정체를 떠올리려고 하였지만 쉽사리 떠오르지는 않는 대로 그의 목소리만이 익숙하게 젖어드는 것이다. 목소리만으로도 작은 체수와 안경 낀 모습 같은 것까지 막연히 짐작되는데 누구더라? 누구더라? 하고 조바심을 피우는 사이에 드디어 그쪽에서 자세히 설명을 하였다.

"저어, 그러니까 한국으로 건너가실 때 비행기 위에 바로 옆자리에 앉았던 사람입니다. 나가노 사부로우라고 야마나까상사의 한국 대리점을 맡고 있는."

"아, 기억납니다. 기억납니다."
하고 게이조오도 비로소 안도의 큰 숨을 내쉬면서 반색을 하였다. 이 자가 갑자기 웬 전화질일까 하고 대번에 엉뚱한 느낌이긴 하면서도, 지레 짐작했던 그쪽 전화는 아니었다는 점이 여간 다행하고 마음 가벼운 것이 아니었다.

"한데. 웬일이십니까? 저한테 전화를 다 주시고"

"네, 실은 그때 서울에서도 혹시 저한테 연락이라도 취하지 않으실까 하고 저대로 기다렸었지요. 저도 밀린 일로 조금 바쁘다 보니 뒤늦게 호텔로 연락을 취했는데 바로 이틀 전에 귀국하셨다고 하시더군요."

"대단히 실례를 했구먼요. 저도 관광 스케줄이 어찌나 빡빡하게 짜였던지 그런 쪽의 엄두는 미처 못냈습니다. 결과적으로 어쨌든 실례를 했습니다. 죄송합니다."

게이조오는 가다오다 비행기 위에서 만난 사람으로서 그럴 필요까지 뭐가 있었을까, 호텔로 연락까지 취할 정도로 수선을 피울 일도 없었을 텐데 싶은 생각으로 게이조오가 요즈막에 이따금 그러는 버릇이듯이 잠시 멍한 얼굴이 되자, 그쪽에서는 다시 경박해 보이는 목소리로 야들야들하게 지껄여댔다.

"실은 이즈미 선생께서도 짐작하시겠지만 서울서 제가 선생을 만나고 싶었던 것은 겸사겸사였지요. 우선은 모처럼 외국에 나왔으니 피차에 여독이나 풀자는 생각이었습니다. 하필이면 제가 오다가다 비행기서 잠깐 인사를 나누었을 뿐인 선생과 여독을 풀 마음을 먹은 것도 실은 외국에 나와 있는 상사 비지니스맨들의 공통적인 점이라고 볼 수 있는 항시 새 영역을 뚫으라, 만났던 사람을 두세 번 다시 만나는 경우는 반드시 어떤 가능성이 있을 때 뿐, 그 밖에는 쓸데없이 시간을 낭비하지 말라, 되도록

새 사람을 만나서 장사 정보를 입수, 현지의 모든 부면에 지식을 넓히라는 수첩적인 표어에 충실하려는 것이지요. 게다가 선생은 한국에 연고자가 계신 분이기도 하지 않습니까. 그 연고자라는 것도 보통의 연고자가 아니라서 저 같은 사람도 약간의 호기심 정도 안 느낄 수가 없었다는 말씀이지요. 그러나 거듭 얘기입니다만, 외국에 나가 있는 일본 상사의 비즈니스맨들 누구나가 지니고 있는 왕성한 활동의욕의 일환이라고 할 밖에 없겠습니다. 그동안 제가 한국의 대리점이랍시고 맡고 있었지만 너무 실적이 없어서 고민하던 차에 반 심심풀이 삼아 선생님의 그 연고자 쪽에 관심을 가졌습니다. 이렇게 얘기하면 조금 실례이겠습니다만 장사도 장사려니와 약간은 엽기적인 호기심도 곁들여서 말입니다. 암튼 이런 얘기 전화로 운운할 것이 아니라 지금 잠깐 나오실 수 없겠습니까. 상의할 말씀이라기보다 전할 말씀도 약간 있고 말입니다."

"전할 말이라니요? 누가 누구에게 말입니까?"

"네, 그야 한국 쪽의……"

"그럼, 나가노 선생이 그동안 한국의 그 분들과 상종이 계셨다는 얘기입니까?"

게이조오는 도깨비에 붙들리기라도 한 듯이 두 눈알을 빠르게 굴렸다.

"암튼, 지금 좀 나오시지요. 별로 큰일도 아니니까 말입니다."

게이조오는 간단히 장소와 시간을 약속하고 전화 수화기를 놓자 두 팔로 깍지를 끼었다. 역시 무언지 수상한 생각이 가셔지지 않았다.

그러나 어쨌든 상대를 만나보지 않고서는 아무 실마리도 잡을 수가 없어 보였다. 나가노라는 자도 69년에 만났던 그 사람이나, 한국에서 돌아오고 사흘 되던 날 만났던 그 사람과 한 계열 속의 사람이나 아닐까. 우선 그런 쪽으로 생각이 집혔다. 그러고 보면 그럴듯하게 논리가 서기도 한다. 그쪽의 공작방향이나 게이조오를 둘러싼 그쪽 나름의 공작 내용으로 보더라도, 이제 이 마당에 와서는 저런 식으로 또 새 사람이 등장할 확률이 많다. 저번에 만났던 그 자는 그야말로 정면으로 선택을 강요하고 둔중하게 게이조오의 도덕적인 거취를 운운하며 약간 고답적으로 나왔지만, 그 후의 게이조오의 반응 상태를 미리 감안하고 나서 전혀 백팔십도로 방향을 바꾼 것이나 아닐까. 그러니까 실제적인 국면으로 대뜸 게이조오를 끌어들임으로써 게이조오로 하여금 더 이상 빠져나가지 못하도록 하자는 속셈일 터였다. 끝내는 게이조오 자신의 선택과 결단으로는 이 일에 나서지 못하리라는 것을 간취하고 났을 때 능히 저런 식으로 나올 수도 있을 터였다.

그런 선입견을 미리 갖고 보아서 그런가, 나가노와 마주 앉자 그의 조금 까불어진 어깨며 짧은 목이며 작은 체구에 도수 높은 안경까지 낀 움푹한 얼굴의 빠른 하관이며, 여전히 전형적인 일본인의 얼굴이었고 조금 체신머리가 없어 보였다. 그러나 인사를 나누면서 짧게 몇 마디를 건네자 어느새 피차의 분위기를 그쪽 베이스로 휘감아 들이는 힘을 갖고 있어 금방 게이조오 편이 덜렁한 위인임이 드러나는 듯하여 약간 주눅이 드는 느낌에 역시 도수 높은 안경속의 예리한 눈알과 함께 만만한 사람은 아닌 듯하다는 점이 새삼 확인되었다. 마주 앉아서도 나가노는 시종 웃으며 일부러 그러는 것처럼 보이게 빠른 입놀림으로 다변이면서 경망한 위인임을 드러내려고 하였지만, 그러면 그럴수록 도리어 게이조오 편에서는 더욱 온 심신이 위축되고 오그라드는 것 같았다.

"이즈미 선생께서는 조금 엉뚱하실겝니다. 선생의 그러한 프라이버시에 예고 없이 접근했던 점도 매우 불쾌하실꺼고요. 하지만 거듭 얘기올시다만 저로서는 약간의 호기심에 불과했지요. 그 호기심에다가 외국 나가 있는 상사맨들의 매사에 탐욕적으로 대어드는 그 일반적인 성격 탓이라고 할까요 그렇지 않고서는 어디서건 장삿길이 열리지 않는 겁니다. 저절로 장삿길이 열리기를 기다려서 열려지는 예는 없는 겁니다. 쉬임없이 뛰고, 들여다보고, 부딪쳐 보는 데서 어떤 건 이든지 생기는 것이지요 바로 그건 우리 생활의 제 1조나 다름없으니까요. 처음에는 그렇게 그쪽으로 접근했던 것이지요."

"좀 더 구체적으로 말씀해 주셨으면 좋겠습니다. 어느 경로로 어떻게 접근하셨다는 말씀인지."

하고 게이조오는 그 자의 너저분한 연막전술에 넘어 가지 않아야 되겠다고 마음 먹으며 짤막하게 물었다.

네? 금방 무얼 물었습니까?라고 되묻기나 하려는 듯이 나가노는 한창 제 기분에만 들떠 있다가 갑자기 이 편에서 쑤시고 들어가서 뜻밖이고 얼떨떨하다는 듯이 잠시 게이조오를 멀뚱하게 쳐다보더니

"아, 네 그야, 주한 일본 대사관이 있지 않습니까. 참, 가장 요긴한 얘기를 빼먹었었군. 선생께서 묵었던 그 호텔로 연락을 취했더니 벌써 돌아가셨다기에(이건 평소의 저의 버릇입니다만) 그동안 선생에게 가졌던 호기심의 밑천이라도 제대로 뽑아야겠다는 막연한 생각으로 곧장 주한

일본 대사관에다가 전화를 걸었었지요. 혹시 이런 이름을 가진 사람의 옛날 한국인 가족을 만나고 싶은데 그 주소를 알 수 없느냐고 말입니다. 선생은 거듭 놀라는 얼굴이시군. 그렇지만 우리 생활에서는 이건 비일비재 정도가 아니라 거의 항다반사나 다름없는 겁니다. 그렇게 연줄연줄로 쫓아가다가 보면 왕왕 크게 장삿길이 열리기도 하니까요. 우리의 장삿길로서야 그런 연줄이상이 없는 겁니다. 오늘의 우리 일본이 처해 있는 대국적인 면으로 볼 때도 그렇지요. 오늘 이 시점에서 우리나라의 가장 큰 고민은 자본이 남아돌아간다는 그 점입니다. 원료는 달리고 경제규모나 수준에 비해서 노동력은 달리는데 자본이 남아돌아간다 이 말이지요. 이 점 한 가지로도 우리나라의 해외에 나가 있는 상사맨들이 얼마나 정력적으로 뛰었느냐 하는 것을 보여 주는 것 아니겠습니까. 돈을 무한정 벌어들여 남아돌아갈 지경이어서 고민이다 이겁니다. 결국은 남아도는 이 돈을 마땅한 곳에 투자를 해야겠는데 이미 일본 안에는 투자할 데가 없습니다. 사그리 바닥이 나 있는 겁니다. 결국은 외국, 그것도 아직 세상 돌아가는 사정에 어둡고, 제 잇속이 뭔지 남의 잇속이 뭔지도 아직 알지 못하는 무지몽매한 후진국 쪽으로 넘어다 볼 밖에 없습니다. 한데 요즘은 이 후진국들도 그런저런 계기로 세상 낌새와 눈치에 깨기 시작하여 옛날처럼 만만하게만 보았다가는 밑천도 못 찾습니다. 따라서 되도록 상대편의 국가적인 자존심이나 민족적인 자존심 같은 것을 건드리지 않고 원료시장 같은 것이 확보되는 쪽으로 투자되었으면 하거든요. 이것은 우리 일본으로서는 국가적인 차원에서 그럴 뿐 아니라 사업가 개개인의 입장에서도 가장 노리는 목표인겁니다. 기실 이 점은, 이십세기 후반에 들어선 우리나라의 첫째 고민을 암시해 보이는 것이기도 하지요. 쉽게 말해서 인구는 많고 생활수준은 높아진데 비해 이것을 감당해 갈 국토는 너무 좁아져 있다, 이런 얘기지요. 요즘 열도 자체가 너무 좁아졌다 이겁니다. 요즘 지사마 열도를 두고 소련과 반환해라, 못 한다, 외교 루트로 실랑이를 벌이는 것도 그런 일단의 표현일 겁니다. 아무튼 국토를 어떤 식으로든 늘리는 일이 우리 일본인 전체의 가장 간절한 소망이다 이거예요. 옛날에는 이 소망을 노골적으로 행동화하고 따라서 군사력 증강에 첫째로 역점을 둔 때도 있었지요. 그 무렵은 세계 전체의 열강들이 똑같이 영토 확장 내지는 자국의 원료시장, 판매시장 확보에 혈안이 되어 있었던 겁니다. 어떤 점으로 보면 그때가 훨씬 승부가 깨끗해서 좋은 면도 있었지요. 장사꾼들이 나가고 그 뒤로 군이 나가서 장삿길을 불도저로 밀어 붙이듯이 밀어 나갔었으니까요. 급기야 대만에 한국에 만주까지 먹고 중국까지 넘겨다보는 형편이 아니었습니까. 그 무렵의 일본을 주동적으로 움직여 나간 우리 선배님들은 역시 선견지명 하나는 있었고 일본의 미래를 멀리까지 염려하는 시야가 있었던 겁니다. 인구는 늘어나고 국토는 좁다 이 점이야말로 핵심이었을 겁니다. 한데 어떻습니까? 그때부터 다시 반세기가 흘렀고 그때 이미 한국, 대만, 인구까지 통틀어서 일본 총인구가 1억이었는데 오늘은 우리 일본 본토 자체로 1억을 넘어서고 있습니다. 이런 판국임에도 여전히 곳곳에서 장사를 잘 해 돈만 벌어들이고, 국제수지가 맞아 돈이 남아돌아가고 있다 이거예요. 그렇다면 지금 우리나라가 처해 있는 조건에서 가장 첩경의 길은 무엇이겠습니까. 옛날처럼 상대편의 자존심이고 뭐고 없이 온통 군화발로 짓밟으면서 상대국의 인명을 개, 돼지 알듯이 하고 노골적으로 몽땅 들어먹자는 방식은 안 통한다 이거예요. 그 대신 상대편의 국가적인 민족적인 자존심 정도는 약간이나마 차리도록 해주면서, 뿐만 아니라 먹고 사는 길도 야금야금 도와주는 척하면서 이 점은 우리로서 돈이 남아돌아가니까 얼마든지 가능한 일이지요. 고양이 걸음으로 살살 우리의 잇속을 그닥 표가 안 나게 빼오자 이겁니다. 아니, 우리의 잇속만 빼오는 게 아니라 피차에 피장파장으로 오는 것이 있고 가는 것이 있게 서로 얽혀 들자 이거지요. 우리 돈이 남아도는 한도에서 그리고 우리가 상대국에게 빼와야 할 잇속과의 균형에서 손해만 보지 않는 한도에서, 누가 보더라도 누이 좋고 매주 좋은 식으로 얽혀 있는 듯이 보이도록 하면서 상호 의지한다 이겁니다. 무슨 말인지 아시겠습니까. 그렇게 구석으로 구석으로 겉으로 과히 표만 안 나게 침투해 들어가서 명의는 상대 이름이지만 실속은 이쪽에서 타고 앉는다 이거예요. 국가 간에서건 개인 간에서건 돈줄 쥔 쪽이 실속을 타고 앉는 건 마찬가지인 겁니다.

상대편 몇 사람쯤은 회장, 사장, 명칭이야 어떻게 붙였건 행세하도록 해주고 그에 부응하게 푸짐한 대접도 해주는 건데 이것도 일종의 투자에 드는 거지요. 같은 돈을 쓰더라도 쓸데없이 너저분하게 흘리지 말고 가장 요긴한 대목에 핵심적으로 효과를 발휘할 곳에 집중적으로 써라, 이 점도 개인 간이건 국가 간이건 크게 다르지는 않을 터이지요. 하지만, 상대국도 그냥 앉아서 당하는 병신만은 아닌 겁니다. 이쪽이 노리는 저의나 실속을 뻔히 알고 있고, 아무리 핵심적으로 요긴하게 효과를 발휘하도록 돈을 쓴다고 해도 그쪽도 그쪽 나름대로 처해 있는 입장이 있는 만큼 그런저런 체면이나 주변의 여론 정도를 생각하지 않을 수 없을 것이고, 따라서 보이게 보이지 않게 그런저런 견제조항이 없을 수 없습니다. 어떤 국가건 제 나라를 지키자는 것은 거의 본능에 가까운 것이니까요. 제 나라에 추호도 이익 되는 점이 없이 무방비상태로 남에게 땅덩이를 그 일부나마 내어주는 병신은 이 세상에 없는 겁니다. 동남아시아 같은 데를 보십시오. 인적미답의 원시림이 우리 입장에서는 원료로서 탐이 나는데 그것을 소유한 나라의 경우에서는 그것을 잘라내고 개발해서 비옥한 농지로 썼으면 하고 바라면서도 개발기술과 자재가 부족해서 못하는 형편입니다. 그런 원시림은 지겨울 정도로 널려져 있으니 그들로서는 당연히 그럴 겁니다. 결국 이런 경우가 가장 이상적인 경우입니다. 우리는 기술과 자재를 갖고 가서 개발해 주고 그 대신 원료는 우리 것으로 몽땅 차지한다 이 말이에요. 사실 한국의 경우도 그렇습니다. 우리나라 정도로 심하지는 않지만 인구는 많고 국토는 좁다는 점에서는 마찬가지입니다. 따라서 한국 정부로서도 우리나라의 남아도는 돈은 더러 얻어 쓰고 싶을 터이고, 어느 정도 피차의 조건이 맞는 대목 이를테면 싼 임금을 목표로 우리나라의 공장이 진출하고 그 대신 그쪽은 기술개발과 실업자의 구제에 도움이 된다는 식으로 조심스럽게 공장부지 정도를 빌려 주기도 하지만 기실 땅덩이를 두고는 여간 신경을 곤두세우지 않습니다. 그 점에서는 견제가 이만저만이 아니지요. 막말로 쥐꼬리만한 땅 조각을 빌리자고 해도 관청 서른 몇 군데나 거쳐야 한다지 않습니까. 그 정도로 엄격한 셈이지요.

하고 청산유수로 지껄여대었지만, 게이조오는 귓결으로 흘려들으면서 새삼 마음속으로 다졌다. 주로 듣는 편이 되자, 이쪽에서 되도록 얘기는 하지말자 하고.

그러나 그의 말을 들으면서 거듭 확인되는 점이었지만 그의 발상법은 지금 지껄이는 말로 비추어보아서 아버지 다쯔오와 거의 비슷하다는 느낌이었고 일본 내 우익일까, 이런 식으로 위장을 하는 것이 혹시 아닐까. 그렇게 보자면 그렇게도 생각할 수 있을 것 같았다.

나가노는 게이조오가 담배를 피워 무는 동안 잠깐 입을 다물었다. 제 말을 듣는 게이조오쪽의 반응을 흘낏 한번 살피고는 결론 비슷이 억양을 낮추었다.

"저는 서울 남쪽의 조치원까지 내려갔던 겁니다. 박훈석이라는 분도 만났지요. 그리고 선생의 이복동생인 게이스께씨도 요즘 이름은 박성갑이라든가요. 두 분 다 여간 친절하지 않더군요. 오늘 제가 선생을 만나자고 한 것은 그 어장과 관계되는 점이올시다. 게이스께씨의 부탁이기도 하구요."

일순 게이조오는 설마설마 싶었으나 어느새 그 정도였는가 하고 짙은 혐오감에 휘감겨 들었다.

나가노를 만나고 집으로 돌아오면서도 게이조오는 긴가민가하고 뭐가 뭔지 종잡을 수가 없었다. 다시 범상한 기준으로 생각해 보면 나가노의 얘기를 액면대로 받아들일 수도 있을 것 같았다. 해외에 나가 있는 현지 상사 비즈니스맨들의 으레 있을 법한 호기심 정도에서 시작한 일인데, 정작 맞닥뜨려보니 건이 괜찮음직해서 본격적으로 대어든다는 것일 터였다. 그러나 다른 각도로 돌이켜 보면 한국으로 나가는 비행기속에서 하필이면 그 자가 바로 옆자리에 앉았었다는 점이며, 서울에서도 부러 호텔에 연락까지 취했었다는 점은 그냥 허투루 넘길 성질은 아니지 않는가 싶기도 하였다. 처음부터 치밀한 계획 밑에 그러지 않았을까, 평소에 늘 뒤를 쫓았던 것이나 아닐까, 하고 부쩍 의심이 나는 것이다. 실은 서울 있는 동안 게이꼬(경자), 성병이랑 설악산에 갔던 일까지 사그리 꿰고 있었던 것이나 아닐까. 그렇게 게이꼬랑 성병이랑 지방여행을 하는 것도 그들의 공작 방향과 긍정적으로 맞먹는 대목도 없지 않으니까 일단 그 결과를 지켜보자는 속셈이었는지도 모른다. 그 후 박훈석과의 관계며, 게이조오 자신이 한국 전반에 대해 별로 흥미를 잃어가는 것 같으니까 이런 식으로 적극적으로 개입해 들어와서 게이조오를 충동질하는지도 모르는 것이다.

　나가노가 만나자는 용건의 핵심은 다른 것이 아니었다. 나가노 말로는 자기가 본 박훈석이라는 사람에게서는 분명한 이유 없이 혐오감이 일어서 되도록 게이스께를 상대하였는데, 게이스께도 어장에 일본 자금이 투자되는 것을 전혀 반대하지는 않으나 다만 게이조오의 존재에 여간 신경을 쓰지 않더라는 것이다. 전번에 한국으로 건너온 게이조오를 만나지 않은 채 나가노와 깊이 상담을 나누는 것을 자가당착으로 느끼는 것 같더라는 것이다. 우선 그 점을 통고해 둔다는 형식이었다. 그 이상은 별로 자세한 얘기도 하지 않았다. 이렇게 되자, 이번에는 게이조오 편에서 안달복달하듯이 조바심이 일어 고주알미주알 나가노에게 캐어물었다. 서울의 게이꼬는 만나 보았는가, 게이꼬는 어떤 반응이던가, 그런 일의 주도

권은 박훈석이가 잡고 있는 듯이 보이지 않던가, 박훈석의 반응은 어떻든가, 어장 현장에 갔을 때의 광경을 좀 더 자세히 설명해 줄 수는 없겠는가, 조치원에 며칠 동안이나 묵었는가, 하는 식으로 안달복달하듯이 캐어묻자, 나가노는 갑자기 입을 굳게 다문 채 묻는 말만 짤막짤막 대답하였다. 게이꼬는 만나 보았는데 이 일에 처음부터 부정적인 반응이었다. 일본과의 어떤 형식의 연줄이건 허겁지겁하고 달려드는 것이 박훈석으로 보였지만 웬일인지 자신만만해 보였다. 어장 현장에 갔을 때래야 별 것이 아니었다. 자동차로 들어갔고 게이스께가 시종 안내해 주었다. 게이스께 어머니는 만나보지 못하였다. 조치원의 여관에 이틀 동안 묵었을 뿐이다, 이런 식으로

게이조오는 지금 비로소 아까 나가노를 처음 만나러 갈 때 마음먹었던 것과는 달리 자기편에서 또 뒤통수를 맞았다는 느낌이었다. 처음에만 나가노 쪽에서 아무 실속도 없는 소리를 너저분하게 지껄였을 뿐, 시간이 지날수록 게이조오 쪽에서 안달복달 조바심을 피우며 본색을 쉽게 드러낸 꼴이 되어버린 것이다.

뭔지 뒤숭숭 하고 불안한 마음으로 아파트로 돌아가 부저를 누르자 아내 다까에도 삐죽 얼굴을 내밀며 대뜸 불안한 낯색으로 지껄였다.

"아버님이 오셔서 기다리고 계세요"

"아버지가? 웬일로? 그새 통 소식이 없으셨는데 웬일이지?"
하고 게이조오도 멍하게 아내를 마주 쳐다보았다.

"요긴하게 하실 얘기가 있다나봐요"

"오기는 언제 오셨어?"

"당신 나가시고 조금 있다가 금방 들어서시던 걸요"

게이조오는 오늘 따라 웬 마에 씌웠는가, 갑자기 겹친다는 생각으로 응접실 겸인 마루방으로 들어섰다. 그새 아버지 다쯔오는 신색이 더 좋아져 있었다. 혈색도 좋고 두 눈도 뚜릿뚜릿하게 생기가 있었다. 게이조오는 죄 지은 사람처럼 지레 겁이 나있기나 한 듯이 비실비실거리며 슬그머니 외면을 하였다.

"웬일이십니까. 그새 찾아뵙지도 못하고…… 신색은 좋아 보이십니다."

아버지 다쯔오는 무언가 노여운 점이라도 있는 듯이 잠시 빠안히 게이조오를 마주 쳐다보았다.

"무슨 일이 있거든 나한테는 왜 연락을 않느냐?"

"무슨 일이라뇨?"

하고 게이조오는 일단 시치미를 떼면서 주방에 있는 아내 쪽을 쳐다보았다. 여느 때는 그러지 않았는데 다께에가 그런저런 얘기를 종알거리지나 않았을까 의심하듯이, 그러나 다쯔오는 다시 덮치듯이 지껄였다.

"네 아내는 아무 소리도 안 했으니 오해할 것 없다. 네가 한국에서 돌아와서 사흘째인가 다방에서 불러내서 만났던 사람 말이다. 그 사람을 오늘 나도 만나보았다. 한데, 이런 망신이 어디 있느냐?"

"네, 대체 그게 무슨 얘기입니까?"

하고 게이조오는 저도 모르게 새하얗게 질리는 얼굴이 되면서 소파에서 엉거주춤 엉덩이를 들었다.

"무슨 얘기라니? 그런 일이 없었다는 말이냐?"

"있긴 있었습니다만 굳이 아버지에게까지 알릴만한 일은 못되기에. 그러기도 하려니와, 저는 그 후 그런 것과는 전혀 손을 뗐지요."

"손을 떼다니? 그러니까 언제는 관계를 했었다는 얘기냐?"

"아뇨, 전혀. 처음부터 그런데 껴들 생각은 없었는데 저편의 눈치가 자꾸 그런 식으로 얽혀 들어오기에."

아버지 다쯔오의 입가에 모멸에 찬 미소가 어리는 것을 보며 게이조오는 새삼 그때의 일이 떠올라 뒷등이 서늘해질 정도로 창피해졌다.

"아버지도 제 성격을 아시지만 전 그런 부문과는 전혀 성격적으로 안 맞고 말입니다. 한데 아버지는 어쩌다가 만났습니까?"

"그편에서 만나자고 해서 만났다."

"아버지를요?"

게이조오는 도대체 어떻게 돌아가는 판세인지 머리가 빙글빙글 돌고 어지러워졌다.

비로소 아버지 다쯔오는 한 손을 게이조오 쪽으로 내밀기까지 하면서 비시시 쓴 웃음을 입가에 흘렸다.

"내가 평소에 뭐라드냐. 너는 겨우 사람됨이 그 정도 밖에 안 되느냐. 무슨 일이든 하려거든 끝까지 일관하게 하고 안 하려거든 처음부터 입 끝의 소리로 지껄이지나 말 일이지. 정작 본격적으로 벌어지는 마당에서는 그런 식으로 뒤꽁무니를 빼다니."

"제가 언제 그런 일을 하겠다고 자청한 일이 있었습니까. 저는 그저 평범한 일본국민으로서 저 나름의 주견 정도 갖고 있고 싶었을 뿐이지요. 제가 언제 무슨 일을 더구나 일관하게 하고 싶다고 하던가요?"

게이조오는 아버지에게 모욕이라도 당한 느낌이어서 울컥 하듯이 조금 목소리를 높였다.

"흥분할 것 없다."

하고 다쯔오는 여전히 씁쓰름하게 웃으면서 말했다.

"너는 아직도 속고 있다마는, 돌아와서 사흘째 되던 날 저녁 네가 다방에서 만났던 사람은 실은 우리나라 내각조사실 산하의 기관 사람이었다. 그 사람을 나도 오늘 만났어."

"네? 뭐라구요"

하고 게이조오는 뼁하게 입을 벌린 채 한참동안 다물지를 못하였다.

2

내각조사실 산하 해당 기관에서 이즈미 게이조오에 대한 평가는 의당 그랬을 터이지만 그닥 탐탁한 것이 못되었다. 나이에 비해 아직 생각은 젖비린내가 채 가시지 않고 있고, 서적 취향에서 멀리 못 벗어져나고 있다고 보고 있었다. 모처럼 몇 십 년 만에 한국으로 나갔으면, 현지의 작은어머니나 게이스께 남매가 어떤 반응을 보였던 간에 조치원까지는 내려가서 본래의 목적대로 당자들을 만나보았어야 하였으리라는 것이다. 그 정도의 배짱도 없이 뭣하러 한국에 나갔느냐 처음부터 그 어떤 음흉한 목적이 개입되어 있었던 것도 아니고, 그야말로 담박하게 만날 수 있었던 성질인 것이었다. 그러나 게이조오는 서울에 닿자마자 현지의 반응을 소심하게 눈치 채고는 현지 의사에 그대로 좇는 쪽으로 주저앉아 버린 것이다. 그 정도로 소심하고 착해 빠져서는 어느 쪽으로 붙어서든 아무 일도 못할 위인이요, 표준적인 일본인으로서도 자격에 훨씬 미달이라고 보여졌다. 아닌 말로 비단 상사들의 해외주재원들 뿐만 아니라 어느 분야에서건 해외에 나가서 일본의 국익을 위해 활동하는 사람들과 비교해보라. 게이조오처럼 소심하고 소극적이어서는 아무 일도 못해 낼 것이다. 더구나 정해진 관광스케줄조차 어기면서 경자랑 성병이랑 설악산을 다녀온 일도 꽤나 모멸적으로 받아들여졌다. 기껏 한국까지 나가서도 일본 국내의 그렇고 그런 패거리에 어울려들듯, 아직 풋내기 학생 기분에서 못 벗어져 나와 있다면 대강 알아볼만 하였던 것이다. 설악산까지 다녀오며 성병이나 경자에게서 과연 무슨 말을 듣고 무슨 소리에 맞장구를 쳤을 것인가 하는 것도 불을 보듯이 뻔하였다. 구식민지인 그들 한국보다 일본이 막강하고 우월한 이웃나라라는 사실 때문에 사사건건 그들 앞에 미안해하고 주눅 들어 있어야 한다는 것은 얼마나 못난 짓인가 말이다. 지나간 삼십 육년 동안 진실로 미안합니다, 지금까지도 일본의 위정당국이 그 옛날의 버릇에서 완전히 벗어나지 못한 점, 일본국민을 대표해서 진실로 죄송스럽게 생각합니다, 이런 식으로 노상 굽신거리고 있어야 했다는 말인가. 그야 어느 한도에서 전술적으로 그럴 수는 있을 것이다. 누구의 눈으로 보아도 너무너무 명명백백한 지난날의 죄과에 대해 전혀 시치미를 떼고 있을 수는 없다. 실제의 마음속은 어쨌든 간에 겉으로는 지난날의 그런저런 죄과를 사과하는 체 해야 한다. 입 끝으로 그런 소리하는 것이야 힘들 것도 없는 것이다. 그러나 게이조오의 경우처럼 처음부터 끝까지 진실로 그런 생각에만 치우쳐서 경자나 성병이 앞에 노상 주눅이 들어 휘둘린다면 그건 어느 구석이 모자라도 모자란 일본인 축에 드는 것이다. 현재 이 순간의 일본의 국가이익이 무엇인지, 따라서 자기 잇속이 무엇인지 냉혹하게 의식하지 못하고 있는 일본인이라면 처음부터 자격 미달인 것이다. 더구나 게이조오는 경자랑 성병이랑 어울렸으면 나름대로 일관성이라도 있었어야 마땅했을 터이다. 그런데 실은 그렇지도 못하였다. 그들과 어울려서는 죄 많은 일본국을 대표해서 시종 주눅이 들어 있었는데 엉뚱하게도 박훈석과 어울려 들어서도 꼼짝 못하고 마음껏 휘둘리지 않았는가 말이다. 물론 게이조오 자신은 박훈석 같은 사람에게 혐오감을 느꼈다는 사실로서 일종의 자기 합리화의 구실은 되었겠지만, 내각조사실 산하 해당 기관에서의 종합 평가라는 시점에서 볼 때는, 게이조오가 유약한 일본인이라는 평가에서 벗어 나오기는 힘들었다.

내각조사실 산하 해당 기관에서 이 정도로까지 게이조오의 거동을 뒤쫓은 것은 의당 그만한 신호가 걸려왔기 때문이었다. 한국으로 나가는 일본인들에 대해서는 일단 항례적으로 다른 나라의 경우보다 신경을 곤두세우는 것이 사실이지만, 모든 사람에 대해 일률적으로 그 정도까지 모종의 손을 쓰고 있다는 사실이 신호로 걸려 왔기 때문에 그에 대응한다는 선으로 일단 그의 한국에서의 거동을 체크해 두었던 것이다. 그 신호란 바로 나가노라는 존재였다. 내각조사실 산하 해당 기관에서는 이미 오래 전부터 나가노의 정체를 극비밀리에 파악하고 있었고, 따라서 게이조오가 한국 관광을 신청한 직후에 나가노도 그의 옆자리를 예약한 것을 바로 신호로서 접수하였던 것이었다. 그러나 비행기 안에서 나가노가 게이조오에게 어떤 식으로 접근해 갔는지 알 수 없었지만, 서울에 닿아서는 게이조오와 나가노 사이에 일정한 접촉이 있었던 것 같지는 않았다. 그러나 게이조오가 귀국한 후에 서울서의 나가노 활동이 주목되었다. 그의 정체를 일본 당국에서 알 리가 없다고 안심을 하고 나가노는 버젓이 주한 일본 대사관에 전화를 걸어 조치원의 박훈석 집 주소를 확인, 그쪽으로 내려가고 있었던 것이다. 그러나 내각조사실 산하 해당 기관에서는 그 이상은 더 좇지 않았다. 나가노 쪽에서 어떤 계기로 눈치를 채게 될까 보아서도 그랬지만, 그보다는 사태의 진전을 좀 더 두고 보자는 생각에서였다. 나가노가 과연 조치원으로 내려가서 어떤 식으로 접근을 했느냐 하는 것은 다음 신호가 나타남으로서 자연히 드러날 것이기 때문이다. 다만, 종합적인 평가라는 시선에서 내각조사실 산하 해당 기관에서는 게이조오라는 위인은 그 성격상 저편에서나 이편에서나 제대로 한몫을 할 만큼 이용할만한 위인이 못 된다는 사실이었다. 따라서 나가노 쪽에서 이런 게이조오에게 어떤 작용을 가해올 때는, 바로 그것이 저편의 게이조오에 대한 평가를 암시해 보여 주는 대목이다. 이를테면 게이조오가 그런 위인임을 충분히 알고 감안하면서도 그를 써먹겠다는 뜻이 드러나는 셈이다. 물론 이 경우, 그 작용해 오는 성질과도 상관이 되는 것이겠지만. 그보다도 내각조사실 산하 해당 기관에서는 도리어 박훈석 쪽에 더 역점을 두고 있었다. 그의 강인한 성격이나 만만치 않는 집념, 그리고 옛날 이력 같은 것으로 미루어서, 도리어 나가노의 배후에서 나가노를 조종하여 접근시키려고 하는 당사자는 박훈석일 거라는 가능성 쪽에 초점을 맞추고 있었던 것이다. 그쪽을 알아내기 위해서 이즈미 다쯔오도 동원해낸 셈이었다. 그런데 이 근처에서 기막히게 잘 맞아 떨어져 주었다. 내각조사실 산하 해당 기관에서는 서울에서 게이조오가 박훈석과 한두 번 만났다는 사실은 알아냈지만, 그가 박훈석의 편지를 휴대하고 돌아왔다는 것은 모르고 있었는데, 다쯔오를 개입시킴으로서 실은 박훈석도 박훈석대로 다쯔오에게 줄을 대려고 하는 사실을 알아낸 것이다. 그는 필경 박훈석도 만났을 터인데, 박훈석에게 그런 미끼를 아직 안 던진 이유는 무엇일까. 경솔하게 움직였다가 제 쪽을 의심하고 들까봐 겁을 낸 것일까, 아니면 박훈석에 대한 평가를 좀 더 신중을 기하자는 생각에서였을까. 대강 그런 선으로 보여지는 것이다.

한편 게이조오는 게이조오대로 아버지 다쯔오에게서 저간의 사정 얘기를 대강 듣고는 소스라치게 놀랐다. 한국을 다녀오고 나서 사흘째인가 저녁에 만났던 그 자가 일본의 내각조사실 쪽 사람이었다는 사실이 좀체로 믿어지지가 않았다. 그렇게도 완벽하게 위장을 할 수가 있다는 말인가. 그러나 그날 저녁의 일을 조금만 되더듬어 보면 그 자가 저쪽의 에이전트라는 자기의 생각이 처음부터의 선입견이었음이 새삼 확인되는 것이다. 자기 쪽에서 의당 그러려니 하고 선입견을 갖고 있다는 것은, 그 반대쪽으로 위장하려는 사람으로서는 얼마나 안성맞춤이었겠는가 말이다. 그러나 그 자가 그쪽 에이전트였다는 확증은 아무 데도 없었다. 그의 거동과 몇 마디 주고받은 말뿐이었던 것이다. 그날 저녁 일을 되떠올리며 게이조오는 새삼스럽게 낯이 화끈해졌고 쥐구멍에라도 들어가고 싶어질 정도로 창피하게 느껴졌다. 버젓이 일본 땅에서 그 정도로 공포감에 휘감겨 있었다는 일이 자기의 가장 약한 진면목을 내보인 듯하여, 그러지 않아도 그때 일을 떠올리면 혼자서도 무안을 느끼고 창피해지곤 하였는데, 그 자가 더구나 내각조사실에서 나온 일본 쪽 사람이었다.

그건 어쨌든 간에 게이조오는 새삼 등이 오싹해졌다. 한국에 한번 나갔다 오자마자 매사가 이런 식으로 얽혀들다니. 선량한 마음으로만 한국 쪽에 관심을 가졌던 것이 일단 한국으로 나갔다 오자마자 한국 현지의 얽히고 섥힌 사정이 이런 식으로 자기 몸을 가로세로 얽어 놓으리라고는 상상도 못했던 것이다. 자기 속으로 한반도라는 마물이 어느새 이 지경으로 들어와 버렸는가 싶게 을씨년스러워졌다.

그러나 게이조오가 더욱더 놀란 것은 방금 나가노를 만나고 들어온 일까지도 아버지 다쯔오가 훤히 꿰고 있다는 사실이었다. 게이조오는 마치 사방으로 얽혀오는 사슬에서 마지막 용을 쓰며 절망적으로 헤어나오려는 사람처럼 아버지 다쯔오에게 빈정거리듯이 말하였다.

"그러니까, 처음부터 아버지는 이 일에 깊이 간여하고 있었구먼요 몇십 년 전, 한국에서 특무에 종사했던 경험을 되살리면서 말이지요. 전 미처 몰랐습니다. 아버지가 저로 하여금 한국으로 내보낼 때부터 그런 복선이 깔려 있었으리라고는."

다쯔오도 어이가 없다는 듯이 비시시 웃었다.

"오해하지 말아라. 뒤에 자연히 밝혀질 터이니까 굳이 변명은 않겠다만 그건 너의 오버센스라는거다. 차라리 그랬으면 나로선 한번 신바람이 났을 테지만, 이 일이 나까지 그 정도로 동원되어야 할 만한 일은 처음부터 못 되었던 것 같다. 우리 일본국은 예나 지금이나 쓸데없는 일에 많은 인력 소모는 않는 거다. 그야 잇속이 크면 그에 해당할 만큼 인력을 동원하기도 하겠지만 말이다. 남의 싸우는 사정에 별 잇속없이 우리가 깊이 개입할 이유가 없는 거지."

"남의 싸움이라니요?"

하고 게이조오가 얼떨떨하다는 듯이 묻자 다쯔오는 여전히 노회한 웃음을 입가에 어리운 채 받았다.

"남의 싸움이 아니고 무엇이냐. 한반도의 남북 싸움이 아니고 무엇이냐 말이다. 실은 우리 일본의 냉혹한 국가 이익 면에서 보자면 한반도가 저런 식으로 저들끼리 으르릉거리고 있다는 사실이 안성맞춤이지. 비록 공식적인 말로는 <한반도의 불행한 사태가 가슴 아프다>느니, <한반도의 평화회복과 조속한 통일을 간절히 바란다>느니 운운하기도 하지만 말이다."

"또 그 소리군요"

"그래, 나도 이런 소린 더 이상 하고 싶진 않다. 허나, 너에게 다시 한번 놀라운 사실을 알려 줄까. 네가 오늘 만나고 들어온 나가노 말이다. 그 자는 처음부터 너를 노렸어. 한국으로 나가는 비행기서부터 네 옆자리에 그 자가 앉았던 것은 그냥 우연만은 아니었어. 치밀한 계산 위에서였던 거다."

게이조오는 이제 놀라움을 표정으로 드러내지 않은 채 다쯔오와 안감힘을 쓰듯이 맞대거리하자는 셈으로 지껄였다.

"남의 싸움에 별 잇속 없이 깊이 개입할 이유가 없다면서 그 정도로 치밀하게 계산은 왜 하지요? 하다못해 나 같은 연약하고 선량한 시민에게 위장을 하고 대어들지를 않나."

"흥, 너는 여전히 말귀를 못 알아듣고 거꾸로 받아들이는군. 나가노가 일본 정부쪽에서 파견한 사람이 아니라 바로 한반도의 북쪽 에이전트 노릇을 하니까 문제라는 거다.

"네 뭐라구요? 그럴 리가."

게이조오는 또 한번 소스라치게 놀라며 새파랗게 질리는 낯색이 되었다.

"물론 네가 내 말대로 연약하고 선량해빠진 일본 시민이래서 나도 이 정도로 쉽게 사실을 털어놓는 거다. 너에게는 털어놓아 보았자 네 쪽에서 부들부들 떨릴 일 밖에 없을 테니까."

"저는 무슨 얘기인지 못 알아듣겠군요. 나가노 그 사람이 그렇다는 건 어느 점으로 보더라도 납득이 안 되는데요. 그 사람의 말을 들으면 아버지 이상으로 국수주의자던데요. 발상법의 근원이 아버지랑 한 맥이에요. 그런 사람이 그런 일을 맡아할 리가 있습니까. 내각조사실 쪽의 일이라면 그런대로 납득이 되겠지만, 더구나 저쪽의 에이전트라니 전혀 납득이 안 됩니다."

"이래서, 비록 6척 미만의 작은 동물이지만 사람이라는 것은 복잡다단한 동물이라는 거다. 그것이 사실인 데야 어쩔 것이냐."

이 근처에서부터 다쯔오와 게이조오는 다시 부자간의 그 따듯한 억양을 서서히 되찾아 갔다. 비록 둘이 다 그것을 의식하지는 못하였지만. 그것은 마치 세상사가 그렇게도 험한 판이라면 마지막으로 믿을 것은 결국은 부자간이라는 혈연 밖에 없지 않겠는가고 똑같이 느끼기라도 한 듯한 분위기였다.

"사실이라는 확증은 무엇입니까?"

"글쎄, 그렇게 성급하게 대어들 건 없다. 하루 이틀 어간의 일은 아니었으니까. 다만 이것 한 가지만은 일러두지. 나가노라는 그 사람은 자기 나름의 주견이나 신념으로 그런 일에 종사하는 건 아니다. 하다못해 일본 공산당의 세례를 받은 일도 없고 추호나마 그 노선에 동조하는 사람도 아니다. 너하고 얘기할 때의 그 사람의 발상법이야말로 그 사람의 진면목 바로 그것이다. 그러나 그럼에도 그 사람이 그런 일에 종사하는 것은 요컨대 눈앞의 잇속이다. 무슨 말인지 알겠느냐. 그 사람 나름의 돈벌이라는 거다. 과연 그 나가노를 기준으로 생각한다면 일본 사람들이 이코노믹·애니멀이라는 별칭을 들을 만도 하다는 생각이다. 그런 일로 일본 자체가 망하지 않는 한, 그런 일을 능히 개인의 장사 거리로 생각 할 수 있는 게 바로 나가노 같은 일본 사람이라는 얘기다."

"저는 아직 뭐가 뭔지 아리숭하군요. 대체 뭐가 어떻게 돼서 장사라는 것이며 돈벌이라는 것인지?"

"좀 더 자세히 얘기하마. 나가노 생각으로는 한반도의 남북 싸움에 나가노 자신이 어느 한쪽의 돈을 받고 일해 주는 것쯤 별로 대수롭게 여기지 않는다는 얘기다. 남이든 북이든 막론하고 돈 많이 주는 대로 붙어서 움직인다는 거다. 물론 돈과 상관이 되는 한, 이 점은 명확해야 하겠지만, 돈 받은 만큼의 일은 틀림없이 해 준다는 거다. 일종의 계약관계이고 이런 신의는 지켜야 한다는 생각이지. 돈의 논리로만 사는 사람들은 돈과 상관되는 신의는 목숨을 걸고라도 지키는 자들이거든. 게다가 그 자는 자기가 돈을 받고 하는 그런 일이 자기가 몸담고 있는 일본국 자체의 안위나 손익과는 크게 상관이 안 된다고 보는 거지. 다시 말하면 한반도 남북 간의 그런 싸움 자체가 일본의 국가 이익과는 크게 직접 상관이 없다고 보는 거다. 도리어 자기가 받아내는 돈만큼 일본국의 부가 늘어난다는 쪽으로 실리가 있다고 생각하는지도 모른다. 대강 내 말 뜻을 알겠느냐?"

비로소 그 뜻을 알아들으며 게이조오는 너무도 어이가 없고 기가 막혀서 멍하게 아버지 다쯔오를 건너다보았다.

그날 밤 게이조오는 밤늦게까지 잠들지 못했다. 이 정도로 그 일은 충격이 컸던 것이다. 역시 자기는 형편없이 순진한 사람이었다는 것이 새삼스러웠지만, 이렇게 순진한 것을 역이용하려고 드는 다쯔오 배후의 내각조사실 산하 해당 기관의 하는 짓이 자못 괘씸하게도 여겨졌다. 게이조오로 하여금 나가노 쪽으로 작용을 가하도록 하려는 태도로 보였다. 나가노를 다시 불러내어서 박훈석과 나가노와의 연결을 적극적으로 주선을 해 주라는 것이었다. 물론 이 점에는 나가노 쪽에서 이미 게이조오의 인적사항을 그들 나름으로 평가하고 있을 것이 틀림없으므로, 마구잡이로 대어들었다가는 의심을 할 테니까 충분한 납득이 가도록 명분과 일의 진행이 자연스러워야겠다는 것이었다.

그러니까 지난번 나가노가 게이조오를 불러냈던 용건의 핵심은 지금 생각에도 그다지 분명치는 않았다. 그야 게이조오의 현황을 대강 떠보자는 생각은 뻔하였겠지만 과연 그 한 가지뿐이었을까. 그러자 게이조오는 펀뜻, 실은 나가노의 전화 연락을 받고 그를 만나러 갔을 때의 자기 짐작이 적중했었음을 새삼 떠올렸다. 그렇게 그 짐작이 지금도 그대로 맞아떨어질 듯하였다. 69년에 만났던 그 사람이나 한국에서 돌아오고 사흘째 되던 날 만났던 그 사람과 한 계열 속의 사람이나 아닐는지 하고 짐작했던 것 말이다. 한데 착각은 조금 전의 아버지 얘기로, 69년에 만났던 그 사람은 그쪽의 에이전트가 틀림없지만 한국에서 돌아오고 사흘째 되던 저녁에 만났던 자는 일본 내각조사실 쪽의 사람이었노라고 한데서 빚어지기 시작한 것이다. 그 얘기가 너무도 뜻밖이고 너무도 충격이 커서 아까 만났던 나가노도 자연 내각조사실 쪽으로 연결시켜 떠올렸던 것이다. 한데 나가노는 그게 아니라 저쪽의 에이전트라는 게 아닌가. 그리고 보면 다시 그럴 듯하게 논리가 서기도 하였다. 거듭 생각이지만 이제 이 마당에 와서는 저런 식으로 또 새 사람이 등장될 확률이 많은 것이다. 그러니까 한국에서 돌아온 게이조오의 거취를 미리 충분하게 감안하고 나서 저런 방향으로 접근해 오는 것이나 아닐까. 실제적인 국면으로 대뜸 게이조오를 끌어들임으로서 게이조오로 하여금 더 이상 빠져나가지 못하도록 하자는 속셈인 것이다. 게이조오 자신의 선택과 결단으로는 백년하청으로 이 일에 나서지 못하리라는 것을 간취하고 났을 때 능히 저런 식으로 나올 수도 있을 터였다. 그러나 이런 논리도, 아까 나가노를 만나러 나갈 때의 혼자 짐작이 더욱 완벽하였었다는 생각이었다. 왜냐하면 이 논리는 저번에 한국에서 돌아오고 사흘째인가 만났던 그 자도 같은 계열의 인물이라는 전제에서만 더욱 완벽할 수 있기 때문이다. 이를테면 저번에 만났던 그 자는 정면으로 선택을 강요하면서 정중하게 게이조오의 도덕적인 거취를 운운하며 약간 고답적으로 나왔지만, 그 후의 게이조오의 거취를 다시 면밀하게 검토하고 나서 전혀 공작방향을 백팔십도로 전환하여 생글생글 잘 웃고 위인이 경망스러워 보이는 나가노를 다시 동원했다는 식으로 이래져야만 사태의 논리는 더 명백하고 더 완벽해지는 것이다. 한데 현실은 그렇지가 않다. 저번에 만났던 그 자는 내 각조사실 쪽의 사람이고, 나가노는 아까 만나러 나갈 때 혹시나 하고 짐작했던 대로 역시 저쪽의 에이전트였다. 그리고 현실이란 바로 이러하여서 냉혹한 현실이고, 사변이나 상상력의 논리가 아무리 치밀하고 완벽하더라도 냉혹한 현실 앞에서는 일거에 휴지 한 장으로 떨어져 버리는 사태가 생기는 것이다.

게이조오는 다시 한번 나가노의 생김생김을 자세히 떠올리려고 하였다. 그러자 아까 나가노를 만나러 나갈 때에 그런 선입견을 미리 갖고 있어서 그랬는가 그와 마주 앉자, 그의 조금 까불어진 어깨며 짧은 목이며 작은 체구에 도수 높은 안경까지 낀 옴푹한 얼굴의 빠른 하관이며 여전히 전형적인 일본인의 얼굴이었고 체신머리라곤 없어 보였지만, 그러나 인사를 나누면서 짧게 몇 마디 건네자 어느새 피차의 분위기를 그쪽 베이스로 휘감아 들이는 힘을 갖고 있던 점, 그렇게 금방 게이조오 편이 덜렁한 위인이 드러나는 듯하여 약간 주눅이 드는 느낌이 들던 점 같은 것은, 역시 도수 높은 안경 속의 예리한 눈알과 함께 만만한 사람은 아닌 듯하다고 새삼 확인이라도 되는 심정이었던 것을 게이조오는 되떠올렸다. 그렇게 마주 앉아서도 나가노는 시종 웃고 있었고, 일부러 그러는 것처럼도 보이게 빠른 입놀림으로 다변이면서 경망한 위인임을 드러내려고 하였지만, 그러면 그럴수록 도리어 게이조오 편에서 더 위축이 되고 오그라드는 느낌이었던 것도 '맞았어, 바로 그랬어. 그 점은 아버지의 말씀과도 맥이 닿는군. 실리로만 뭉뚱그려진 전형적인 일본인 생김새였어. 체구는 작지만 독이 가득 차 있는 일본적 생김새. 그건 이데올로기 쪽으로 맞는 생김새가 아니라, 프레그마티즘 쪽으로 맞는 생김새이지. 맞았어 그러고 보면 그가 농하던 언설도 이제 그런 식으로 조명을 비추니까 더 납득이 되는군.'하고 게이조오는 혼자 가만히 중얼거렸다. 그의 위장! 흔한 해외상사 주재원으로 위장하던 그의 그 수다스럽던 지껄임.

벌써 밤 한 시가 넘어 있었다. 게이조오는 문득, 그런저런 얽혀 있는 사정들을 떠나서 그에게 전화를 걸어 피차에 진짜로 인간적으로 담박한 얘기를 나누고 싶다는 충동을 억누를 수가 없었다. 그런 얘기는 밤 한 시쯤의 심야에만 가능할 것 같은 느낌이 들기도 하였다. 그러나 그것도 부질없는 상상이다. 모든 산통을 깨기에나 알맞은 짓이다, 하고 게이조오는 다시 쓰디쓰게 웃었다. 순간 산통을 깨다니? 어느 기준으로 산통이 깨진다는 얘기인가 하고 스스로도 한번 되묻게 되었다. 물론 그것은 아버지 다쯔오의 기준이고 곧 내각조사실 기준임에 틀림 없다. 그러자 게이조오는 거듭 어이가 없었다. 결국은 게이조오 자기라는 사람은 어쩔 수 없이 처음부터 너무 너무 뻔했듯이 다시 아버지 품으로 원점으로 되돌아왔다는 느낌이었고, 무언지 수울 맥이 빠졌다. 이런 식으로 사태가 벌어지자마자 너무나도 간단하게 아버지와 일체가 된 꼴인 자기가 여간 어이없는 게 아니었다. 결국 이제까지의 자기의 주견이라는 것은 그 일체가 빈 껍데기였더란 말인가. 사사건건 맞붙곤 했던 아버지와의 논쟁도 결국은 이런 식으로 매듭이 지어져 버린다는 셈인가. 게이조오는 아버지 다쯔오가 시키는 대로, 일단 내일 나가노를 이쪽에서 불러내어 만나보고 나서 모든 것을 다시 생각하기로 하였다. 그러나 이미 이렇게 된 이상, 아버지 뜻이나 내각조사실 쪽의 뜻에서 멀리 벗어나기는 힘들 것 같다는 예감이 벌써부터 들었다.

이튿날 아침 일찍 게이조오는 아버지가 시킨 대로 나가노가 준 명함에 적힌 그의 집 전화번호로 전화를 걸었다. 신호가 대여섯 번 가는 데도 받는 사람이 없었다. 신호 가는 소리도 깊고 어두운 동굴 속을 아득하게 파고 들어가는 소리처럼 불길하게 느껴졌다. 게이조오는 진짜 나가노의 집이라면 이럴 리는 없을 텐데 이상하다, 하고 수화기를 마악 놓으려는데 그러니까 예닐곱 번 신호가 가서야 어린 소녀아이 목소리가 받았다. 그 병적으로 가냘픈 목소리로도 뒷등이 선뜩해올 정도로 불길하였다.

"여기는 신주꾸인데요."

하고, 마치 통화가 이루어지면 곧장 그런 소리가 나오도록 녹음장치라도 해두었던 것 같이 들렸다.

"여보세요 거기는 나가노씨 댁입니까?"

하고, 게이조오는 그쪽 소리를 묵살하면서 무언지 약간 이상스럽다는 느낌으로 물었다. 그러자 또 저편에서는 마치 전화가 걸려올 것을 미리 알고 있었기나 했던 듯이

"아, 네, 잠깐만 기다려보세요."

하지 않는가. 이렇듯 저쪽의 움직임은 무언지 처음부터 수상쩍게 느껴졌는데 그것은 게이조오 쪽에서 처음부터 수상쩍게 느껴서 수상한 건지, 아니면 진짜로 수상해서 수상한 건지 알쏭달쏭 하였다.

곧이어 우렁우렁한 사내 목소리가 덮어씌우듯이 물어왔다.

"누굴 찾으시오? 거긴 어디요?"

그 목소리로 짐작해서는 나가노 당사자가 아니고, 훨씬 체대도 크고 완력깨나 쓰는 우락부락한 사람으로 여겨졌다. 게이조오는 저도 모르게 뒷걸음치듯 우물쭈물 또 물었다.

"나가노씨 댁 아닙니까?"

"그분은 왜 찾으시오? 그러구 댁은 뉘시오?"

"실은 어제 만나 뵈었던 사람이라면 알겁니다."

"네? 어제요?"

하고 저편에서는 그제야 반색을 하면서 약간 당황하는 기척이 느껴졌다.

"잠깐만 기다려주십시오."

하고 갑자기 목소리가 공손해지며 정중하게 덧붙였다.

"대단히 실례올시다만, 이 전화를 끊으시고 기다려 주실 수 없겠습니까. 곧 그쪽으로 전화를 올리도록 하겠습니다."

그 다음은 게이조오 쪽에서 미처 뭐라고 하기 전에 덜컥 하고 전화가 끊어졌다.

게이조오는 그 사이 그냥 전화 옆에 기다리고 있었다. 금방 걸려올 줄로 알았는데 꽤나 시간이 걸렸다. 그러자 게이조오는 다시 불안하고 조마조마하게 조바심스러워졌다. 까맣게 윤이 나는 전화기도 여느 때와는 다른 그 무슨 마물이나처럼 을씨년스럽게 느껴졌다. 그제야 게이조오는 더러 어떤 사람들이 새하얀 색깔이나 연분홍색, 혹은 연초록색 전화기를 쓰고 있는 까닭을 알아질 듯하였다. 이때까지는 전화기조차도 그런 색깔

있는 것을 쓰고 있는 사람들을 얌체족이겠거니 하고 내심으로 경멸하고 있었는데 지금 이 경우에 닥치니까 그 나름대로 이해가 될 듯하였다. 이런 경우에 닥쳐서는 윤이 나게 까만 색깔의 전화기보다는 새하얗거나 연초록색, 혹은 연분홍의 간드러진 전화기 편이 훨씬 견디기가 수월한 듯하였다. 그건 그렇고 이건 너무 시간이 길다는 생각이었다. 이럭저럭 십분 가까이 지나서야 따르르 전화가 걸려왔다. 게이조오도 이때까지 전화기 옆에 바싹 붙어 있었던 것이 스스로 약간 겸연쩍게 느껴져서 너댓 번 울린 다음에야 조심조심 수화기를 들었다. 뜻밖이었다. 아버지 다쯔오였다. 다쯔오는 게이조오가 수화기를 들자마자 역정부터 냈다.

"아니, 무엇들을 하기에 신호가 너댓 번이나 울리도록 전화를 안 받느냐?"

"실은 저편 전화를 기다리고 있던 참입니다."

"저편이라니?"

"나가노 말입니다."

"그쪽 전화를 기다리다니 그게 무슨 얘기냐?"

"전화를 걸었더니, 잠깐 끊고 기다리라기에."

"네 쪽에서 먼저 걸었었구나. 실은 그 일 때문인데 일단 취소하도록 해라. 굳이 네 쪽에서 먼저 만나자고 할 것은 없다. 저편에서 조만간 그런 신청이 올테니까 그때에 가서 마지못한 듯이 응하는 쪽이 나을 것이라는 결론이다."

"그러면 저편에서 지금 마악 전화가 걸려오면 뭐라고 둘러댈까요? 금방 올 텐데요."

지금 나가노 쪽에서는 이미 이쪽에다가 전화를 걸고 있을 것이고 그렇게 연거푸 통화신호가 갈 것이라고 생각하면서 게이조오는 또 조마조마해지고 등에서는 비지땀이 났다.

"참, 그렇겠구나. 그건 네가 알아서 적당히 둘려 대려무나."

"글쎄, 그 둘러댄다는 것이 당장은 좋은 생각이 안 떠오르는군요."

"그 정도는 알아서 해. 그 정도에도 그렇게 겁을 내다니 원. 그 둘러댈 말까지 나더러 연출해내라는 말이냐?"

하고 다쯔오는 신경질을 부리며 전화를 끊었다.

순간 게이조오는 온몸에 신열이 나며 손등으로 이마의 땀을 훔쳐냈다.

금방 다시 전화가 걸려왔다. 그동안 계속해서 통화 신호만 가다가 아버지 다쯔오가 수화기를 놓자마자 덜컥하고 통화가 떨어졌다는 것이 금방 느껴졌다.

"여보세요, 이즈미 선생 댁입니까."

하고 허겁지겁하듯이 급해 하는 것이 이미 익숙한 목소리인 나가노의 목소리가 틀림없었다.

"네, 죄송합니다. 한참동안 번호를 돌리셨겠군요. 방금 공교롭게도 제 친구한테서 전화가 걸려와서 그만."

하고 게이조오는, 그나마 나가노의 목소리가 틀림없다는 것이 무언지 어저께 그런대로 익숙해졌던 바로 그만큼으로 안도의 숨을 내쉬며 다시 손등으로 이마의 땀을 닦아냈다. 아까 전화를 걸었을 때 그 깊은 어둠 속의 동굴에서 아스무레하게 울려나오는 것처럼 들리던 가냘픈 소녀아이의 목소리나 완력깨나 쓰는 우락부락해 보이는 목소리는 아니라는 점이 그렇게도 일단 마음이 놓였다.

　나가노 쪽에서는 약간 의아하다는 듯이 잠시 조용하더니,

　"아니요, 금방 걸어서 금방 통화가 떨어졌는데요."

하고 사실을 사실대로 말하듯이 잘라 말하더니

　"한데 웬일이십니까. 어저께는 무슨 미진한 점이라도 계셨던가요? 저에게 전화를 주시다니."

하고, 조금 전에 전화를 걸었을 때 무언지 수상쩍게 느껴졌던 것이며, 또는 일단 일방적으로 전화를 끊었다가는 근 십오 분이나 넘어서야 다시 이렇게 전화를 걸게 된 그쪽 사정에 관해서는 일언반구 말이 없었다. 이 점도 미리 그쪽 나름의 치밀한 계산일는지도 모른다고 생각하며 게이조오는 그에 대응해서 마주 정면대결이라도 하겠다는 듯이 불쑥 지껄여버렸다.

　"그냥, 한번 걸어보고 싶었습니다."

　"네?"

하고 그제야 저편에서도 화다닥 놀라는 기척이 전화 수화기로도 완연하게 느껴졌다. '그게 무슨 소리지요? 방금 무슨 말 하셨지요?'하고 되묻고 싶기라도 한 듯하였다.

　"그냥 담박한 인간적인 차원으로 전화를 걸어보고 싶었지요 어저께 당신이 하던 모든 얘기들은 무언지 담박하지는 못했던 것 같아서요. 그렇지 않았습니까? 곰곰이 되떠올려 보십시오. 어제 일을."

하고, 게이조오는 사알짝 수화기를 놓았다. 비로소 입가에는 회심의 미소가 떠올랐다. 다음 순간 게이조오는 화다닥 놀라듯이 전화 코드를 빼버

렸다. 저편에서 전화를 걸더라도 헛수고만 하도록 말이다. 그러나 그쪽은 이런 일에는 노회한 자들이라 전화를 걸 리가 없겠다고 다시 생각하며 게이조오는 코드를 연결시켰는데 과연 그쪽에서 더 이상 전화가 없었다.

그 후, 게이조오는 자기가 즉흥적으로 한 짓이 모든 일을 혹시 산통을 깨게 된 것이나 아닌가 하여 혼자서 전전긍긍하였다. 드디어 참지 못하고 아버지 다쯔오에게 전화를 걸어 자기가 한 짓을 그대로 알렸다. 그러나 아버지는 그랬으면 그랬지 그게 뭐 그다지도 대수로운 일이냐고 웃어넘겼다. 그쪽에서 게이조오가 이미 그쪽의 정체를 눈치채었다고 평가할 것이 아니냐고 하자, 실은 그편이 그쪽에서도 더 신명이 날 것이라고 하면서

"그편이 저쪽으로서도 일을 해나가기에는 편하다고 생각할 거다. 전혀 순진덩어리로 맹물이면 더 일이 곱으로 힘이 든다고 생각할 테니, 네가 그 정도로 눈치가 빠르다는 점은 그 사람들로서 여간 다행이 아닐 것이다. 도리어 저편에서는 네 쪽에서 스스로 알아주기를 원했던 것이지. 나가노의 정체를 알았을 때 왕창 놀라서 벌렁 뒤로 자빠질까 보아서 도리어 전전긍긍했던 것이지."

게이조오는 어이가 없었다.

그렇게 보자면 실은 그렇기도 할 것 같았다. 일본 안에서 벌어지는 이런 일은 어디까지나 일본적인 일상 속에 그대로 잠겨있는 상태로 진전이 되는 것이고, 따라서 일상성의 형식에 추호도 손상을 입지 않는 것이다. 그동안 게이조오가 일본 안에서 겪은 그런저런 일들도 일일이 따져서 생

각했을 때에만 기괴하고 끔찍스럽다는 생각이 들었었지, 실은 하나하나의 세부는 일본적인 일상성 속에서 한 발짝도 벗어져 나오지는 않았다. 69년에 만났던 그 자와도 다방에서 만나서 커피 마셔가면서 오순도순 얘기했던 것이고, 한국에서 돌아와서 사흘째 되던 날 다방에서 만났던 그 자와도 저쪽의 에이전트였건 일본 내각조사실 산하의 해당 기관에서 나온 사람들이었건 그 점은 어쨌든지 간에 다방에서 만나서 조용조용히 얘기를 나누었을 뿐이었다. 두 가지가 모두 일본적인 일상성이라는 형식에서 추호도 어긋나지 않았던 것이다. 어제 만났던 나가노의 경우도 그렇다. 그의 외양은 어디까지나 상사의 해외 현지 주재원이고 설령 그가 돈 몇 푼 벌려고 그런 일에 종사한다고 하더라도 그가 하는 일의 성격이란 주로 게이조오와 다방에서 혹은 호텔 로비에서 조용조용히 얘기를 나누는 일인 것이다. 그 내용이 아무리 그로테스크하더라도, 옆 사람들이 보기에는 그 다방안의 혹은 그 호텔 로비 안의 다른 일본사람들과 털끝만큼도 다르게 보이지 않았을 것이다. 오늘의 일본을 살아가는 오늘의 일본적 정황에서 추호도 벗어나 있지 않았던 것이다. 더구나 나가노가 그런 일에 돈 몇 푼 벌려는 목적으로만 종사한다는 것도 꽤나 일본적인 성격의 진수가 아니겠는가 말이다. 굳이 이코노믹・애니멀이라는 거창한 용어까지 동원하지 않더라도, 국가적 차원에서나 개인 차원에서나 실리 위주의 오늘의 일본을 그냥 그대로 재연하고 있는 듯이 보이는 것이다. 그렇다면 이렇게 일본 땅에서 오늘의 일본이라는 정황을 살아가면서 한반도 남북의 실랑이를 한반도 남북 당사자의 논리대로만 받아들인 게이조오 자신이 얼마나 순진했느냐 하는 얘기로 귀착된다. 게이조오는 저도 모르게 혼자 중얼거렸다.

'정말로 그렇긴 하겠구나. 이 일이 저쪽의 한반도의 당사자들로서는 그야말로 하나하나가 사활에 관련된 문제이겠지만, 우리 경우에서는 그렇게 저렇게 구경 정도 하면서 우리 잇속을 빼먹는 일일 수도 있겠구나. 그러니까 개인 나가노 경우에서는 가벼운 마음으로 돈벌이로 그런 일에 종사할 수 있겠고 정부 차원에서는 나가노가 그렇다는 사실을 빤히 알면서도 일본 국민 한 사람이 일본국가의 안위나 이해에 크게 상관이 안 되는 범위 안에서, 재미를 보는 정도로 묵과하고 있고, 사실로서 나가노가 돈을 버는 만큼 일본국가의 부가 늘어나는 것이 되고 이 점은 아버지께서도 설명했던 것이었는데 그때 당장은 그렇게도 해괴하고 어이없게 들리던 것이 지금 와서는 큰 맥으로서 자연스럽게 이해가 되는군. 요컨대 내각조사실 쪽에서는 이 일에 임해서 일본국가의 사활과 상관이 된다는 식의 차원으로는 대응하질 않는 거야. 다만 자기 땅 위에서 벌어지는 한반도 남북 간의 실랑이를 대체로 파악 정도는 하고 있어야겠다는 생각이겠군. 따라서 일본 쪽에서 그렇게까지 답답할 것은 없는 거겠지.'

그렇다면 게이조오 자신은 이제 이런 식으로 벌써 자연스럽게 이 판에 깊이 개입해든 셈일까. 오늘을 사는 흔한 일본사람들과의 논리로, 아니 그보다도 오늘을 살아가는 일본국가의 논리를 그대로 좇아서. 만일 그렇다면 이제까지 게이조오 자신이 스스로도 줄곧 다짐을 하였고, 객관적으로도 그런 사람으로 보이기를 원했던 한반도에 대한 도덕적인 의식 쪽의 자기는 어디로 갔을까. 그저 어물어물 행방불명이 된 셈일까. 일순 게이조오는 한국으로 나갔을 때 경자랑 성병이랑 사흘 동안 설악산으로 갔던 일이 떠올랐다. 그때 주고받은 얘기가 무안쩍게 새삼 떠올랐다. 한국 현지로 나갔을 때의 한국과, 일본 속에서 느끼는 한국이 이 지경으로 다를 수가 있을까.

그날 저녁 나가노에서 다시 전화가 걸려왔다. 어제 만났던 그곳에서 다시 만나기로 약속을 하여 게이조오는 어제와는 달리 전혀 가벼운 마음으로 나갔다.

나가노는 싱글싱글 웃으면서 하찮은 일이라도 알리듯 말하였다.

한국의 어장에 얼마얼마의 자금을 투자하기로 하였노라면서 덧붙여 지껄였다.

"물론 이런 소리를 반드시 당신에게 알려야 한다는 의무는 없지만, 어쨌든 당신과 그쪽이 그런 식으로 관련되어 있는 만큼, 당신의 말대로 담박한 인간관계의 차원에서 알리는 것이 자연스러울 것 같아서 알려드리는 겁니다. 일단 협조를 바랍니다."

물론 어떤 종류의 협조를 바라는지도 일언반구 한마디도 말이 없었다.

3

게이조오는 여전히 의문투성이였다. 도대체 어떻게 돌아가는 일인지 알 듯도 하고 모를 듯도 하고, 그러나 종국에 가서는 모든 것이 오리무중이었다. 아버지 다쯔오를 직접 만나면 언중언외로 그때그때 드러내는 아버지만큼 아버지를 알 듯도 하였지만, 정작 아버지가 돌아가고 나면 다시 뭐가 뭔지 새까맣게 몰라지는 것이었다. 내각조사실 산하기관과는 어느 만큼의 분수로 어떻게 관련되어 있는지, 오오다니상사와 박훈석 어간의 알선문제는 어떻게 되었는지, 그리고 새로 등장한 나가노에 대해서 모종의 공작이 진행 중인 것 같은데 그 정확한 내용은 무엇이며 아버지가 맡고 있는 역할은 무엇인지, 궁금한 일로 치자면 하나서부터 열까지 죄다 궁금하였다. 그러나 막연히 이 점 한 가지는 짐작되었다. 한국에 대한 공작의 선수는 으레 상대편일 것이니까, 일본 측의 공작이라는 것은 항시 상대편의 그것에 대응한 형식이 될 것이라는 점이었다. 이를테면 통상은 저편의 공작 진행에 늘 뒤쫓아다니며 그에 맞견주듯이 진행되고 있을 것이라는 점이었다. 따라서 저편에서 방향전환을 하면 이쪽에서도 그 뒤를 쫓을 것은 너무나 뻔하였다. 그렇다면 오오다니상사와 박훈석과의 연결은 일단 보류될 수도 있을 성질이었다. 그것은 저편의 공작 진행의 일환으로서 떠오른 문제이기보다는, 박훈석 쪽의 소박한 바람이었기 때문이다. 그야 물론 그렇게 연결시켜 놓는 과정에서 저편이 어떤 작용을 가해 오는지 면밀하게 지켜보기는 할 것이지만.

아무튼 지금 문제의 핵심은 나가노에 있는 것 같았다. 나가노의 움직임 바로 그것이 저편의 속셈 그것일 것이었다. 한데 나가노는 얼마얼마의 자금을 한국의 그 어장 쪽에 이미 투자하기로 하였다지 않은가. 그러나 그 소리도 곧이곧대로 믿어지지가 않고 허황하게 들렸다. 불과 이틀 동안의 어간에 그런 식으로 간단히 결정이 되었다는 것도 어째 믿겨지지가 않고 그런 식으로 이편을 놀리자는 수작으로 밖에 들리지 않았다. 이 일에 협조를 구하기 위해서 게이조오를 불러냈다는 것도 도대체 말이 안 되는 소리였다. 구체적으로 어떤 협조라는 말인가. 나가노의 말은, 게이조오와 한국의 조치원 쪽이 그런 식으로 관련되어 있는 만큼 게이조오 말대로 담박한 인간관계의 차원에서 알리는 것이 자연스러울 것 같아서 알려준다는 것이었는데, 듣기에 따라서는 이 소리도 조롱하는 소리로밖에 들리지 않았다. 단순히 그 소리를 하기 위해서 부러 전화까지 걸어 불러낸다는 것은 상식적으로도 있을 수가 없었던 것이다.

　게이조오는 문득 그동안에 벌어진 이 모든 일이 실은 아버지 다쯔오의 모종 트릭이나 아닌가, 치밀하게 계산된 일종의 연극이나 아니었는가 하고 부쩍 의심이 들었다. 그런 쪽으로 생각하자면 그렇게 논리가 닿아지기도 하였다. 이를테면 덜 떨어진 아들을 제대로 정신들게 하기 위해서 이렇듯 기기묘묘한 연출을 하고 있는지도 모르는 것이다. 그러나 설마하니 그럴 것 같지도 않았다. 아버지 다쯔오도 이미 어지간히 늙은 몸이어서 아무리 제 아들이 못마땅할망정 그 정도의 엄두를 낼만한 기력이 남아 있지도 않았다.

　그렇다면 나가노가 자기에게 이런 식으로 추근추근 달라붙는 것은 무엇일까. 나가노 배후에 어떤 시선이, 자기를 통해서 자기 배후의 어떤 움직임을 알자는 속셈일 터였다. 이것은 곧 거꾸로 얘기해서 게이조오 자신을 조작하고 있는 배후의 어떤 시선이 게이조오를 불러내는 저편의 저의를 캐어내려고 게이조오를 내보내는 것인지도 모른다. 여기까지 생각하자 게이조오는 현기증이 났다. 도대체 이 모든 것은 커다란 허구 덩어리로 여겨지고, 어쩌다가 자기가 이 지경으로까지 되었을까 하고 어이가 없어졌다. 두 사람의 꼭두각시가 앉아 있고, 두 사람 배후의 보이지 않는

먼 창구에서 각기 차가운 눈길이 이 풍경을 면밀하게 내다보고 있다고 생각하자, 게이조오는 더 이상 참을 수가 없었다.

"나가노씨."

하고 게이조오는 말하였다.

"저는 이미 아까의 전화로 제가 나가노씨의 정체를 알고 있다는 것을 드러냈을 텐데요. 그럼에도 계속해서 이렇게 나오는 겁니까."

나가노는 보일 듯 말 듯 입 가장자리로만 비시시 웃었다. 그리고는 안경 속의 두 눈을 약간 크게 뜨며 연극조로 받았다.

"어떤 정체 말입니까? 정체라는 말은 차라리 추상적이어서요 좀 더 구체적으로 자세히 얘기하시지."

그 표정이나 목소리에는 차가운 조롱기가 번뜩였다. 뻔히 피차에 아는 얘기를 왜 또 꺼내지? 그런 것은 피차에 건드리지 않는 편이 나을 텐데, 인간적으로 돌아가서 서로 사귀어 보자는 그 흔해빠진 진부한 소리나 할 정도로 당신이 모자라 보이지는 않는데 말야, 이런 기색이 슬쩍 어리었다.

그러자 게이조오는 불쑥 내밀듯이 지껄였다.

"당신은, 해외상사 직원을 위장하고 있는 것 아닙니까. 사실은 당신은 ......"

"잠깐. 위장하고 있는 것은 사실이지만 상사 직원인 것도 사실입니다. 겸임이지요 그게 뭐, 어쨌습니까? 이 점 한 가지 이즈미 선생님께서는 알아두셔야 합니다. 이즈미 선생은 지금 본의 아니게 이런데 말려들어서 매우 불쾌하신 모양인데 그 불평을 나한테 털어 놓으면서 같은 처지에 있는 사람끼리 이심전심으로 서로 위로를 하자는 생각이신 모양인데, 이 점 한 가지는 이 자리서 분명히 해둬야겠습니다. 이즈미 선생은 지금 뭐가 뭔지, 사세가 어떻게 돌아가는지 도통 모르고 타력에 의해서 여기까지 나오셨지만(미리 오해 없도록 이 점까지 밝혀야겠습니다만, 지금 말하는 타력이라는 건 제가 선생을 불러낸 사실만을 얘기하는 건 아니고, 제가 불러낸다고 호락호락 나오시는 선생 뒤의 아버님을 비롯한 일련의 타력까지 포함시켜서의 타력입지요) 저는 그게 아니올시다. 저는 제가 맡고 있는 일의 성격이나 내용을 제가 알아야 할 만한 한도에서 완전히 터득하고 있고, 여기서 저 자신이 얻어내는 이득의 정도도 알고 있으니까요 선생님 아버지께서 선생에게 하신 말씀이 백 번 천 번 옳은 겁니다. 저의 인생관이나 세계관은 기실 선생이 보시는 대로 선생의 아버지와 비슷한 편이지요. 비슷한 정도가 아니라 거의 똑같다고 할 수가 있을 겁니다. 저라고, 어찌 조직된 군중의 그 위력을 모르겠습니까마는, 저는 조직된 군중의 그 위력보다는 그렇게 군중을 조직한 어느 개인의 기력과 능력 쪽을 더 믿는 편이지요. 무슨 말인지 아시겠습니까. 제가 보기에는 파시즘과 파시즘이 아닌 것과의 근본적인 갈림길은 이 점이라고 보여지던데 선생 생각은 어떠실는지. 바로 그 정도만큼 저는 운명론 쪽에 치우쳐 있는 셈이기도 하겠지요 왜냐하면 조직된 군중의 그 조직되는 과정은 과학적이고 합리적인 소산일 테지요만, 그렇게 조직해내는 어느 개인의 능력과 기력이라는 것은 천성적으로 타고나는 것이고 따라서 운명적이라는 말씀이거든. 물론 이 근처에서 선생처럼 생각하시는 분이 성급하게 개입해 들어오고 싶은 생각도 저는 익히 알고 있지요 즉 뭐냐하면, 너무 흔하게 돌아가는 말이 돼서 입 끝에 올리기가 약간 쑥스럽습니다마는, 역사적 객관적 여건이라는 말 말입니다. 물론 합당합지요. 그 말이 지닌 뜻의 폭이나 내용을 저는 추호도 걷어내고 싶은 생각은 없습니다만, 다만 이 점은 있거든. 별로 신바람이 난다거나 재미는 없다는 말씀이야. 역시 재미는 그런 여건 속에서 기력을 발휘해서 무엇인가를 이루어내는 사람 편이다 그 말이에요. 한데 보세요. 히틀러나 무솔리니 같은 사람들도 실은 그랬거든요. 역사적 객관적 여건이 그러저러한 마당에서 군중을 그런 식으로 몰아갔던 사람이 그 사람들이었다는 말입니다. 바로 그렇기 때문에 종국에 가서는 그 사람들은 패망의 낭떠러지로 떨어져간 것이지요만. 그것이 이를테면 역사적 필연성이라는 것 아니었습니까. 그 점은 저도 선생 생각과 대강 비슷한 생각이지요. 역사적 여건을 역사 쪽에서 서서 제 타고난 기력들을 발휘한 것이 아니라 거꾸로 발휘했거든요. 이 점 무솔리니 같은 사람이 꽤나 재미있는 사람이었지요. 그는 처음에 능력 있는 공산당원 이었다가 뒤에 그것에 배반을 하고 파시스트가 되었지 않습니까. 제가 보기에 그 자는 어떤 조직 속에 얽매어서 그 당의 노선에 고분고분 좇아가는 혹은 자기 앞에 짊어지어진 자질구레한 일들을 감당해가기보다는 어떤 종류의 보스든 간에 보스가 되고 싶었던 것 아니겠습니까. 그의 인생목표는 어떤 원칙이든 간에 여하튼 보스가 되는 것, 두령이 되는 것, 그 한 가지로 농축이 되어 있었던 것이지요. 사람의 움직여가는 모양은 반드시 객관적 여건이나 그 자신의 도저히 변화될 수 없는 인생관 역사관에 의존한다기보다는 실은 우연도 많이 껴드는 듯도 하더군요. 글쎄 그것을 우연이라고 반드시 일컬어야 할는지도 모르겠습니다마는,

당장 선생의 경우를 보십시오. 요즘 얼마동안의 선생의 움직임은 선생 자신의 자의입니까. 자의이기도 하고 자의가 아니기도 하고 애매모호할 겁니다. 그야 하루하루의 움직임 이를테면 저에게 전화를 건다, 혹은 저를 만나러 이렇게 나오신다, 그런 종류의 하나하나의 움직임은 선생 자신의 하나하나의 결단이기는 하지만, 그렇게 결단하도록 만드는 것은 어떤 외부 힘의 조작이 아닐까요. 선생은 본의든 본의 아니든 말려들어 있습니다. 더구나 평소의 생각과는 전혀 반대되는 국면으로 말입니다. 하긴 선생 같은 분의 그 생각이라는 것이래봤자 매달매달 어느 정도의 품격과 진보주의를 표방하는 잡지 나부랭이에서 공급받는 그런 정도의 생각이어서, 별로 대수로울 것은 없겠습니다만, 어쨌든 선생이 요즘 움직이고 있는 것이 숨김없는 사실이다 이거예요. 그리고 선생이 보다시피 나도 또한 마찬가지입니다. 평소의 생각과는 전혀 상치되는 쪽으로 이렇게 움직이고 있다 이거예요. 다만, 이것 한 가지는 꼭 명심하셔야겠습니다. 선생 경우는 뭐가 뭔지 모르게 어물어물하는 동안 이 지경까지 말려든 꼴입니다만 저는 아니올시다. 저는 이것도 장사올시다. 이를테면 가장 추한 쪽으로 얘기하자면 돈에 팔린 몸인 셈입니다만, 천만의 말씀 돈에 팔린 것이 아니라 저 나름의 계산과 깊은 결의 밑에 이 길을 선택한 것이지요 물론 저를 선택하고 일정한 계약조건으로 저를 이용하는 사람들도 저의 이런 점까지를 전부 감안해서겠지요 이제 대강 아시겠습니까. 저는 국가이익보다는 저 자신의 개인적인 잇속을 더 앞세우는 사람입니다. 그래서 대체 어쨌다는 거지요?"

게이조오는 또 나오는구나 이 사람 특유의 너저분한 궤변이 또 시작되는구나 생각하면서 방금 쏟아놓은 나가노의 말이 어느 정도 액면 그대로는 납득이 될 듯하면서도 분명하게 무슨 저의로 저러는지 알 수가 없었다. 게이조오는 잠시 멍하게 나가노를 마주건너 보다가 나지막하게 말하였다.

"저는 지금 이 자리서 선생과 그런 식의 인생관, 세계관 토론은 하고 싶지가 않습니다."

그러자 나가노는 반색을 하듯이 금방 맞장구를 쳤다.

"그 소리는 도리어 제 편에서 하고 싶은 소리입니다. 하지만 그런 식으로 판을 벌인 건 선생 쪽인 겁니다. 내가 해외상사 직원을 위장하고 있다느니 어쨌다느니, 그런 소리는 혼자서 그렇게 생각하시는 건 좋겠지만 당자에게 맞대놓고 그렇게 운운한다는 건 혹시 결례라고 생각하시지는 않습니까."

"그러면 그렇지가 않다는 얘기인가요?"

"아니지요. 그렇다는 걸 뻔히 알면서 굳이 그렇게 묻는 심뽀가 못마땅하다는 얘기지요. 제가 위장을 했건 어쨌건 그건 선생이 알아서 생각할 일이요, 그렇게 알았으면 그렇게 그 정도로 응대를 할 일이지 이러쿵저러쿵 따져드는 건 선생을 위해서나 저를 위해서나 전혀 비생산적이고 낭비라는 얘기지요."

여기서 게이조오는 비시시 웃었다.

"그렇다면, 지금 선생이 저한테 원하는 것이 무엇입니까?"

"그걸 지금 저한테 물어보는 겁니까?"

하고 나가노도 정말 당신이라는 사람은 순진덩어리군요, 하듯이 어처구니없다는 표정을 하였다.

"굳이 말씀드린다면, 협조를 바란다는 겁니다."

"어떤 협조 말입니까?"

"그야, 선생님 스스로 알아서……"

"저는 모르는데요. 어떤 식의 협조가 가능하실는지."

"그 점까지 제가 꼭 말씀해야 한다면 할 수도 있지요. 이를테면 이런 거 아니겠습니까. 자금이 한국의 그 어장에 투자된다, 그 자금을 받는 사람은 선생과 대강 그런 관계에 있는 사람이고 또한 그 자금이 투자되는 목적은 실은 선생께서도 대강 눈치 채고 있지만, 그 점은 피차에 양해사항 비슷이 모르는 체 해버린다, 대강 이 정도의 선으로 협조해 달라는 얘기겠지요. 그전에 미리 전제로 말씀드릴 점이 있을 것 같습니다. 이미 선생도 소박한 자연인의 입장은 아니지 않습니까. 주로 이 일과 관련해서 얘기인데 지금 저는 소박한 자연인으로서의 선생보다는, 그렇게 저렇게 관련되어 있는 큰 덩어리로서의 선생에게 이런 얘기를 하고 있는 겁니다. 조금 더 부연해서 말씀드린다면 저도 선생께서 아시다시피, 이미 자연인 개인의 입장으로서 이런 얘기를 하느니보다는 저 나름대로 모종 관련되어 있는 입장에 충실하려는 그런 쪽의 얘기다, 그거지요. 어떤 일이든 충실해야 한다는 것은 저의 평소의 처세훈 제 1조이니까요. 어떤 종류의 확신으로 관련되어 있건, (흔히 말하는 주의자 혹은 사상가 그렇게 불리는 사람들 말입니다) 또는 저처럼 금전상의 계약으로 관련되어 있건, 그때그때 관련된 만큼 충실해야 한다는 것은 가장 초보적인 신의의 문제에 속할 테니까요. 저는 어떤 종류의 배반자이든 간에 배반자, 변절자, 약속을 이행하지 않는 자를 가장 인생 말종으로 경멸하고 있는 사람입니다. 가만 있자 이 얘기는 듣기에 따라서는 조금 전의 얘기와 모순되는 쪽으로 받아들일지도 모르겠군요. 흔히 사람의 움직여가는 모양은 반드시 객관적 여건이나 그 자신의 도저히 변화될 수 없는 인생관 역사관에 의존한다기보다는 실은 우연도 많이 껴드는 듯하더라는 얘기 말입니다. 허나 그것은 그때그때의 건건마다 뉘앙스가 다르고 분수가 다르니까, 배반이냐 변절이냐 혹은 그런 것은 아니냐 하는 것은 그때그때 케이스 나름으로 가눌 수밖에 없는 거지요. 실은 저도 평소에 모든 파시스트들이 대강 그렇듯이, 어떤 식의 논리적 일관성보다는 그때그때 편한 대로 생각하고 지껄이는 쪽을 더 좋아하지요. 지금도 그렇습니다마는 허튼소리쯤 식은 죽 먹듯 하곤 합니다. 세상이란 논리적 일관성으로 움직여가는 건 아니고, 어떤 기력있는 사람의 자의로 이래질 수도 저래질 수도 때로는 있는 겁니다. 그런 오만한 어느 개인의 기력 쪽에 점수를 주겠다는 점에서 저도 소파시스트 줄에 드는 셈이지요. 그러나 평소에 그렇게 생각하는 내가 지금 이렇게 움직이고 있습니다. 거기에 논리적 일관성은 없지만, 좀 더 다른 차원의 깊은 논리적 일관성은 있지요. 무엇이냐 하면, 모든 크고 작은 파시스트들과 마찬가지로 저도 돈, 금전의 위력을 가장 유일한 위력으로 믿고 있는 사람이고, 따라서 돈과 관련된 신의는 거의 죽음을 걸고서라도 지키려고 하지요. 이제 대강 알아들으시겠습니까."

"그건 그렇고, 나가노씨는 언제 한국으로 다시 나가시게 되는지요?"
하고 게이조오는 나가노의 이때까지의 수다를 전혀 귀담아 듣지 않았다는 듯이 불쑥 물었다. 순간 나가노는 갑자기 눈이라도 부시다는 듯이 두

눈을 깜짝깜짝하더니

"네, 투자 결정이 난 이상, 열흘 안팎 사이로 나가야 합니다. 한데……"
하고, 나가노는 안경테를 살짝 들어 올리면서 덧붙였다.

"한국으로 떠나기 전에 선생의 부친 되시는 이즈미 다쯔오 선생을 잠깐이라도 뵈었으면 싶은데요 극히 잠깐이면 충분합니다. 어떻게 길이 없으실까요? 제가 직접 찾아뵙거나 전화를 걸 수는 있습니다만, 그러기는 조금 당돌하고 결례가 될 것도 같아서 말입니다."

그 표정이나 목소리는 극히 애걸조이고 금방 사그러드는 듯한 소리였다.

니가노가 다쯔오를 만나고 싶어하는 뜻은 곧장 게이조오를 통해서 다쯔오에게, 다시 다쯔오를 통해 내각조사실 산하기관까지 전달이 되었지만 그에 대한 평가는 그닥 대수롭게 여겨지지는 않았다.

"정말로 만나야 할 만한 일이 있어서라기보다는 일종의 호기심 아닐까요. 아닌 게 아니라 저도 그 사람에게는 어느새 묘한 애정 같은 것을 느끼게 되거든요. 이런 것을 반드시 애정이라고 할 수 있을는지는 모르겠소이다만."
하고 다쯔오는, 내각조사실 산하기관 쪽 사람에게 웃음의 소리 비슷이 말하였다.

"사실 그 자나 나나 평소에 생각이 비슷한 사람끼리 이런 식으로 걸리게 된 일도 우습다면 우습고 말입니다."

"그렇담, 정말로 한번 만나 보시겠습니까. 전혀 만나지 못할 것도 없을 것 같군요"

하고, 내각조사실 쪽의 사람도 덧붙이듯이 그러나 길게 지껄였다.

"두 분이 흉금을 털어놓고 말씀을 나눌 수도 있는 문제 아니겠습니까. 아드님과는 그리고, 아버지인 선생과는 그러지 못할 법은 없을 것이니까요. 솔직하게 말해서 이런 일은 우리 일본국의 이익이라는 면에서 냉철하게 따져 보더라도 사실은 무해무득이라는 말입니다. 크게 손해날 것도 없고 그렇다고 크게 이득이 될 것도 없다는 말입니다. 생각해 봅시다. 그들의 일정액수의 자금이 우리 일본을 중간연락처로 해서 한국으로 나간다. 그 다음은 한국 현지에 그들의 근거지 비슷한 것이 잠시 생긴다. 그 근거지가 진짜 어느 정도의 근거지 구실을 하고 어느 정도로 그들의 뜻에 합당할 만큼 움직여 줄는지는 아무도 모르는 겁니다. 도리어 지금까지의 예로 보면 돈이 나가고 한국 쪽에서 그 누구든 돈을 받는다, 그 다음 어느 정도의 세월이 흐르면 실은 준 자와 받은 자의 관계는 슬그머니 행방불명이 되어 버리고 무화되는 것이 아니던가요. 받은 쪽에서 준 쪽의 정체를 뒤에 알고 나서 그 공포 때문에 그럴 것이고, 혹은 피차의 긴밀한 연락이 두절되는 데서, 받은 쪽이 그냥 매몰되어 버리는 경우도 있겠고요. 한데 실은 주는 쪽에서의 계산은 이 점까지 감안하고 나서의 계산이거든요. 다시 말하면 주는 쪽에서는 그 점까지도 포함해서 노리는 것이 있다, 이 말이지요. 설령 세월이 흐르면서 피차에 여건이 바람직하지 못해서, 받은 쪽이 어느새 행방불명이 되었더라도 엄연히 그들이 보낸 돈, 곧 그들의 돈은 그들의 돈만큼 어떤 식으로든 구실을 할 것이다. 이런 계산일거라 그겁니다. 돈의 가치란 추호도 에누리가 없는 법이고 이런 가치까지 포함한 가치 아니겠습니까. 다시 말해서 남한 쪽으로 보자면 그런 돈은 불온성이라고 할까요. 얘기를 조금 돌려 넓은 안목의 국가적 차원이라는 면에서 한번 평가해 봅시다. 이런 관계에서의 손익이란 기실 애매모호하기 짝이 없는 거거든요. 서로 싸우는 관계에서는 개개인 간에도 흔히 그런 일이 있지 않습니까. 네가 그런 식으로 노리면 좋다, 그렇게 받아 주마, 하지만 우리는 네가 노리는 이득을 넘겨짚어서 더 큰 이익을 노리마, 이런 식 말입니다. 방금 제가 말하는 이런 것이 그에 해당할 겁니다. 아닌 게 아니라 그렇긴 하거든요. 이런 과정을 십 년쯤 단위로 해서 한번 생각해 봅시다. 십 년 동안 꾸준히 자금을 투하했다고 가정할 때, 어떻게 될까요. 십 년을 두고 전체의 덩어리는 평가가 나올거라 이겁니다. 한국은 여전히 끄덕도 없고 투하된 돈은 한국의 근대화에 요긴하게 쓰였는지, 아니면 받은 자의 이민 자금으로 쓰이던지, 어떻든 써먹어졌을 거라 그거예요. 이런 때 그 손익계산은 어떻게 될까요? 한편, 이런 관계 속에서의 우리 입장 우리 일본의 입장은 어떻습니까. 그쪽의 돈이 우리를 통해서 남한으로 들어간다. 그리고 거기서 일정한 액수가 수고비나 수수료 비슷이 떨어진다, 이를테면 나가노 같은 사람이지요. 이런 경우는 우리는 유연하게 대응할 수도 있는 것 아니겠습니까. 나가노란 사람은 결국 일종의 브로커를 자처하는 거지요. 그렇다면 나가노를 통해서 그쪽 돈이 한국으로 들어간다 그리고 그 돈의 정체는 당장은 나가노도 또 선생도 발설을 않는다. 그야 어느 단계에 가서 나가노는 그들의 치밀한 계산 밑에 자금을 받은 자에게 발설을 하게 되겠지만 이 자금은 실은 어디어디서 나온 것이라고 말입니다. 그 후 나가노는 발을 빼고 다른 에이전트가 위협 공갈로 공작을 해간다고 합시다. 그 피해자가 바로 이즈미 선생, 당신의 한국 여자 소생 아들이라는 점에 실은 핵심적인 문제가 있을 겁니다. 그리고 그 경우 당신의 그 살아 있는 한국 여자나 딸, 그리고 그 여자의 현 남편들도 일거에 걸려들게 되는 겁니다. 물론 이것은 최악의 경우입니다만, 이즈미 선생, 이 점을 한 번인들 생각해 보셨습니까. 이 점은 우리 일본 사람이 일본 땅에 앉아서는 도저히 상상조차 할 수 없는 영역이란 말입니다. 이즈미 선생은 우선 무엇보다도 이 점을 생각하셔야 합니다. 바로 이렇게 때문에 선생은 나가노씨를 홀대해서는 안 되고 나가노가 실은 선생보다 훨씬 이 일에 주도권을 잡고 있는 겁니다. 그야 지금 당장은 나가노 쪽에서 선생을 만날 일이 아쉬울 것입니다만. 그 아쉬움이라는 것도 실은 반 호기심 정도에 불과 할 것입니다만."

다쯔오는 저도 모르게 꿈틀하며 뒷등이 선뜩하였다. 그게 과연 그렇겠구나 싶으며 이때까지 정작 이 점을 구체적으로 한 번도 생각해 보지 못했다는 사실이 새삼스럽게 어이가 없었다. 가장 분명한, 가장 핵심적인 문제를 떠나서, 엉뚱한 미로만을 허우적거렸다는 생각이었다. 그러자 나가노가 지금 자기를 만나고 싶어하는 것은 그 초점이 박훈석에 있지 않을까 하는 생각이 편뜩 들었다. 거의 무의식적이었지만 지금 다쯔오는 본능적으로 무거운 죄질은 박훈석 쪽으로 걸리도록 마음이 움직여지는 것이다. 이를테면 이런 일이 한국 안에서 몽땅 들통이 나서 문제가 될 경우 자기와 피를 나눈 게이스께(성갑) 쪽은 가볍게 걸리고, 무거운 쪽이 박훈석에게 걸리도록 무의식 속에서나마 배려를 하게 되는 것이었다.

다쯔오는 질린 듯한 낯색으로 물었다.

"그게 과연 그렇군요. 그렇다면 나가노를 제 쪽에서 만나야 할까요?"

"그게 그럴 것 같습니다."

하고, 내각조사실 산하기관의 사람은 자못 동정을 금할 수 없다는 듯이 또 말하였다.

"이제 와서는 만나고 안 만나고의 문제가 아니라 이미 주사위는 던져졌다는 점에 있습니다. 선생이 아드님을 그렇게도 안달복달 하면서 한국으로 내보낼 때부터 이미 이렇게 될 조짐은 시작되었던 것이지요. 그때에 우리가 깊이 개입했더라면 일이 이렇게까지는 안 되는 것이었는데 말입니다. 기실 우리 업무의 성질은, 한반도의 싸움이 우리나라 안에서 벌어지는 것을 그 사실만큼 커버하는 것이 집주인으로서 체모에 닿는다는 정도일 뿐 그 이상도 이하도 아닌 겁니다. 따라서 우리는 선생 입장을 존중하는 바로 그만큼 나가노씨도 존중해야 할 입장입니다. 왜냐하면 나가노씨도 엄연히 일본인이고 일본국가의 보호를 받아야 하기 때문이지요. 나가노씨가 지금 하는 일은 우리로서 볼 때 일종의 개인적인 장삿속으로밖에 볼 수 없고, 따라서 그의 본업이 비즈니스맨인 것처럼 이 일도 단순한 브로커로 밖에 보이지 않고, 더구나 일본국 자체로 보더라도 적건 크건 외국 돈을 일본 쪽으로 벌어들이는 일에 종사하고 있는 겁니다. 이 점, 조금도 에누리 없는 사실입니다. 우리나라의 어떤 법에도 나가노는 저촉되지 않습니다. 다시 얘기를 되돌립니다만 지금 핵심이 되는 문제는 한국 안에 살고 있는 이즈미 선생의 그 가족에게 일정한 목적이 담겨 있는 자금이 투하되려고 한다는 사실입니다. 더구나 그쪽에서는 주로 박훈석이라는 사람의 경우입니다만, 그런 일을 목이 타게 기다리고 있습니다. 게다가 나가노씨는 자주 한국으로 들랑날랑 하면서 이즈미 선생 부자까지 이용할는지도 모릅니다. 그 자금이 결코 수상한 쪽의 자금이 아니라 이즈미 선생 부자의 보증이 달린 오오다니상사 쪽의 자금임을 여러모로 내비칠 것이다 이겁니다."

"그렇다면, 일본에 나와 있는 한국공관 쪽에 미리 이 사실을 알려서 사전에 그걸 막는 길은 어떨는지요?"

하고 여기서 다쯔오는 이마에 땀방울까지 내돋히면서 재빨리 쐐기를 넣었다. 내각조사실 산하기관의 사람은 자기 얘기가 중도에 잘려져서 어리둥절하다는 듯 잠시 다쯔오를 멍하게 건너다보더니

"네, 의당 그런 길을 일단 상정해 볼 수는 있습니다만, 아직 조짐이 나타나지도 않은 일에 열을 올려서 일을 하는 예는 없는 겁니다. 선생께서 주일 한국기관에 이 일을 통보한다, 이를테면 이런저런 가능성이 있으니 한국에 있는 내 남아 있는 가족을 보호해 달라는 의뢰를 한다고 칩시다. 그래서 주일 한국기관이 그 통보를 본국기관으로까지 알려준다고 합시다. 그 나라가 안팎으로 처해 있는 복잡미묘한 사정까지 가미되어서 이 일이 대내용으로 이용 될 수도 있는 겁니다. 무슨 얘기인지 아시겠습니까. 한국이 처해 있는 상황은 이렇게 각박한 상황인 겁니다."

"그렇다면, 한국의 가족들에게 직접 편지를 하는 길은 어떨까요? 지금 본의 아니게 이러저러한 마수가 뻗치고 있으니 아예 관계를 끊으라고 편지를 한다는 말입니다."

하고 다쯔오는 더욱 파랗게 질린 얼굴로 콧등에 송송 땀방울까지 내돋히

출렁이는 유령들 2　131

면서 거듭 물었다.

"편지를 하면 어떨까요? 저간의 사정을 자세히 적는다는 말이지요."

"편지요?"

하고 내각조사실 산하기관 사람은 벌써 웃기는 소리하지 말라는 듯이 콧방귀를 뀌었다.

"선생도 익히 아시겠지만 편지라는 건 위장이 가장 쉽습니다. 그런 정도의 가정은 이미 저쪽에서 하는 거지요. 아마 모르긴 몰라도 저쪽에선 이미 이쪽의 이런 가능성까지를 염두에 두고 모종의 선수를 쓰지 않았을까 싶어지는군요. 이를테면 이 일이 나가노 단독으로 추진하는 것이 아니라 일본에 있는 이즈미 선생 부자까지 적극적으로 껴든 오오다니상사 쪽의 자금임을 믿게 하고, 기실 이즈미 선생 필적과 똑같은 편지를 그쪽에서 몇 통쯤 냈을 가능성도 없지 않지요. 바로 이런 판국에 선생의 그런 편지가 간다고 합시다. 그럼 어떻게 될까요? 이미 자금은 투하되고 있는 중입니다. 사람이란, 선생도 마찬가지겠지만 대체로 모든 사태를 자기가 바라는 쪽으로 해석하는 버릇이 있지요. 박훈석이란 사람은 자금이 오는 것을 목이 타게 원했던 사람이고 선생의 한국여자 소생인 아들도 처음에만 주저했을 뿐이지, 일단 자금이 오면 신바람부터 날겁니다. 돈이란 어디서나 그런 것이니까요. 아무튼 나가노를 만나보는 것도 그 자체가 이미 해결책은 아니지만 전혀 해결책이 아니지도 않을 것 같습니다."

내각조사실 산하기관 사람이 자, 얘기는 이 정도로 그칩시다. 하듯이 지껄이고 나자, 다쯔오는 어쩌다가 일이 이 정도까지 이르렀을까, 하고 어리둥절해졌다. 지난 얼마동안, 그 옛날 만주공작에 참여했던 기억까지 되살리며 단순히 이 일을 재미있어 한 사실도 새삼 어처구니가 없었다.

지금에 와서는 이즈미 다쯔오도 그 아들과 비슷한 생각이었다. 이 모든 것이 커다란 허구덩어리로 여겨지고 괴상한 소모이기나 한 듯이 느껴졌다. 그러나 한반도에 관한 한 이 모든 일은 현실성을 띠게 된다. 다쯔오 부자도 불과 요만한 정도로 한반도와 관련을 갖자마자 그 무슨 커다란 허구덩어리에 말려든 듯이 느껴지는 것이다. 그러나 다시 눈을 비비고 보아도 눈앞에 벌어지고 있는 사태는 분명한 사태였다. 그리고 이제 와서는 한국에 남아 있는 가족을 궁금하게 여겨서 안달복달하듯이 게이조오를 그쪽으로 내보냈던 것을 후회해 본들 이미 늦어 있었다. 그렇다고 이제 아들 게이조오를 찾아가서 저간의 모든 일을 털어놓고 하소연하기도 아비 된 체모로 멋쩍은 일이다.

그러나 다른 한편, 다쯔오는 지금 이 순간에도 아까 그 자의 얘기가 일단 수긍은 가면서도 심정적으로까지 납득은 되지 않았다. 한반도 안에서 이 일이 그런 식으로 벌어진다는 것이, 일본 땅에 몸을 담고 있는 다쯔오로서는 여전히 실감이 되지 않았다. 한국 현지에 가서 겪으면서 느끼는 한국과, 일본 속에서 느끼는 바다 건너의 한국이, 전혀 별개의 것으로 느껴진다는 사실이 비로소 아슴푸레하게나마 알아질 것 같았다.

이튿날 열한 시경 나가노는 다쯔오의 전화를 받자 꽤나 뜻밖이라는 억양이면서도 반색을 하였고 다쯔오가 만나자는 곳으로 금방 나왔다. 그렇게 나가노는 건너편 자리에 앉자마자 공손히 지껄였다.

"여러 가지로 심려를 끼쳐서 죄송한 마음 금할 수 없습니다."

다쯔오는 나가노의 안경알이 창으로 들이비치는 바깥 광선에 번쩍거리는 것이 신경에 거슬려서 슬그머니 외면을 하였다.

"심려할 것은 없습니다만."

하고 첫마디 운을 떼려고 하였으나 정작 그 다음에 무슨 말을 해야 할는지, 무슨 말을 하려고 이 사람을 불렀는지, 새까만 절벽 앞에 앉은 느낌이었다.

"솔직하게 말해서, 제가 너무 엄청난 일을 저지르는 것 같아서 말입니다. 나가노 선생, 지금 나가노 선생께서 벌이고 있는 일을 처음부터 없었던 일 셈치고 중지해 주실 수는 없겠습니까. 저는 옛날처럼만 알고 이 일을 너무 단순하게만 생각했던 것 같습니다. 이런 일로 해서, 다시 말씀드리면 일본 안에서 굴러다니는 돈이 그쪽으로 투하되면 한국에 남아 있는 제 자식들이 덕을 보고, 또한 동시에 우리 일본나라도 덕을 본다는 식으로 말입니다. 한데 사정은 간단히 이런 사정만은 아닌 것 같군요"

"네, 그야 지금이라도 어려운 것은 아니올시다. 이즈미 선생께서는 사태를 너무 명백하게만 생각하시려는 것 같은데 실은 제가 선생을 만나 뵙고 싶었던 것도 그 점이었습니다. 단도직입적으로 얘기하자면 돈은 제 쪽에서 나가고, 그쪽에서 받는 형식은 오오다니상사의 돈을 선생을 통해서 받는다는 식으로 얼마든지 할 수 있는 일이니까요 물론 이것은 만일의 사태에 미리 대비하자는 뜻입니다마는, 받는 당사자도 선생의 한국여자 소생 아들인 게이스께가 아니라 그 한국여자의 현 남편인 박훈석으로 하고요. 제가 선생의 아드님에게 협조를 요청한 뜻도 실은 이 점이었습니다. 허나, 이 모든 일을 이제 와서 중지해 줄 수 없느냐는 것은 어불성설이구요"

비로소 다쯔오는 나가노 쪽에서 이미 이 정도까지 치밀하게 계산이 섰었구나 싶어지며 이제 와서는 빼도 박도 못하게 되었음을 새삼 느끼지 않을 수 없었다.

나가노는 다시 지껄였다.

"저도 그 점은 면밀하게 생각하고 있었습니다. 사실은 제 쪽에서도, 아니 엄밀하게 얘기하자면 제가 맡고 있는 일 쪽입니다마는, 그쪽에서도 일의 성사가 초보적으로 이 점에 달린 것이니까요. 위장이 얼마만큼 철저 할 수 있느냐 하는 점에, 일을 얼마만큼 깊이 장기적으로 할 수 있느냐 하는 것이 달린 것 아니겠습니까. 물론 제가 속해있는 쪽에서는 자금 투하 대상자의 희생은 제 2차적인 문제이고, 희생을 무릅쓰고라도 일이 이루어진다면 그쪽을 선택할 것이 뻔하지만 말입니다. 현재 이 시점에서는 희생과 일의 성사는 일체가 되고 있는 겁니다. 그렇다면 선생께서 한국에 남아 있는 자식들을 염려 하신다면 선생은 본의든 본의가 아니든 제가 속해 있는 쪽과 이해가 일치하는 것 아니겠습니까. 이 점, 어떻게 생각하시는지요? 조금 이건 잔인한 얘기 같습니다만, 평소에 저는 선생의 아드님 게이조오씨를 통해서도 대강 선생의 그런저런 생각이 어떠하시다는 것을 알고 있고, 그런 점으로 비추어서 잔인한 얘기 같습니다만 선생이나 저나 실은 어떤 이념을 기준으로 해서 살아가는 쪽이기보다는, 어떤 이해든 간에 이해 쪽을 앞세우는 쪽이 아니겠습니까. 그리고 이해란 그때그때 닥친 만큼의 차원으로 이익과 손해가 있는 겁니다. 이 점, 선생은 적어도 저보다는 이 일에 이런 식으로 관련된 것이 매우 운이 나쁘다고나 할까요 그러나 벌어진 사태에 전혀 눈 감으시고 외면하실 수는 없을 겝니다."

　일이 필경은 이렇게 되었구나, 여기까지 왔구나, 하고 절망적으로 생각하며 다쯔오도 일단 당장은 나가노의 말을 받아들일 밖에 없겠다 싶어,
　"네, 선생의 뜻을 받아들이지요"
하고 사후의 일은 다시 연구하리라 작정하였다.

제 7 장

1

 조치원의 박훈석 집은 누구나가 어느새 어영부영 박훈석의 페이스에 말려들어 일본과의 관계는 거의 그렇게 기정사실로 되어가고 있었다.
 일본서 박훈석 앞으로 온 다쯔오의 편지를 들고 조여사가 정신없이 서울의 경자에게 올라갔다가 다시 경자랑 성병이랑 몰고 사생결단이라도 내자는 듯이 돌아오는 버스에 올라탔지만, 정작 조치원이 가까워올 무렵에는 조여사를 비롯해 경자나 성병이나 이제 이 마당에 박훈석을 만나본들 별 뾰족한 일이 일어날 리도 없겠다는 체념이 들어앉아 가던 것이었다. 셋이 달려들어서 어쩐다고 해서 호락호락 물러설 박훈석은 이미 아닌 것이다.
 버스 속에서부터 경자는 의붓아버지 박훈석을 만나야 할 일이 끔찍스럽기만 하였다. 한바탕 또 소동을 벌인다?

그러나 성갑이 오빠라면 이쪽에서 처음부터 문문해 보여서라도 더욱 기를 낼 것이지만 상대가 박훈석이라 경자는 벌써부터 슬금슬금 뒤꽁무니부터 빼어지는 느낌이다. 이 일을 두고도 그랬지만 이 밖에 무슨 일에 들어서나 박훈석과 맞겨루는 일은 늘 피해온 것이 아니던가.
어린 때부터 그래온 터이다.
다쯔오의 그 편지로 해서 간밤에 전혀 잠을 설쳤다던 어머니는 앞자리에 두 사람 자리를 혼자 차지하고 늘어지게 잠이 들어 있었다. 버스는 거의거의 조치원 인터체인지에 가까워가는 듯하였다. 고속버스 위를 초스피드로 달릴 때 그 한 가닥으로 이어지는 신경줄을 야곰야곰 긁어대는 듯한 자동차 소리는, 이따금 덜컹덜컹하며 차가 꿈틀 할 때마다 급하게 잦아들며 속도가 한결 떨어지곤 한다. 그런 때마다 앞차가 막아 서 있곤 하였다.
그렇게 앞차와 일정한 거리를 유지하며 달리면 문득문득 그냥 그렇게 일정한 거리를 유지한 채 정지해 있는 듯한 착각이 들곤 하였다. 고속도로는 지금 한창 붐비고 있는 모양이다. 버스는 어느새 앞차를 추월하느라고 다시 속도를 내기 시작하고, 그러면 또 한 가닥으로 부풀어 오르는 그 신경줄을 야곰야곰 긁어대는 듯한 소리도 부풀어 오르며 차체가 온통 부웅 뜨듯이 달리기 시작한다.
그러자 경자는 실은 자기가 이렇게 조치원으로 내려올 엄두를 냈던 것은 성병이를 믿고 성병이에게 의지해서였으리라는 자격지심이 슬그머니 일어올랐다. 성병이가 없었더라면 처음부터 나설 리가 없었던 것이다.
경자는 앞자리의 어머니가 잠이 깨지 않도록 나지막한 목소리로 옆의 성병이에게 말하였다.

"성병아, 어째 약간 난감한 생각이 드는구나. 넌 대체 몇 달간 만에 내려오는 길이니?"

"몇 달이 뭡니까. 아버지 만나 뵌 것은 벌써 2년이 가까워 오는데요. 작년 여름에 친구랑 같이 지방 여행 다니다가 잠깐 들렀을 때도 잠깐이래야 십 분도 못 있었지만 경순이 혼자서만 집을 지키고 있던 걸요. 그때도 하긴, 아버지 만날 일이 약간 난감하다 싶었는데. 사내자식으로 태어나서 아버지쯤을 이렇게 꺼린대서야 말이 되느냐고 제법 마음먹고 들렀었는데, 다행인지 불행인지 아버지는 안 계시더군요."

하고 성병이는 비시시 웃었다. 경자도 무언지 우스워져서 낄낄거리면서 다시 물었다.

"지금은 어때? 지금은 아버지 만나거든 정정당당하게 내 생각대로 나갈 자신이 있니?"

"어러러. 난 아직 뭐가 뭔지, 어떻게 돌아가는지 잘 모를 뿐더러 누나가 가재서 갈 뿐이유. 일본서 누나 아버지한테서 편지가 왔다는 건 아까 그 실물을 보아서도 알고 있지만 말이우. 대강 그 정도밖에 난 몰라요"

"그 정도 알면 다 아는 거지 뭐. 그 이상 뭐가 있는 줄 아니? 왜 이리 슬슬 꽁무니를 빼려고 드는거니."

하고 경자가 팔굽으로 성병이의 옆구리를 툭 치자 성병이도 싱겁게 한번 웃었다.

"꽁무니를 빼는 건 아니래도 누나도 아버지 성질을 잘 알고 있으면서 뭘 이래요. 아버지라는 사람이 본시 무슨 일을 차근차근 대화를 해서 설복 되어질 사람은 아니잖아. 그렇다고 어느 정도 횡포를 부린다고 해서 눈 하나 깜짝할 사람도 아니고 아버지라는 사람은 실은 극히 감정적인 사람이어서 무슨 일이건 거의 선험적으로 그렇게 이미 딱 정해져 있는 거예요. 그건 절대여서 누구도 막진 못하거든."

"그렇다면 넌 지금 뭣 하러 이 버스를 탔지? 아버지를 만나서 어쩌자고 이 버스를 탔느냔 말야."

"누나가 아버지와 정면으로 붙을 모양인데 나도 같이 내려 가주면 심정적으로나마 마음이 든든해질 모양이다, 그러니까 뿌득뿌득 날 끌어내는 것이 아니겠느냐고."

"어이구 능청 떨지 말아 얘. 아버지가 무서우면 처음부터 무섭다고 솔직하게 말할 일이지."

"아니, 추호도 무섭지는 않다니까. 나도 이젠 이만큼 나이를 먹었고 혼자 힘으로 살아나갈 자신도 있고 도대체 아버지가 무서울 까닭이 뭐가 있어. 다만, 어떤 일로서나 아버지와 정면으로 맞붙는다는 건 무언지 절벽으로 느껴져요. 그건 절망과도 달라. 그런 관념적인 말로 통할 얘기가 아니라 차라리 물리적인 용어로 절벽이라는 말이 아버지에겐 어울려요."

'그건 나도 동감이다. 하지만 너까지 이래서는 정말 야단인걸' 하고 경자는 거듭 난감해졌다. 어머니에게 무슨 핑계를 대서라도 성갑오빠에게부터 들러 이런 일에는 여간 만만하지 않은 성갑오빠에게만 한바탕 퍼붓고 그냥 서울로 올라가버릴까 싶은 생각도 굴뚝같았다. 그러나 그럴 경우에 이 성병이는 어쩐다? 성병이만 그냥 어머니에게 딸려서 집으로 들여보내 혼자서만 아버지를 만나게 하랄 수도 없는 일이다. 그렇다고 성병이를 성갑오빠에게 데리고 가면 성갑오빠에게 퍼부어대는 경자 자신의 이모저모를 속속들이 꿰뚫어 볼 것이 아닌가. 아버지와는 정면으로 맞겨룰 자신이 없으니까 문문한 형님만 저렇게 들볶아대며 체면치레나 하고 기분이나 풀려고 든다고 빤히 꿰고 들것이다. 그러고 보니 성병이를 불러낸 것이 처음부터 불찰이었다고 지금 와서는 열에 떴던 머리속이 말짱하게 깨어오는 느낌이었다.

경자의 이런 기척을 벌써 간파하기라도 했다는 셈인가 갑자기 성병이는 억양을 바꾸어 침착하게 말했다.

"누나, 충동적으로 감정적으로 이럴 게 아니라, 좀 더 모든 일을 전체의 국면에서 냉철하게 다시 생각해 봅시다."

경자도 본능적으로 화다닥 몸을 사리며 튕기듯이 되받았다.

"왜, 왜 또 이렇게 거창한 소리로 나오지? 전체의 국면이니 냉철하게 다시 생각해 보자느니. 난 그런 말 나오면 괜히 섬찟해지더라야.

"왜, 섬찟해지지요? 누나 편지에 무슨 꿀리는 점이라도 있는가보군요"

"반드시 꿀리는 점이 있어서 그렇다는 게 아니라 그런 식의 말투가 싫다는 거지."

"좋아요. 그럼 그런 말투는 빼고 이야기합시다. 대체 요점은 뭡니까? 일본의 누나 아버지에게서 아버지한테 그런 편지가 왔다는 그 사실 아닙니까. 물론 그런 편지가 오기까지는 조치원의 아버지가 그런저런 가지가지 추태를 부렸겠고, 그 추태가 대개 어떤 종류의 추태였으리라는 건 누나 아버지의 그 편지 문면을 보더라도 십분 짐작이 되는 거구요 그러니까 그런저런 기왕에 벌어진 일은 뭡니까? 형님 어장에 일본 쪽에서 자금을 좀 끌어 들였으면 하는 아버지의 뜻이 뜻대로 이루어질 기미가 보인다는 점 아니겠습니까. 요컨대 지금 문제의 초점은 이거지요. 그렇다면 이 문제를 놓고 누나는 아버지에게 무슨 얘기를 어떻게 하자는 거예요? 일본 있는 그 분은 엄연히 내 아버지이고 성갑 형의 아버지이고 당신의 현재 마누라인 내 어머니의 전남편이다, 당신이 무슨 관계가 있다고 이 일에 나서느냐 이럴 참인가요? 그렇다면 그건 굴러들어오는 모종의 잇속을 놓고 한집안의 싸움이 시작되는 셈이겠구요."

"왜 너까지 능청을 떠니? 내 생각을 뻔히 알면서."

하고 경자는 <누나 어버지>니 <성갑 형의 아버지>니 <내 아버지>니 하는 성병이의 호칭이 무안쩍어 조금 얼굴을 붉히면서도 역정을 쓰듯이 말하였다.

"너 짓궂은 건 이미 알고 있으니까 그만해 둬라. 네가 하려는 얘기가 뭔지는 나도 알아."

"얘기 나온 김에 해버립시다. 요는 입빠르게 얘기하자면 얘기는 그거야요. 아버지가 저런 식으로 저러는 것은 그야 아버지가 다른 사람들보다 성격이 더 추잡스럽고 못났다고 할까요. 그래서 저럴 뿐이지 말은 바른대로 합시다. 자형이 중역으로 나가는 무역회사는 어떻답디까? 일본쪽 자본과 전혀 상관이 없던가요? 누나가 그렇게 밥 먹는 거나 아버지가 저러는 거나 실은 대차가 없는 거야요. 큰 윤곽의 시세 돌아가는 게 이렇다는 것뿐이지요."

경자는 소스라치게 놀라듯이 성병이를 돌아다보며 너무너무 격해져서 차마 말이 돼 나오지 않아 뻐끔히 입만 벌렸다. 그러나 성병이는 계속해서 침착하게 지껄였다.

"물론 지금 하는 이 말은 누나를 골려먹자는 생각에서 하는 소린 아니에요. 다만 문제를 일단 그 영역까지 끌어가 보아야 한다, 이 말이지요."

"그 영역까지 끌어가 보고 나면 할 말 있는 사람 몇이나 남을 것 같니. 이 나라에. 그런 소리는 하나마나 한 소리라는 거야."

"그렇지는 않아요. 누구나가 그 영역까지 일단 철저히 생각하고 나서 진짜로 얻어내는 결론이어야 한다는 거지요. 내가 이런 소리를 하는 뜻은 다름이 아니에요. 이제 와서 아버지를 그 일에서 손 떼게 할 수는 도저히 없다는 그 점이지요. 일본 있는 누나 아버지도 그래요. 일본 자본을 한국으로 투하해서 일본 쪽에서 덕 보는 점이 있는 게 사실일 게고 그 점을 그분이 어느 만큼이나 염두에 두는지도 모르겠지만, 그분 나름대로 누나랑헌테 대한 진정도 없지 않을 거라 그겁니다. 물론 누나 아버지도 저번에 왔던 게이조오인가 그 사람을 통해서 누나랑의 그 소위 민족적 자존심이라고 할까, 그런 것을 익히 들었을 것이면서도, 굳이 조치원 아버지한테 저렇게 나오는 것은 그분대로의 실제적인 생각이 없지도 않은 거지요. <자존심을 운운한다면 그 자존심의 영역은 인정해 주마. 인정 정도가 아니라, 똑똑한 자식으로 컸다고 대견하게도 여겨주마.> 그러니 자존심은 자존심대로 차리도록 해주고 실제의 잇속은 조치원 아버지를 통해서 혜택이 닿도록 하자는 속셈이지요. 어쨌거나 일본의 돈이 한국으로 투하되고 있는 것은 지금의 대세가 아닙니까. 그 대세를 타고 돈을 내보내서 그 돈으로 하여, 형님이나 누나랑은 그 소위 체면치레의 민족적 자존심은 자존심대로 살리게 되면서 건너간 돈만큼의 실제적인 혜택은 혜택대로 떨어질 것이라는 생각이지요. 이 점은 조치원의 아버지도 처음부터 계산에 넣고 있는 것이겠고요."

경자는 할 말이 없었다. 그게 그렇기도 하겠구나 하고 새삼 무안쩍게 생각하였지만, 이 생각이란 것도 지금 비로소 처음으로 떠오른 것이기보다는 이미 벌써부터 이 점을 여간 찜찜하게 여기지 않았던 것이다. 게이조오가 건너온다는 소식을 처음 들었을 때부터 그렇게도 펄펄 뛰고 조바심을 태운 것도, 지금 와서 찬찬히 돌아보면 결국 이 점에 귀착되는 듯하였다. 분명한 형태로 생각하지 않았다 뿐이지, 어쩌면 처음부터 이 점은 가장 아프게 예감하고 있었던 것이나 아닐까. 경자가 지금 조치원으로 내려가면서도 정작 박훈석과 정면으로 부딪치는 것을 꺼리는 것은, 박훈석 쪽에서 다 까벗기듯이 그런 식으로 들고 나오면 이쪽에서는 더 할 말이 없게 된다는 것이 뻔하였기 때문이었다.

성병이는 싸구려 담배 한 대를 붙여 물면서 다시 그 점을 쏙 오려내기라도 하듯이 들고 나왔다.

"암튼 나는 지금 누나 뜻으로 내려가고 있는 거니까 누나 뜻대로 움직여 줄 용의는 있는데 그렇다면 누나도 분명하게 얘기해요. 나더러 아버지를 만나면 무슨 말을 어떻게 하라는 건지, 선명하게 얘기해 보세요 아버지의 성격은 누나도 알고 있지만, 좋은 소리도 우리끼리나 좋은 소리지 아버지에게는 통할 리가 없거든요. 도대체 아버지에게 어떤 식으로 얘길 꺼내지요? <일본 있는 누나 아버지에게 어떤 식으로 편지를 썼기 이따위 망신살이 뻗친 회답이 날아듭니까?> 거두절미하고 이렇게 한번 고압적으로 나갈까요? 그때 아버지는 과연 어떤 식으로 응대를 해올까요?

<참견 말아, 이건 너희들이 참견 안 해도 좋은 일이다. 나는 내 세월을 산만큼 나대로 생각이 있어 이러는 거니까, 너희들에게는 피해 안 가도록 할 테다.> 아버지는 입술을 사려물고 이런 식으로 받을까요?"

"글쎄 나도 아닌 게 아니라 그 점 지금 난감하게 생각하고 있는 중이다."

하고 비로소 경자도 침착한 목소리로 말하였다.

"어머니가 갖고 올라온 저 편지 읽어보고 제대로 생긴 한국 사람으로 화 안 낼 사람이 누가 있겠니. 여북했으면 어머니도 새벽바람에 버스를 타고 올라왔겠니. 나도 그 편지 내용을 대강이나마 처음에 듣고서는 그야말로 머리로 피가 곤두서고 미칠 것 같더구나. 세상에 이런 법이 없는 거다 하고 말야. 입장을 바꾸어 놓고, 조치원 아버지조차도 자기 자신이 저런 식으로 걸리지 않고 이웃의 누가 그런 편지 받은 것을 보았다면 펄펄 뛰고 화를 냈을 것이라는 생각마저 드는구나. 그이도 어쨌든 한국 사람인 것은 틀림없으니까 말이다. 그런데 그렇게 열에 떠서 당장 너를 불러내고 사생결단이라도 하자는 듯이 이렇게 버스에 올라타긴 했지만 정작 어떻게 하는 것이 사생결단인지 첫마디부터 어떻게 꺼내야 할는지 도통 난감한 생각이 든단 말이다. 더구나 네 말대로 여느 사람이라면 또 모르지만 워낙 저렇게 생긴 아버지이고 이미 아버지는 저 일에 아주 몸 적실 작정을 한 사람이거든. 실은 너나 내나 이때까지 저런 아버지여서, 아예 멀찌감치 피해서 살아온 것이 아니냐."

"그 얘긴 어쨌건 간에 누나의 그 말이 실은 맞아요."

하고 성병이도 다시 나지막한 억양으로 받았다.

"중요한 사실은 말이야요. 이렇게 저렇게 따져서 이게 옳고 저게 옳고 하는 식이 아니라, 누나 말대로예요. 입장을 바꾸어 놓았을 때 지금 저 짓을 벌이고 있는 아버지조차, 만일 남이 저 짓을 하는 것을 보았다면 가만히 있지는 않았을 것이라는 점이지요. 그럼에도 불구하고 제 앞으로 잇속이 걸리면 모든 염치를 일거에 팽개쳐 버리고 감히 저런 짓을 벌인다는 말이거든요. 그런 때 본인은 금방 옳고 그르고 하는 차원을 일거에 넘어버려서, 제 나름으로 변명이 될 만한 다른 식의 논리를 마련하고, 그런 쪽의 논리를 일반론으로까지 확산시켜서 지금 전체의 돌아가는 대세가 이렇다드니 저렇다느니, 따라서 자기도 중뿔난 사람은 못되니 대세 가는대로 살 뿐이라느니, 지금 자형이 생계를 유지해 가는 길이나 아버지의 저러는 짓이나 넓은 안목에서 보자면 다 한통속이고 피장파장이라느니, 그런 식으로 뒤죽박죽을 만들어 놓지요. 말하자면 김빼기 작전이거든. 하지만 진짜로 가장 중요한 사실은 이거예요. 어머니가 저 편지를 보자마자 어젯밤에 한잠도 못 주무시고, 날이 밝자마자 고속버스터미널로 달려 나가서 서울행 버스를 탔다는 사실, 그리고 어머니를 만나서 그 일을 알게 된 누나가 그 당장에 앞뒤 안 가리고 덮어 놓고 나를 불러내어 같이 이 버스에 올라탔다는 사실, 이 점이야말로 우리 한국사회의 맨 저변에 누구나가 한결같이 갖고 있는 공통점이 아닐까요. 그러구 이것이 가장 확실하고 믿음직한 근거일 거다 이겁니다. 믿음직하고 확실한 이 근거가 깊숙이 어둠 속에 가려져 있는 경우가 있기는 하지만 일단 유사시에는 개개적으로든 집단적으로든 이것이 폭발해 나온다 이겁니다."

"흥, 좋은 소리 하는구나."

하고 경자는 빈정거리듯이 입을 삐쭉이며 웃었다.
"네 그 소리는 옆에서 듣기에 그럴듯해 보이기도 하지만 결국은 그것도 관념론이라는 거다. 그렇게 생각하고 항상 마음 든든하자는 거니, 뭐니? 그렇게 마음 든든한 사이에 개인적으로든 집단적으로든 매일매일 벌어지는 일은 정작 저런 일들이고 말이다. 진짜 비극은 실은 그 점이야. 어머니가 저 편지를 보자마자 어젯밤에 한잠도 못 주무시고 날이 밝자마자 고속버스터미널로 나가서 서울행 버스를 탔다는 사실, 그리고 그 어머니를 만나서 그 일을 알게 된 내가 그 당장에 앞뒤 안 가리고 덮어 놓고 너를 불러내어 같이 이 버스에 올라탔다는 사실, 이런 것이 네 말대로 정녕 확실하고 믿음직한 근거임은 틀림없지만 이런 너나 내가 지금 아버지를 만나서 당장 어찌해야 할 것인지 전혀 망연자실해 있다는 사실, 조치원 아버지도 그런저런 사정을 모르고 있는 게 아니라 뻔히 알면서 저런다는 것, 실은 그런 점들이 비극이야."

"그렇다면 어쨌든 아버지를 만나봅시다. 직접 만나서 피차에 어떤 식이 되는가 확인하기 위해서라도 한번 부딪쳐 봅시다."
하고 성병이도 우락부락하게 지껄였다.

어머니를 앞세우고 성병이 경자의 순서로 방으로 들어서자 박훈석은 아직 작취미성인 모양으로 팅팅 부운 얼굴로 부스스 일어나 앉았다. 벽시계가 한 시 십 분을 가리키고 있었다. 박훈석은 늘어지게 하품을 한번 하더니 비로소 경자랑 성병이를 휘둘러보며,
"웬일들이냐? 웬일로들……"

하고는 다시 하품이 나오는 것을 어물어물하듯이 그러나 반은 하품 섞어 조여사 쪽을 보며 물었다.

"임자가 서울 올라갔었나보군."

조여사는 대답이 없이 일부러 그러듯 잔뜩 찌푸린 얼굴로 윗목에 한쪽 무릎을 세우고 앉았다. 그러는 조여사는 조여사대로 경자랑 성병이랑 달고 내려와서 덮어놓고 마음이 든든한가 보았다. 기왕에 이만큼 전투 대열을 정비하기도 쉽지 않으니 처음부터 단단히 한 싸움벌이겠다는 내색이 역력하였다.

실은 박훈석이 새벽에 집에 돌아왔을 때는 경순이만 건넌방에서 자고 있고 여편네는 보이지 않아서 근처 잡화가게에 두부라도 사러 갔거니 하고 무심하게 여겼는데, 얼추 한 시간이 넘어도 들어오지 않아 그제야 경순이를 깨워서 물어 보았으나 경순이도 전혀 어떻게 된 영문인지를 모르고 있었다. 결국은 경순이가 학교 늦는다고 부산을 피우며 부랴부랴 조반이라고 해서 같이 겸상으로 몇 술 들었으나, 콩나물국만 두어 사발 들이켰을 뿐이고 밥은 서너 숟갈 먹었을까말까 그 정도였다. 그렇게 밥상을 받고 앉아서도 박훈석은 새벽같이 없어진 여편네를 자못 궁금하게 여기면서도 무슨 일이 있어 성갑이에게라도 갔는가, 며칠 동안 자기가 계속 술타령이어서 저런 식으로 강짜를 부린다는 셈인가 이모저모 생각해 보았으나 전혀 감이 잡히지가 않았다. 경순이도 계집아이 치고는 통이 크고 먹성도 좋은 아이라 어머니가 새벽부터 어딜 갔는지 전혀 상관을 않은 채 학교시간만 늦을까보아 연상 벽시계를 올려다보며 콩나물국에 남비밥 한 그릇을 뭉떵 엎어서 먹성 좋게 말아먹고는 곧장 건넌방으로

가서 책가방을 챙겼다. 바로 그 순간 박훈석은 마악 담배에 불을 붙이다가 윗목 이불장 둘째서랍이 빼끔하게 조금 열려 있는 것이 눈에 띄었다. 그제서야 펀뜻 생각이 미쳐 서랍을 뒤져 보았으나 다쯔오에게서 온 편지는 간데 온데 없었다.

'그렇구나. 그걸 보구설란은 성갑이한테라도 갔나보구나'
하고 생각하며 박훈석은 기왕에 알아질 일이었으니 이런 식으로 알아진 게 피차에 차라리 잘 되었다는 생각으로 비시시 한번 웃었다. 알았던들 저들이 이제 어쩌라고 훼방할 리도 없으려니와 훼방하려 한들 대체 어떤 식으로 훼방할 것인가. 더구나 성갑이 경우에서는 내심으론 즐거워할 것인데.

마침 이때 건넌방에서 경순이가 나가며 안방에다 대고
"아버지, 학교 다녀오겠습니다."
하고 내팽개치듯이 한마디 내질러서
"오냐."
하고 다시 문득 생각이 나서 학교에서 돌아오는 길에 성갑이 오빠한테 들렀다 오라고 이르려다가 벌써 경순이는 큰문 바깥으로 나간 기척이어서 그만두었다. 그렇게 그냥 벌렁 방에 누워 버렸다. 그리고는 마악 잠속으로 빠져 들면서 '그게 그렇긴 할 테지. 경순이 어미로서야 어지간히 충격이긴 할 테지. 일본에 엄연히 그 자가 살아 있다는 것도 충격이었을 텐데, 그 자가 지금 이 마당에 자기를 젖혀놓고 이 박훈석 나한테 이런 글월을 보냈다는 사실도 그럴 것이거든. 이런 일을 혼자 삭이기는 겨울꺼라. 그러니까 필경 성갑이한테 가서 하소연일 테지만 성갑이도 그냥 체면치레 정도로 한숨이나 푹푹 쉴까. 그 밖에 무슨 할 말이 있을라고 가만 있자 혹시나 이 여편네가 이 길로 그냥 서울로 경자에게 간 것은 아닐까? 하고 펀뜻 떠오르는 듯이 짐작은 하였으나 그 다음은 그대로 생각이 오리무중으로 빠져 잠이 들어버리고 말았던 것이다. 그렇게 얼마나 잤는지 우르르 몇 사람이 집안으로 들어서는 기척에 놀라서 눈을 떴는데 저렇게 경순 어미에 경자에 난데없이 성병이까지 들어서는 것이 아닌가. 그러니까 그때부터 오후 한 시가 넘도록 내쳐 잤던 모양이었다.

박훈석은 다시 늘어지게 하품을 하려는데 성병이가 그 앞으로 냉큼 나서더니

"아버지! 우선 제 절부터 받으십시오."
하고 꾸벅 엎디어서 큰절을 하였다.

성병이로서는 뒤에 자그마한 탈이나마 잡히기 않기 위해서라도 아들로서 할 도리는 다 차린다는 생각인 모양인데 옆에서 조여사가 쫑알거리는 목소리로 거들었다.

"저 양반이 아직도 간밤의 술기가 남아가지고 재대로 알아나 보고 절을 받든가 원, 그 애가 바로 성병이에요, 성병이."

"흥, 누가 성병이 몰라볼까봐. 허긴 길에서 만나면 몰라보기도 하겠군. 어찌나 컸는지."
하고 박훈석은 몇 년 만에 만나는 성병이와도 이런 계제에 이런 식으로 만나는 게 차라리 잘 되었다는 듯이 비시시 웃으며 조여사 쪽에 대고 말하였다.

"한데 웬일이지? 서울꺼정 올라가서 이렇게 몰고 내려오는 셈인 모양

인데, 뭐 이럴 일이라도 있는가."

"흥. 기기 막혀서 여전히 저 능청부리는 거 보시지."

조여사는 정말 기가 막혀서 더 말이 안 나온다는 듯이 문앞에 바싹 붙어 앉아 있는 경자를 돌아보았다. 그러나 경자는 되도록 성병이 등 뒤에 숨듯이 앉아 있다. 의붓아버지 박훈석과 혹시 눈이라도 마주칠까보아 저렇게 처음부터 자리를 골라 앉은 셈이었지만, 박훈석도 박훈석대로 아예 경자 쪽으로는 눈길 한번 보내는 법이 없었으나, 실은 그쪽에다 그중 신경을 곤두세우고 있는 것은 이 방에 앉은 누구나가 다 같이 느끼고 있었다.

자리가 조금 어색해진 기미이자 박훈석은 미리 방패막이 겸하듯이 성병이에게 짤막짤막 물었다.

"학교는 잘 다니니?"

"네."

"여전히 하숙이고?"

"네, 하숙도 하고 가정교사로도 들어가고 횟뚜루 맛뚜루지요 뭐."

"신촌 자형한테는 자주 들르나보더구나."

이편 쪽에 앉은 경자는 송곳 끝으로 어디를 찔리우기나 한 듯이 움찔하였다. 정작 저희들 사이에 전혀 상종도 없는 터에 저런 식으로 남편 강수덕의 얘기를 꺼내는 저이가 이미 대강 짐작이 되는데, 박훈석은 성병이가 미처 뭐라고 대답도 하기 전에 덮어씌우듯이 다시 말했다.

"대학이구 뭣이구 자형한테 부탁해서 그 회사에나 일찌감치 들어가려무나. 그 회사에 들어가면 미국이다, 일본이다, 구라파다, 외국 구경도 꽤

할게고 좁은 바닥에서 우물 안의 개구리처럼 복닥복닥 어슷비슷한 것끼리 제 잘난 척이나 하느니 그쪽이 길치고는 타악 트인 신작로니라. 너도 이젠 너대로 철이 들었으리라고 믿는다만 혼자 잘난 척해 본들 아무 소용이 없는 게다. 우선 네 주변부터 둘러봐. 잘난 척하는 애들일수록 어떻게 됐는지는 네 눈으로 똑똑히 보겠구나. 그에 비하면야 자형이 네 눈에는 꽤나 어수룩해 보일 테지만 실은 그게 아니야."

"잘난 척하는 건지, 진짜로 잘난 것인지는 좀 더 두고 봐야지요"
하고 받으면서도 성병이는 아버지의 저 소리가 실은 경자누나부터 쫑코 먹이자는 거다 하고 생각하며 조금 무안쩍어 하는 낯색으로 경자 쪽을 돌아보았다. 아니나 다를까 경자는 완전히 벌레 씹은 얼굴로 지레 기가 죽어 있었다. 바로 그때였다.

"느닷없이 성병이 자형은 왜 들먹여요? 이 양반이 제 발이 저리니까 벌써 저런 식으로 시비조구먼. 아니 그래 이런 짓을 벌여놓은 건 어느 잘난 사람이랍디까."
하고 조여사가 버선 틈에서 꼬깃꼬깃 접어진 다쯔오의 편지를 꺼내어 휙 박훈석 앞으로 던졌다. 박훈석도 제 앞으로 던져진 그 편지에는 눈길 한 번 보내지 않은 채 침착하게 받았다.

"나도 무역회사 하나 하고 싶어서네 왜. 늙마에 님자 호강시켜주려고 그렇게 쪼그랑바가지가 되도록 고생으로 늙었는데 우리 여편네라고 늙마에 호강하지 말라는 법도 없을 테고"

조여사도 정작 그 말에는 입이 벌어지지 않을 수 없었다. 그러나 입이 벌어지는 것을 한편으로는 기를 쓰고 참으면서 이때까지의 페이스를 그대로 견지하려고 안간힘을 썼다.

"저 양반이 아직도 술기가 있나보군."

하고 조여사도 박훈석의 공격화살이 주로 경자 쪽으로 향하고 있는 것이 무안쩍어 경자 쪽을 슬쩍 돌아보며 계속 지껄였다.

"아닌 말로 여편네 호강시켜줄 길이 그렇게도 없어서 하필이면 골라골라."

여편네의 전남편에게 매달리는 셈이군요 소리는 차마 못하였다.

정작 이렇게 내뱉고 나서는 조여사도 아차 싶었다. 경자는 몰라도 성병이까지 껴 있는 자리에서 아무리 상대가 저 사람 박훈석이지만 좀 지나치지 않았나 하였다. 과연 이 말에는 박훈석도 간에 기별이 닿은 모양 잠시 미간을 찡그렸다. 극히 억제된 나지막한 목소리고 말하였다.

"암튼 참견들 말아. 이건 내가 알아서 할 테니까. 굿이나 보고 떡들이나 먹을 생각 허지. 그 이상은 참견을 하지 않는 게 좋을 거야. 그러구, 그렇지 않아도 나도 근간 그 강서방을 한번 만나보았으면 하였는데 성병이 너 올라가거든 그렇게 귀띔이나 해두려무나."

마지막 소리는 의당 성병이를 빌어서 실은 경자 들으라고 하는 소리였다.

비로소 성병이가 조심스럽게 나섰다.

"아버지."

그 지극히 억제된 듯한 성병이 목소리는 역시 그새 성병이대로 꽤 사려가 깊어지고 나름대로 철이 들었음을 단적으로 드러내 주고 있었다.

"뭐냐."

하고 담뱃불을 붙이면서 성병이 쪽을 돌아보다가 박훈석도 일순 꿈틀하듯이 가볍게 놀라지는 느낌이었다. 성병이의 그 표정이며 거조가 역시 그전하고는 판판 다르고 조용한 몸가짐이어서 처음부터 이쪽을 압도하는 힘이 있어 보였다.

"저는 이 마당에 와서 여러 소리는 않겠고요. 물론 여러 소리 않는다고 해서 아버지의 그 모든 일을 승인하는 건 아니니까 그 점은 미리 못 박아 두겠구요. 아버지가 그러는 것은 아버지 고집이어서 그렇다고 치지만 제발 이 일에 이 사람 저 사람 끌어들이는 일만은 삼가 주세요. 신촌 자형을 만나볼 일이 어떤 것인지는 모르지만 그런 일도 되도록이면."

박훈석은 눈길을 아래로 내리깔며 성병이의 말을 중도에서 동강을 내듯이 받았다.

"그 소린 되레 내 쪽에서 하고 싶은 소리다. 여러 소리 하고 싶지도 않고 듣고 싶지도 않아. 이 모든 일을 너희들더러 굳이 승인해 달라는 소리도 않겠다. 암튼 나한테 일임해. 굿 구경 하다가 떡 먹기 싫거든 안 먹으면 되는 거고, 뜻밖에 떡이 굴러들면 눈 딱 감고 먹어두면 그만인 거고 하기사 이런 떡 아니래도 넉넉하게 사는 사람들이 있을 테지만 그런 사람들이 그렇게 사는 뒷속은 어떤 것인지 스스로 따져 보고 나서 이러구저러구 참견할 일이고."

저 소리도 경자 들으라는 소리였고, 선수를 쓰듯 경자를 물고 늘어지자는 배포임이 뻔하여 성병이나 조여사나 어느새 여간 난처해지지 않았다. 그야말로 박훈석은 정곡을 찌르듯이 상대편 대열을 일거에 흐트려 놓고 있는 것이다.

"그건 그렇고, 서울에 같이 있으면서 경희는 자주 만나니? 웬만하면 방 얻어서 같이 있을 것이지."

하고 박훈석은 여기서 슬쩍 얘기를 돌리려고 들었다. 그러면서도 일순간이지만 흘낏 경자 쪽을 곁눈질해 보았다. 그러나 경자는 시종 눈길을 밑을 내리깔고 약간 창백한 표정으로 가만히 앉아 있을 뿐이었다.

조여사가 다시 나섰다.

"글쎄, 경희는 경희구요 대체 이제부터 어쩔 참이우? 어쩔 참인지 내용이나 알아봅시다. 기왕 망신은 당한 일이지만 당해도 어느 정도 당하는지 알기나 하고 당해야지."

그러나 이렇게 말하는 조여사의 억양은 이미 간밤에 그 편지를 처음 펴들었을 때의 충격은 훨씬 바래어져서, 어느새 박훈석의 페이스에 어지간히 말려들어간 듯 힘이라곤 없었다.

"뭐, 알고 말고 할 게 있어야지. 일본 쪽에서 어장이 꽤 장래성이 있다고 판단되어서 자금을 투자하겠댔으니까, 이제 돈이 오면 일정한 수속절차를 밟아서 합자회사를 만들든지 어쩌든지 그런 일만 남은 게지. 그건 어쨌든 냉수나 한 그릇 어서 떠오우. 목이 타서 못견디겠구먼."

이상 끝이라는 셈이었다.

이리하여 조여사는 물론이려니와 성병이나 경자나 더 이상 어찌해볼 틈서리라곤 없이 어느새 경자부터 푸시시 자리에서 일어나며, 금방 꺼져드는 목소리로 성갑이 오빠나 만나러 가겠다고 지껄였다.

성갑이 오빠<나> 만나겠다는 그 <나> 발음 하나로 이 자리에서의 경자의 반응뿐 아니라, 우르르 셋이 한꺼번에 방으로 들이닥친 그 마지막 결과가 무엇인지 유감없이 드러내 주고 있었다.

여자들이란 너나없이 사실은 그런 것인가. 경자가 울컥 정나미가 떨어진 것은 실은 박훈석의 그 자기를 향해 비양거리는 소리이기보다도, 박훈석의 몇 마디 말에 고스란히 흐늘흐늘 녹여져서 금방 녹초가 되어 버리는 어머니를 두고서였다. 쪼그랑바가지가 되도록 고생으로 늙은 여편네를 늙마에 호강시켜 주련다는 말에 그대로 녹아버리는 어머니가 여간 정나미가 떨어지는 것이 아니었다. 어머니 조여사인들, 그런 남편의 소리가 이 자리를 어물어물 때우자는 저의에서 나온 것임을 뻔히 알면서도 그런 소리가 그렇게도 좋은 것일까.

조여사도 뽀로통해서 일어나는 경자를 보자 지레 무안을 느끼는 듯

"가도 점심이나 먹고 가자꾸나. 모처럼 성병이도 내려왔고"

하고 마지못해 한마디 하였으나 경자의 속을 뻔히 짐작하는 터수라 강경하게 막지는 못하였다. 박훈석도 가타부타 아무 말 없이 벌레 씹은 얼굴로 그대로 앉아 있었다. 성병이도 같이 일어서면서,

"그럼 나도 형님한테나 갔다 올까."

하고 뜨뜻미지근하게 말하였다.

그러나 경자는 따라오든지 말든지 아랑곳하지 않겠다는 듯이 앞서 방을 나갔다.

택시에 올라타서도 경자와 성병이는 내처 침묵으로 일관하였다. 둘다 의당 이러리라고 짐작을 하고 있었다는 셈이었고, 택시 뒷자리에 가지런히 앉아서 그러나 경자는 창 바깥으로 눈길을 준 채 골똘하게 제 생각에만 잠겨들어 있었다.

도대체 남편 강수덕을 근간 만나겠다는 뜻은 무엇일까? 그냥 이편의 기를 죽이기 위해서 한번 해본 소리일까? 경자 자기나 성병이보다 남편 강수덕이 이런 일에 들어서는 훨씬 제 편으로 끌어들이기가 쉽다는 생각에서일까? 그러나 박훈석의 성격으로 미루어 분명한 용건도 없이 기분으로만 제 편으로 한사람이라도 끌어들이자는 속셈은 아닌 듯하였다. 그렇다면 분명하게 노리는 점이 있을 것이다. 경자는 펀뜻 생각이 잡혔다. 남편 강수덕이 속해 있는 직장이 그러저러한 회사이고, 일본을 비롯하여 외국으로 자주 드나들고 있으니까, 이런 일에 자문이라도 청하자는 것인지 모르겠다는 생각이었다. 자문 정도로 그친다면 모르겠지만 아주 이쪽으로 끌어올 속셈이라면 필경은 남편이 호락호락 응할 것 같지는 않다. 순간 경자는, 그동안 일본과 관련되는 모든 일에 되도록 남편 강수덕이 눈치 못 채게끔 알게 모르게 배려했던 자신이 새삼 찜찜하게 떠올랐다. 그러나 실은 남편 강수덕도 그 나름의 눈치로 이 모든 일을 알고 있었던 것이다. 그러고 보면 부부지간에 이런 일은 오래 전부터 거의 불문율이 되어 있었던 것 같다. 경자는 일단 남편의 바깥생활, 물론 직장 일까지를 포함한 바깥생활에 전혀 관심을 갖지 않았고, 남편도 신촌 집안에서 벌어지는 자질구레한 일 이외에 아내의 여타의 일에 대해서는 전혀 관심을 나타내지 않았던 것이다. 더구나 이것이 흔히 현대 교육을 받은 사람들의 그 소위 부부간에도 서로의 프라이버시를 존중해 준다는 외양이었지만, 기실은 이런 외양을 빌어서 피차에 약속이나 한 듯 무언가 원천적인 일에는 눈감고 있자는 속셈이 부지불식간에 깔려 있었던 것 같았다. 바로 이 약점을 박훈석이가 제 자신이 처해 있는 약점의 방패막이로 써먹고 있는 것이다. 경자네가 지금 하루하루 살아가고 있는 것이나 박훈석이 바야흐로 시작하려는 일이나 원천에 있어서는 피장파장이라는 식으로

경자는 저도 모르게 살그머니 한숨을 내쉬었다.

비로소 옆자리의 성병이가 불쑥 지껄였다.

"누나 뭘 그렇게 골똘하게 생각하지? 난 처음부터 이렇게 될 줄 알았어요. 새삼 낙심할 것은 없다구. 세상이 한 색깔로 물들어 가는데 우리 집만 중뿔날 수는 없는 거예요. 처음부터 뻔한 걸요 뭐."

경자는 그냥 창밖으로 눈길을 준 채 나지막하게 받았다.

"난 우리집만 유독 중뿔날 것 같아서 견딜 수 없구나. 사실이 그렇지 뭐냐. 나나 성갑이 오빠나 태어난 사정부터가 우리나라 사람치고는 중뿔난 거지. 그렇게 원천적으로 중뿔난 데서 더 첨예하게 신경을 쓰는지는 모르지만."

"누나로서는 일종의 원죄의식 비슷한 것인 모양인데, 실은 부질없는 생각이지요. 그냥 자격지심 같은 것 아닌가요? 이런 일로 여기까지 내려온 것도 잘못이었던 것 같군요. 아예 이런 일일랑 모르고 있는 쪽이 속이라도 편한 거 아닙니까. 부딪쳐서 새삼 좌절감을 맛보느니 일찌감치 저만치 피해 있는 쪽이 이치로 보아서도 현명하달 밖에요. 아버지라는 사람은 원체 저런 사람이니까."

하고 성병이도 반은 경자를 위로하듯이 반은 혼잣소리로 푸념이라도 하듯이 나지막하게 지껄이자 갑자기 경자는 홱 성병이를 돌아보며 두 손으로 가슴을 쥐어뜯듯이 신경질을 부렸다.

"암튼 답답해서 미칠 것 같다. 무엇이 답답한지도 모르게 그냥 덮어

놓고 답답하구나. 이렇게 답답해하는 것도 실은 거짓말로 이러한 것이나 아닌가 싶어서 더 답답하고 무언지 나의 이 모든 것이 통틀어 빌려 입은 옷처럼 몸에 안 맞고 어색해. 거북하고 내 생각의 어디까지가 정말이고 어디까지가 거짓말인지 분간이 안 되는 느낌이야. 물론 너도 대동소이하게 그래 보이고 대체 우리는 서로 만나면 말, 말, 말의 홍수 속으로 빠져 들어서 말로만 모든 걸 휩싸려고 들지 않니. 하지만 말이란 궁극에 가면 그저 말일 뿐이야. 그 이상도 이하도 아니거든. 그러구 정작 실제적인 현장에 부딪쳐서는 당혹할 뿐이 아니니? 그 많은 말들은 일거에 뜬 구름으로 날아가 버리구 어느새 우리는 눈앞의 현상에 슬그머니 안주해 버리고, 그렇게 기정사실이 되어버려 있거든. 그런 기정사실 하나하나가 차곡차곡 조심스럽게 포개어지듯이 쌓여지는 동안에 세월은 흐르고, 세월 따라 의당 변할 만큼의 변화가 일반 상황으로건 개개의 경우건, 큰 시멘트 뭉텅이 하나가 쑤욱 들이밀듯 어느새 들어와 앉아 있다는 식이야. 네 말은 부딪쳐서 새삼 좌절감을 맛보느니 일찌감치 저만치 피해 있는 쪽이 이치로 보아서도 현명하다고 하지만, 그건 처음부터 그렇게 그런 쪽으로 생각하고 싶은 사람의 이치지. 그저 그렇게 저렇게 각자가 처해 있는 만큼의 사정으로 그렇게 저렇게 생각하고 싶은 사람의 그런저런 생각으로만 온통 범람하고 있는 것만 같구나. 피해 있는 쪽이 이치로 보아 현명하다고 하지만 말은 바른대로 해야지. 우린 지금 네 아버지와 맞겨루는 것을 피하면서 그걸 현명하다는 쪽으로 갖다 붙이려는 건데 그건 말도 안 되어. 다음의 어떤 일을 위해서 이번만 피한다는 게 피한다는 뜻의 제대로 생긴 뜻이지, 다음에 만나서도 계속 피할 일 밖에 없고 오불관언으로 모르는 체할 일밖에 없을 때는, 그건 개인 처신으로는 약은 것인지 모르지만 그렇게 몇 번쯤 약다가 보면 어느새 그 자신도 알게 모르게 한가락으로 빠져 들어버리는 거야. 그런 사례는 우리가 숱하게 보아오는 거지.”

성병이는 비아냥거리듯이 비시시 웃었다.

“누나는 말, 말, 말에 질렸다고 하면서, 여전히 말, 말, 말을 하는군요”

경자는 두 눈을 커다랗게 뜨고 성병이를 뚫어지게 쳐다보다가 잠시 후 조용하게 말했다.

“우리가 대체 지금 성갑이 오빠에게 가는 거니? 뭣 하러 거긴 가려는 거지? 말로 퍼부어댈 상대로 그중 만만하다는 거 아니겠냐? 집어치자. 그냥 서울로 올라가는 게 나을 것 같으다.”

“나도 같은 생각이군요. 차를 돌립시다. 고속버스터미널로”

성병이도 얼씨구나 하듯이 받았다.

2

그야말로 소문만복래인 셈인가. 토정비결식 행운이라고 할 만큼 거짓말 같은 일이 요즘의 박훈석에게는 줄을 잇듯이 연이어져서 본인 스스로 어리둥절할 지경이었다. 저번에 내려왔던 경자나 성병이가 제대로 말 한 번 붙여보지도 못하고 시세에 따라 흘러가는 이편에 지레 기가 죽어 강아지 꽁지 말듯이 도로 서울로 올라간 후로는 아무 기척도 없이 감감이었는데 그 후 닷새나 지났을까, 안경 낀 일본사람 나가노라는 자의 방문은 아닌 게 아니라 박훈석으로서 동방에서 온 귀인이던 셈이었다. 처음에 박훈석은 이미 일본의 이즈미 다쯔오와 줄이 닿아 있어 꽤나 조심스럽게 응대를 하였다. 엄벙덤벙하듯이 일본 쪽으로 잘못 줄을 대었다가 화를 입는 경우를 적지 않게 보아왔기 때문이다. 주로 교포의 자금이라는 것이 뒤에 가서 문제가 되기도 하고 혹은 일본 갔다가 사람 만난 일이 크게 혐의를 뒤집어쓰기도 하는가 보았다. 박훈석도 박훈석 나름대로 그 점은 여간 신경을 쓰지 않았다. 일본서 들어오는 돈이라고 다 좋은 것은 아닐 터였다. 처음에는 모르고 있었는데 먼저 낌새를 차린 당국에서 조사를 하여, 그 자금줄이 그러저러하다는 것이 밝혀져 뒤에 가서 본인이 파랗게 질리고 그러나 벌써 이미 때가 늦어 있는 경우가 얼마나 비일비재하던가.

 어쨌든 그런저런 사연은 뭐니뭐니 사람에게서 연유하는 것이려니 싶어, 박훈석은 무엇보다도 이 일과 관련되어서는 낯설은 사람, 특히나 일본서 건너왔다는 사람이면 일단 조심하자는 생각이었던 것이다.

 물론 나가노라는 자가 느닷없이 조치원까지 내려왔다는 것도 박훈석으로서는 우선 경계하는 마음부터 앞서며, 심상하게만 받아들여지지는 않았다. 체구가 작고 안경 낀, 약간 앞이마가 벗겨진 생김생김부터 전형적인 일본인 생김새여서 금방 마음이 놓이긴 하였지만 무역회사의 서울 대리점을 맡고 있노라면서 어느 구석인가 특종을 노리는 신문기자 같은 냄새나, 안경 속으로 한 번씩 흰자위가 번뜩이며 안경알이 둔하게 번쩍거릴 때는 무언지 덮어놓고 께름칙한 느낌이기도 하였다. 그러나 사람 사이가 으레 그런 법이듯이 불과 오 분 십 분 여간에 서로 그런대로 익숙해지면서 처음의 그 께름칙하던 느낌은 스르르 녹아들고 상대가 지껄이는 그 분수에 어느새 간단히 올라타 있던 것이다. 역시 사람 사이란 의심하는 쪽으로 생겨먹기보다는 친숙해지는 쪽으로 더 생겨 있는가 보았다. 박훈석이 훨씬 뒤에 가서 그 점을 새삼 놀라움 섞어 떠올렸지만, 말이란 어느 틈에서라도 그 말하는 사람의 정체를 드러내긴 하는 것이다. 이렇게 조치원까지 예고 없이 찾아 내려온 것부터 이상한 쪽으로 해석하자고 들면 여간 이상하지 않았고 게다가 몇 마디 지껄이는 그의 말끝에서, 이 생판 초면인 일본사람이 박훈석 자기라는 사람의 이모저모를 필요 이상으로 자세히 꿰고 있다는 일이 어느 순간인가 펀뜻 이상스럽게 여겨졌던 것이다. 어느 점을 어느 만큼 자세히 꿰고 있었는지는 기억해낼 수 없지만, 몇 마디 지껄이는 나가노의 말끝에서, 차라리 말끝이기보다는 분위기에서 펀뜻 느꼈던 것이다. 그러나 곧 다음 순간에는 '설마 하니, 설령 이 자가 그런저런 자라고 한다면 이렇게꺼정 어수룩하게 대어들 리가 없지. 예고도 없이 우연하게 불쑥 나타날 리는 없는 거다. 방금 느낀 나라는 사람을 이 자가 필요 이상으로 자세히 꿰고 있는 듯하다는 이 느낌도 대체 어떤 근거로 그렇게 느껴졌다는 것일까. 그런 쪽의 의심이 저 밑에서 꿈틀거리니까 일순 그렇게 느껴졌다 뿐일 테지. 모처럼 선의로 이곳까지 찾아온 사람에게 이게 무슨 결례되는 생각인가' 하고 꽤나 사리를 따라 따진다는 쪽으로 되돌려 생각하였고, 그러자 조금 전의 순간적인 느낌도 전혀 근거 없는 기우로 <u>스스로</u> 처리되는 것이었는데, 바로 이때 상대방도 비시시 약간 씁쓸한 듯한 미소를 입가에 어리우면서 나지막하게 지껄였던 것이다.

"선생께서 짐작하실는지 모르겠습니다만 현지 대리점을 맡고 있는 저 같은 사람의 일이란 것이 주로 그렇습니다. 첫째가 현지의 그런저런 정보입지요. 여기저기 널려 있는 장사거리를 찾아내는 일이라는 말입니다. 그래서 왕왕 어떤 때는 신문기자로 오해를 받는 수도 없지 않습니다. 이렇게 느닷없이 방문하게 된 결례를 이런 말로 변명하는 셈입니다만, 실은 저번에 이즈미씨가 내한하실 때 우연히 비행기 좌석이 바로 옆자리여서 댁내의 그 흔치 않은 사연도 약간 들을 기회가 있었습지요. 그때도 저 혼자 생각으로 그렇다면 그 이즈미씨의 동생들은(여동생 하나와 남동생 하나가 있다고 들었습니다만, 그 두 동생은) 엄연히 반 일본인이 아니겠는가, 지금도 엄연히 피의 반은 일본인의 피가 아니겠는가 하고, 일순 그 뭐랄까요, 최근 일본사람이면 대강 누구나가 누리고 있는 풍요를 그분들도 의당 누릴 권리가 적어도 반분어치는 있지 않겠는가하고 저 나름으로 생각되더군요. 그야 물론 반은 한국인 피겠으니 의당 가난하게 살아야 할 의무도 아울러 있을는지도 모르겠습니다만. 아니, 이건 곧이곧대로 듣진 마십시오. 농담 한마디 해본 것 뿐이니까. 아무튼 그 뭐랄까요, 유별난 친근감이 생기더군요. 흔히 외국 같은 데 나가서 제 나라 말을 쓰는 제 민족을 만나면 꽤나 감동이 일고 가까운 친척 비슷한 유대감이 생기는 경우가 있거든요. 바로 그런 경우인데, 게다가 솔직한 말씀이지만, 선생께서도 옛날 그 시절을 살아 보셔서 짐작하시겠지만 우리 일본 사람들이 한국인들 앞에서 느끼는 우월감이라는 게 있거든요 이 우월감이 어디서부터 유래되었는지 그 근거는 저로서는 알 수 없습니다만 대강 이런 것 아니었을까요? 그 무렵 한국인들이 흔히 <짱꼴라>라고 부르고 있던 중국인 앞에서 일종의 우월감 비슷한 것을 느끼곤 했었지요. 바로 그런 것의 일환이었던 듯싶은데, 어쨌든 그때 이즈미씨에게서 그 얘기를 듣자마자 저 나름으로 펀뜻 그런 생각이 떠오르더군요. 그 사람들이 지금 뭘 해먹고 사는고? 그때 제 생각의 원형 그대로입니다만, 이런 염려랄까요, 걱정이랄까요, 우선 그런 느낌이었습니다. 꽤나 당돌하고 주제넘은 짓인 줄은 알지만 무의식 속에서나마 이런 느낌이 들었다는 사실까지 선생 앞에서 속일 수는 없는 것 아니겠습니까. 물론 그 점은 혹시 모릅니다. 제 처지가 처지니 만큼, 그때 무의식 속에서나마 음, 이 사람들을 월급 몇 푼씩 주고 써먹을 수가 있겠군, 토종 한국인보다도 이 사람들을 쓰는 편이 혈연상으로도 피차에 닿는 것이 있어 든든하기도 하려니와, 의당 그들은 일본나라의 풍요를 측면적으로라도 반분어치는 누릴 권리가 있으니까 하고, 저 나름으로 직업의식이 발동했는지도 말입니다. 사실 솔직하게 얘기해서 외국에 나와서 현지 고용인을 쓰는 경우, 여간 골치가 아프지 않거든요. 특히나 큰 안목에서 이를테면 국가적인 차원에서 서로의 이해가 상반될 경우, 다시 말하면 현지에 나와 있는 우리 회사 측에서 수지가 맞는 것이 곧 상대 나라에 손해가 될 경우 말입니다. 그런 때는 현지에 채용한 고용인의 반응도 그렇고, 우리도 여간 비밀 유지에 신경을 쓰지 않는다 이겁니다. 항용 현지에서 채용해서 쓰는 고용인들에게 공통적으로 감도는 울적한 표정 같은 것이 있는 겁니다. 선생께서는 그런 것을 더러 못 느껴 보셨는지요?"

이쯤에서 상대는 잠깐 말을 멈추고 안경알을 번뜩이며 빠안히 박훈석을 건너다보았는데, 박훈석은 상대가 딱이 대답을 듣자고 묻는 것은 아니어서, 이렇게 너저부레하게 지껄이는 것이 그 무슨 저의가 있어서인가 아니면 원체 생겨먹길 이렇게 생겨 먹어선가 하고 가늠하듯이 저대로 딴청을 부렸다.

일순 상대는 조금 기가 꺾인 듯한 표정이 슬쩍 어리다가 곧 웃음으로 얼버무렸다.

"사실은 이런 류의 동족 의식이랄까, 이런 의식이란 극히 감정적인 성질이 아니겠습니까. 현실적인 근거가 있다면 있기도 하지만 계속 따져 들어가면 기실 애매하기 짝이 없는 것이거든요. 저는 학자는 아니니까 학문적인 차원은 일단 떠나서 흔히 상식의 차원에서 하는 얘기올시다만, 한국인은 과연 전폭적으로 절대적으로 한국인인가요? 과연 어느 정도로 순종 한국인가요? 옛날로 거슬러 올라가보면 아득한 옛날로 말입니다. 어느새 뭐가 뭔지 오리무중으로 빠져버리고 어처구니가 없어지기도 한다는 말입니다. 이건 조금 막말로 하는 얘기입니다만 저는 요즘 이런 생각도 더러 해봅니다. 실은 저 자신이 이 생각에 스스로 깜짝 놀라서 과연 탁견이라고 더러 혼자 감동을 하곤 하지요. 뭐냐하면, 이 나라의 남북 분단 말입니다. 이게 실은 한국 속에 옛날부터 깊이 스며들어와 있던 대륙적인 것과, 또한 한국 속에 옛날부터 그렇게 저렇게 스며들어와 있던 섬나라 일본적인 것, 다시 말해서 왜적인 것의 정면충돌이 아닌가하고 말입니다. 그 옛날 옛날이랬자 불과 삼, 사백년 전입니다만 도요토미 히데요시가 한국 땅을 침략했을 때도 말입니다. 한반도 북쪽으로 쳐올라 갔더래도 그 곳에는 얼마 못 있고 주로 남쪽에다 성을 치고 있었거든요. 그러니 자연 한국 사람과의 접촉도 북쪽보다는 남쪽이 훨씬 심했을 것이다 그거예요. 어떻습니까. 이런 얘기가 그저 웃어치울 얘기에 속할까요? 그야, 그렇겠지요. 결국 웃어치울 얘기겠습니다만 허나, 이런 생각은 저도 든다는 말입니다. 요즘 자꾸 그런 생각이 드는군요 최근의 일본 한국 유착관계는 실은 뿌리 깊은 연유가 있다고 말입니다. 옛날에 내선일체를 주장하던 사람들도, 남북을 통틀어서 그런 주장을 하기가 힘드니까 동조동근이니, 형제간이니, 그닥 설득력 없는 어거지 이론을 내리먹였었었지만 그때도 만일 남한만 염두에 두었더라면 훨씬 쉽지 않았을까 하는 생각도 없지는 않아요. 물론 이런 소리를 똑똑한 제정신 가진 한국사람한테 했다가는 그 당장에 뼈도 못추릴 것입니다만. 오해가 없도록 하기 위해서 다시 강조하겠습니다. 제 이 얘기는 요즘 한국의 현 분단 상태를 현재의 일본을 위해서 바람직하게 생각하고 있는 그런 종류의 일본의 어느 층의 의견을 대변하는 것은 절대로 아니라는 점 말입니다. 하긴 그 점은 모르지요. 저도 엄연히 일본사람인만큼 무의식적으로나마 그런 저의에서 이런 소리를 하는 것인지도요. 어쨌든 한국이 지금의 상태로 있는 것이 현재의 일본으로서는 여간 다행하지 않다는 것만은 엄연한 사실이니까요. 가만 있자, 얘기가 너무 딴 길로 빠져버렸습니다만 실은 이번에 선생을 찾아뵌 것은 이즈미씨의 모종 전언도 있고 말입니다. 그야 전언이랬자 정정당당하게 얼굴 들고 할 만한 것은 못되어서 저를 통해 간접적으로 비쳐 보라는 정도였습니다만, 원래 이즈미씨는 그렇게 착해 빠지고 소심한 성격이라.”

여기서 박훈석은 문득 두 눈썹이 약간 위로 치켜올려지며, 시종 무언가 못마땅하기라도 하다는 듯이 시큰둥하니 삐딱하게 모로 쳐다보던 눈길을 바로 하였다. 그리고는 천천히 물었다.

"지금 선생께서 말씀하시는 이즈미씨는 그 아버지 쪽입니까, 아들 쪽입니까?"

"그야 아들 쪽이지요. 저번에 한국에 나왔던 그분 게이조오씨 말입니다. 그분의 아버지는 아직 한 번도 만나 뵙지는 못했어요. 다만, 게이조오씨를 통해서 그 아버지 되시는 분, 이즈미 다쯔오라고 하던가요? 그분이 선생을 도우려고 백방으로 애쓰고 있다는 소리는 들었고 이미 어느 정도 일이 성사될 단계에 있다는 사실도 익히 들었지요. 제가 방금 선생에게 전언하려는 것도 실은 그 일환입지요. 그전에 한 가지 새삼 말씀 올릴 일은 제가 오늘 선생을 찾아뵌 것은 이 전언 때문만은 아니라는 사실 거듭 명심하시기 바랍니다. 저도 서울서 바쁜 몸 이런 정도의 전언쯤으로 만사 작파하고 일부러 이 지방도시까지 내려올 리는 없지 않겠습니까. 그건 아무튼 게이조오씨의 그 전언이란 듣고 보면 약간 맥이 빠지고 성겁기도 한 얘기겠습니다만 <조심하라>는 것이었습니다. 게이조오씨의 말을 그냥 그대로 옮긴다면 <자기는 이 일에 처음부터 별로 흥미를 못 가졌고, 한일 양국 국민의 밝은 내일을 위해서도 끝에 가서는 이런 일이 안 좋을 것이라는 생각이었는데, 지금 일이 진행되고 있는 과정은 전혀 다른 차원으로 여간 걱정이 되지 않는다. 조심하라! 이건 동생들의 신상에 관계되는 일이어서 가만히만 있을 수 없다. 조심하라!>는 것이었습니다."

박훈석은 울컥 하듯이 오만상을 찡그렸다. 이렇게 지껄이는 게이조오의 속이 박훈석대로 빠안히 들여다보였다. 요컨대 악착스럽게 이 일을 방해하려 하고 있는 것이다. 심지어 이런 식으로 겁을 주려고까지 하고 있지 않은가 하고 생각되었다. 박훈석으로서는 의당 일단은 이런 쪽으로밖에 생각할 수 없기도 할 것이었다. 그렇다면, 이 자도 그 게이조오와 한 패거리다! 한 패거리임이 틀림없을 것이다. 아까 너절부레하게 늘어놓던 소리는 그동안에 이쪽의 눈치를 이모저모로 떠보자는 속셈이었을 테고 진짜 목적은 게이조오만한 열의로 이 일을 방해하겠다는 것이 틀림없을 것이다. 일본 공산당이나 일본 안의 조련계와 줄이 닿아 있어 보이지는 않고, 다만 게이조오와 비슷한 발상법, 소심하고 착하기만 하고 약한 일본인들의 그 소박한 정의감, 의협심까지는 채 못 되는 정의감에서, 그렇게 게이조오와의 공모로, 이 조치원까지 내려와서 이 따위로 씨도 안 든 초 치는 소리를 하는 것이겠거니 하고 여겨졌다.

그러나 박훈석은 상대가 상대라 불끈거리는 속을 애써 가라앉히며 나지막하게 물었다.

"조심하라는 뜻은, 그러니까 대강 이런 뜻이겠군요. 지금 저를 두고 벌이고 있는 일본 안에서의 움직임에 불순한 세력이 껴들고 있다. 자칫하다가는 아들딸 포함해서 온 집안이 폭삭 망할 테니 조심하라 이런 뜻이겠군요."

"그래 보입니다."

하고, 상대는 금방 대답하고는 계속 무심한 얼굴로 박훈석을 지그시 건너다보았다. 박훈석은 잠시 상대의 성이 떠오르지 않아서, 손 심심풀이처럼 보이도록 포켓에 넣었던 그의 명함을 슬그머니 도로 꺼내어서 만지작만지작하다가 다시 나지막하게 입을 열었다.

"나가노씨."

"……"

나가노는 대답을 않고 표정으로만 그에 해당하는 반응을 보였다.

"나가노씨는 게이조오씨의 아버지 이즈미 다쯔오 선생을 아직 만나 뵙지는 못하셨다지요?"

"그렇습니다. 만나 뵐 이유도 실은 없구요 하긴 앞으로는 혹시 모르겠습니다. 까놓고 말해서 저도 그 어장에는 어느 정도 군침을 흘리고 있고 바로 그렇기 때문에 오늘 이곳까지 내려왔으니까요. 실은 저의 주목적은 그 점이지요. 그 호수를 둘러싼 저들 나름의 기본 조사도 끝냈구요. 수량, 평균수온을 비롯해서 그 호수를 둘러싼 별별가지 여건까지 면밀하게 벌써 조사해 두었지요. 그렇다고 오해는 마십시오. 그게 뭐 그렇게까지 큰 이권이어서 그것을 가로채고 싶은 욕심에서 조심하라느니 어찌느니 그런 식으로 모략중상을 하고 있는 건 아니니까요. 설령 그런 얘기를 모략중상으로 한대서 선생이 호락호락 넘어갈 리도 없지 않겠습니까. 이즈미 게이조오라는 분은 선생도 만나보셨다니까 익히 아실 테지요. 그저 착해빠진 사람일 뿐 세상 돌아가는 복잡한 국면은 전혀 모르는 단순 소박한 사람이 아니겠습니까. 허나 그 아버지는 다릅니다. 그 아버지라는 사람을 선생 입장에서 못 믿는다면 지금 일본 땅에 더 이상 믿을 수 있는 사람이 없을 겝니다. 그런 면에서도 저는 게이조오씨의 그 전언, 조심하라!는 뜻이 딱이 무슨 뜻인지 잘 납득이 안 되는 면도 없지는 않습니다. 혹시 게이조오씨 나름대로 소박한 트릭이나 아닌가 하고 말입니다. 그야 아무튼 크게 걱정할 일은 아닌 듯이 보입니다. 물론 이 말은 어디까지나 선생과 직접적으로는 아무 인연도 관련도 없는 저만한 분수의 말이겠습니다만, 어쨌든 그 얘기는 그거고 어떻습니까? 지금 추진 중인 이즈미 다쯔오씨와의 일에 제 쪽에서도 같이 껴들 수는 없을까요? 일본과의 연락이라든지, 회사가 설립된 다음이라면 모르지만 그때까지의 과정에 여러 가지로 일의 템포를 내자고 해도 동경 서울 어간을 이웃 드나들듯이 마음대로 드나드는 저 같은 사람은 필요한 것 같은데요. 그러니까 게이조오씨의 전언대로라면, 그렇게 동경 서울 어간을 쉽게 드나드는 사람이면 어디든지 드나들 수가 있을 테니 실은 저 같은 사람을 조심하라는 뜻이 아니었을까요? 하긴 저를 조심하라는 소리를 저에게 전언을 부탁할 리는 없었겠지만 말입니다. 하하하 하하하하, 아무튼 저 같은 사람, 저 같은 사람을 조심해야 하는 겁니다."

물론 나가노는 마지막의 이 말은 너털웃음으로 농담이라는 보자기 속에 집어넣고 말았다.

박훈석으로서는 일단 나가노라는 자가 나타나 주었다는 것은 일말의 불안감도 섞여 있긴 하였지만 그보다도 흐뭇한 쪽이 짙었다. 요즘 같은 때는 일본국적을 가진 강아지새끼나 쥐새끼만 나타나 주어도 가슴 흐뭇할 판인 것이다. 다방에서 삼십 분 정도 그렇게 만나고, 결국 나가노가 내려온 주목적도 어장 쪽에 한몫 들고 싶어서였다는 것을 듣자, 박훈석은 무언가 판세가 점점 풍요해지는 듯하여 여간 흐뭇하지 않았다. 더구나 어느 틈에 와서 현장 조사까지 샅샅이 해갔다는 것이 아닌가. 그야 그럴 테지, 옛날부터 이런 일에 들어서는 왜놈들이 귀신같았으니까. 그만

하니까 동양민족으로서는 유일하게 식민지를 경영해 보기도 했고, 대영제국이나 미주를 상대로 한 번쯤 싸움을 크게 걸기도 했으려니 싶다. 이즈미 다쯔오를 통해서 오오다니상사에 줄이 닿은 것만도 대견하고 황송할 판인데, 아직 그 정체는 미상이지만 이 나가노라는 자까지 제 발로 걸어 들어와, 일이 본격적으로 벌어질 경우의 일본과의 연락 관계니 뭐니 맡겠다고 나서는 것이 아닌가. 그런 일을 은근히 혼자서 앞당겨 걱정도 했던 박훈석이었다. 아직은 그 단계까지 걱정할 일은 아니었지만 일이 본격화될 경우 일일이 편지나 전화 같은 것에만 의존할 수도 없는 일이고, 서울의 경자를 어떤 식으로든 끌어들여서 친아버지도 만나볼 겸 아예 일본 땅에 주재를 시키면 어떨까, 그게 아니면 그런 조건을 내걸어서 복수여권이라도 내게 해서 점심 먹고 동경 갔다가 저녁은 서울 돌아와서 먹는 식으로 무사출입 할 수 있도록 했으면 얼마나 좋을까. 사실 이런 일에 들어서는 일본 쪽에서만 자유자재로 일방통로여서 한국 쪽에서는 여간만 불편하지 않다. 저쪽에서는 미리미리 이쪽의 정보를 샅샅이 꿰고 면밀하게 대어들지만 한국 쪽에서는 그들 본국의 본사 쪽에는 전혀 접근할 길이 막혀져 있는 것이다. 쳐다보기도 어려운 구중궁궐일 뿐이다. 그러나 이웃나라 사이에 벌어지는 이런 일이라는 게 아무리 합자요 합변이요 하고, 일정한 잇속을 놓고 한쪽은 터와 원료를 한쪽은 자금과 기술을 내놓고 누이 좋고 매부 좋자는 식으로 사이좋게 나간다고 하더라도, 궁극에 가서는 제 나라의 제 잇속은 엄격하게 다시 가누어 보는 시점이 있게 마련인 것이다. 다만 그 시점이 일본처럼 고도로 발달된 선진국에서는 큰 기업체 단위로 기업체의 잇속이자 바로 제 나라의 잇속으로 기업이익과 국가이익이 한덩어리로 밀착되어 있는 반면에, 흔히 후진국에서는 아직 기업이 그럴 만한 규모에는 이르지 못하여 자연 그런 시점은 국가기관에서 행정적으로 관장하게 된다. 그리하여 크건 작건 관료적인 성격을 띠게 되는 것이다. 그리고 이 경우 관료적인 성격을 띤 모든 일이 항용 다 그렇듯이, 국가이익이라는 추상적인 명제만 처음부터 어깨에 힘주듯이 구호적으로 부풀어 오를 뿐 정작 그 속에 몸을 담고 있는 개개의 관료들은 자연인 개개인들이어서, 어깨에만 추상적으로 힘을 주는데 비례해서 실은 개개적으로는 그런저런 유혹에 잘 넘어간다. 국가이익이라는 면이 개인 실속과 구체적으로 밀착되어 있지 않기 때문이다. 따라서 선진국 쪽에서 어떤 음흉한 저의가 있을 때는 개개적인 야합도 쉽게 가능해지는 것이다. 이를테면 저편에서는 자기들의 저의를 달성하는 데 있어서 어느 곳이 요소들인가 하는 것을 면밀하게 알아두었다가, 그 요소요소에 앉아 있는 자들에게만 얼마간의 잇속을 안겨주면서 접근하면 그들의 태반은 곧장 어깨와 목에 힘주었던 것을 빼고 제 잇속부터 채우려고 든다,

더구나 한국과 일본 사이에서는 선진국과 후진국간의 그러저러한 일반적인 특징뿐 아니라, 그들은 이 나라를 거의 무사 출입할 수 있고 모든 정보에 거의 자유자재로 접근할 수 있지만, 이쪽에서는 그쪽으로 한번 가자고 해도 그 수속 절차만도 여간 복잡하지 않다. 그러니 항상 일방통로일 밖에 없다.

이런 종류의 일반론을 떠나서 지금 박훈석으로서는 우선 게이조오의 그 전언, <조심하라>는 말의 정체가 과연 무엇인지 간단히 밝혀낼 수조

차 없는 처지가 아닌가. 게이조오에게, 혹은 그의 아버지 다쯔오라는 자에게, 그 일로 편지를 낼 수도 없는 일이다. 그런 편지를 어디서 뜯어보지 않는다는 보장도 없는 것이고, 국가 안보를 가장 지상으로 여기는 우리나라의 경우, 외국과의 서신은 의당 그 정도로 커버되어 마땅한 것이다. 하지만 그 점은 이해하면서도 역시 그 점이 꺼려진다. 그 일로 그런 편지를 냈다가 괜스레 긁어 부스럼을 내듯이 신경을 곤두세우게 한다든가, 신경만 곤두세우는 게 아니라 조사에 나서기라도 하는 경우, 이쪽이 귀찮은 것도 귀찮으려니와 국가적으로도 그 낭비와 소모가 얼마만할 것인가. 심지어 박훈석은 이런 생각까지 하였다. 일본 쪽에서 이 일로 더 많은 잇속을 짜내기 위해서, 이즈미 다쯔오에 게이조오에 나가노까지 포함, 오오다니상사 쪽의 모종 공작의 일환으로 이쪽을 처음부터 교란 혼란시키기 위한 그 어떤 트릭이나 아닌가 하고 이런 일쯤으로 그렇게까지 할 리는 없겠지만 일단 이 정도로 의심이 생긴다는 것부터가 이편으로서는 전혀 불필요한 신경소모인 것이다.

어쨌든 그 점은 뒤에 다시 생각해 보기로 하고 박훈석은 다방에서 나오자 나가노 자동차에 편승하여 어장 현장까지 갔다. 새까맣게 볕에 탄 성갑이가 구멍이 숭숭 뚫린 다 꿰어진 러닝바람에 색 바랜 반바지 차림으로 나오더니 자동차에서 낯선 사람이 내리자, 휘딱 도로 들어가 남방셔츠를 대강 걸치고 나왔다. 박훈석은 이 사람이 누구라고 분명하게 소개는 않고 나가노를 대면시켜 주었다. 성갑은 상대가 일본사람인 것은 알겠으나 그 밖에는 전혀 한데여서 좀 더 자세히 설명을 해주었으면 하는 눈치였으나, 박훈석은 박훈석대로 나가노에게 성갑을 소개하는 데만

바빴다. 그러자 박훈석은 다시 한번 마음속으로 슬그머니 놀랐다. 나가노 쪽에서는 히죽히죽 웃으면서 건성건성 받는 것이 이미 성갑이 얼굴까지 알고 있는 기색이었다. 딱이 그렇다고 맞대고 말은 안했지만, 이미 그의 표정에는 바로 이 청년이 일본 있는 이즈미 다쯔오라는 자의 피를 받은 아들이지, 하듯이 일말의 친근감 비슷한 것까지 슬쩍 스쳤다. 박훈석은 약간 멈칫하듯이 물었다.

"이 사람(성갑)을 아는 것 같으신데 언제 만나 본 일이라도 있었습니까?"

"네."

하고, 나가노도 조금 쑥스럽게 웃었다.

"아까도 말씀하셨지만 저희들은 이미 이 어장 조사를 면밀하게 해두었읍지요. 저도 벌써 너댓 번 왔다가 갔고"

"＜저희들＞이라니요? 누가 또 있습니까?"

"아 네, 그야 우리 회사라는 뜻이지요. 이런 곳의 조사가 저 혼자서는 안 되는거 아니겠습니까. 의당 기술자들을 동원해야지."

"좀 전에는 혼자만 나와 계신다더니. 서울 지사에 혼자만 나와 있다고 하지 않았던가요?"

"그거야 그렇습니다만, 그때그때 일거리가 생기면 그때그때 본국에서 기술자들이 옵니다. 더러는 서울 나와 있는 일본의 다른 용역 회사 같은 데서 사람을 빌어쓰기도 하구요. 일본 회사끼리도 비밀이 누설되어서는 안 될 경우에는 본사에서 오도록 되어 있지요 이 어장의 경우는 우리로서 그 단계는 지났습니다. 비밀을 더 이상 지키지 않아도 좋다는 비외

처분이 본사 쪽에서 내려졌지요."

"그러니까, 그새 몇 번씩 내려와서 이 어장 쥔의 얼굴도 익다는 셈인가요?"

"그렇지요 낚시꾼 비슷이 아니 비슷이가 아니라 실제로 낚시꾼 차림으로 기술자들이랑 같이 몇 번이나 왔었지요. 그리고 선생까지 포함해서 이곳 현지의 인적 사항도 주한 일본 대사관의 협조를 받아야 할 만한 것은 받으면서 자세히 알아두었습니다."

박훈석은 벌어진 입이 잠시 다물어지지가 않았다.

"그렇다면 이번에 내려온 것은 주로 저를 만날 용건이셨습니까?"

"그런 셈이지요. 이미 우리는 오오다니상사와 선생 간의 진행상황도 대체로 알고 있습니다. 그리고 오오다니상사는 주로 구미나 중앙아시아, 동남아 쪽에 주안을 두고 있어서 한국 대리점은 아직 설치하지 않고 있는 실정이지요. 아마 정확한 것은 그 회사의 일이어서 잘 모르겠습니다만, 일이 본격적으로 진행되면 의당 이 일 말고도 한국시장을 목표로 지사를 설치하려고 들 테지만, 그 이전에는 서로 간에 특별하게 지장이 없는 한에서 저 같은 사람이 겹치기로 일을 할 수도 있는 겁니다. 물론 수고비 정도로 일정한 보수를 그 회사에서도 받으면서 말이지요. 대강 이런 사정에서 이 일도 제가 맡았으면 하는 거지요. 기왕에 이즈미 게이조 오씨와도 안면이 있는 사이이고 하니."

"조금 이상스럽게 들리는군요"

하고 여기서 박훈석은 미간을 살짝 찡그리면서 나가노를 쳐다보았다.

"좀 전에 선생은, 선생 회사에서 이미 이곳을 면밀하게 조사한 듯이 얘기하셨는데."

"아, 네."

하고, 나가노는 한 순간이지만 당혹의 표정이 슬쩍 스치었다. 그렇게 잠시 간을 두었다가 마지못한 듯이 혼잣말처럼 지껄였다.

"참, 선생께선 그 점이 의아스럽기도 하겠군. 실은 까놓고 얘기한다면 제가 선생과 오오다니상사 어간의 일의 진행상황을 미리 넘겨짚고, 오오다니상사가 따로 사람을 내보내서 해야 할 일을 제 쪽에서 자청해서 청부를 맡은 셈이지요 선생께서는 이런 일이 좀해서 납득이 안 되실 테지요만, 일본처럼 민간 경영이 고도로 발달된 나라에서는 이런 종류의 창의성은 흔히 볼 수 있는 사례지요. 다시 말하면 저 자신이 오오다니상사의 일을 미리 오퍼 받아서 한다고나 할까요. 따라서 제가 조금 전에 본사니 어쩌니 한 얘기도 실은 같은 얘기지요. 저 자신이 본사도 되고 지사도 되고, 저 자신의 재량으로 기술자들도 동원하고 참, 이런 식으로 말씀을 드리면 알아듣기 쉽겠군요 한국에도 그런 회사가 있는지 모르겠지만 정보만을 전문적으로 담당하는 회사말입니다. 이 경우 장사까음으로서의 그 정보는 매우 구체적이고 자세해야 한다는 겁니다. 한국의 어디어디에 이만저만한 어장이 있는데 수심은 얼마고, 면적은 얼마고, 수온은 얼마, 주변의 여건은 어떠어떠하며, 현재의 관리인은 이러저러한데, 전망은 이러저러하다, 이런 식으로 말입니다. 이를테면 저 자신이 독자적으로 그런 식의 정보회사가 되었다고 할까요 이 일에 한해서 선생이 알기 쉽도록 얘기해서 말입니다. 사실상 일본의 장사꾼들이 세계 곳곳의 해외시장에서 날고뛴다는 선진국과의 무역경쟁에서 사사건건 이기고 있는 것도, 일본 업자 상호간에 때로는 경쟁이 없는 것은 아니지만, 넓은 안목에서의 국가이익이라는 차원에서는 지금 저 같은 식으로 누구나가 대어들기 때문인 겁니다. 이를테면 한국에 이런 어장이 있다 하는 것을, 여느 나라의 보통 해외상사 직원인 경우에는 평소에 거들떠볼 필요도 없는 겁니다. 각각 맡은 무역업무만 충실하게 하면 된다는 거지요. 이를테면 전자제품을 취급하는 업체의 현지 대리점은 현지의 전자제품 업계만 커버하면 된다는 생각이지요. 그런 사람에게는 이런 어장이 눈에 뜨일 리가 없는 겁니다. 한데, 우리 일본의 해외상사 직원의 경우는 다르지요. 전자업계를 담당한 현지의 지사 직원도 매일매일 어디에 있건 현지의 모든 분야에 촉각을 곤두세우고 있거든요. 비록 자기가 속해 있는 회사와는 직접적으로 상관이 없는 분야라도, 어떤 문제에 착안을 해서 면밀하게 조사를 하여 장사거리가 될 만한 일이면, 본국의 그 분야를 담당하는 어떤 회사를 물색해서 자기가 수집한 정보를 판다 이겁니다. 이 경우, 정보의 형태로 파는 수도 있고, 혹은 겹치기로 일정한 조건에 현지 대리점 역할을 맡는 수도 있지요. 저와 오오다니상사와의 관계가 대체로 이 후자의 관계에 바야흐로 들어가려고 하는 셈이지요. 그러니까 다시 말해서 이즈미 다쯔오씨가 가운데 나서서 선생과, 즉 이 어장과 오오다니상사의 어간을 연결시키지 않았습니까. 그리고 오오다니상사 측에서는 일단 이 어장에 돈을 대는 데 싹수가 있다는 평가는 내렸지만, 원체 세계 곳곳에 거미줄처럼 지사망을 늘어놓고 바쁜 판이어서, 아직 지사를 설치하지 못한 이쪽에는 기본방침만 섰다뿐이지 아직 구체적인 엄두는 못 내고 있다 이겁니다. 오오다니상사 쪽에서도 그러한즉, 또 따라서 선생의 경우도 마찬가지가 아닙니까. 바로 그 일을 제 쪽에서 자청하는 셈이지요."

비로소 박훈석도 모든 윤곽이 대체로 납득이 되며 머리를 끄덕끄덕하였다. 결국 박훈석도 바로 이런 일들 때문에 서울의 경자 남편, 강수덕를 그간에 한번 만나고 싶었던 것이었다. 이런 때에 이 나가노씨가 나타나 준 것은 안성맞춤이어서 박훈석도 여간 흐뭇하지 않았으나, 한편으로는 여전히 게이조오의 그 <전언>이라는 것도 곁들여 대체 이 사람의 정체가 무엇인지 여전히 궁금하고 일말의 불안감을 떨쳐 버릴 수가 없었다.

나가노는 어장에 십 분도 채 안 머무르고 그대로 서울로 올라가 버렸다.

3

무슨 일이나 흔히 그런 법이지만 박훈석은 나가노와 마주앉아 있을 때는 별로 몰랐는데 일단 그가 돌아가고 나서야 그를 만났던 여러 가지 뒷여운과 함께, 새삼스럽게 나가노의 그 <전언>이라는 것이 뒤숭숭하게 떠올랐다. <조심하라>니! 그 뜻이 딱이 무슨 뜻인지 종잡을 수가 없었다. 이렇게 저렇게 해석이 다 가능하지만, 요컨대 그것은 그런저런 해석에 불과하고 정확한 그 뜻 자체는 아니다. 도대체 게이조오가 어떤 뜻으로 한 말일까. 더구나 나가노는 어장으로 떠나기 전에 너털웃음 비슷이 농담이라는 보자기에 싸듯이, 실은 나가노 저 같은 사람을 조심해야 한다고까지 하였겠다. 박훈석은 그때도 무언지 가슴이 선뜩했던 것이었다. 얼굴 표정은 지나가는 농담하듯 하였지만, 안경 속으로 이편을 지그시 쳐다보는 두 눈길은 그냥 농담만은 아니었다. 이때도 박훈석은 뒤에 다시 혼자서 곰곰 생각해볼 작정으로 그 자리서는 내색을 전혀 내지 않고
"자, 그런 농담일랑 그만두시고 현장으로나 나가보실까요?"
하고 자리에서 일어섰던 것이다. 그 순간 나가노의 얼굴에 보일 듯 말 듯 이 가느다랗게 번지다 스러지던 미소도 박훈석은 놓치지 않았었다.

이렇게 되자 박훈석은 차라리 그 나가노라는 자가 나타나 준 것이 차츰 골칫거리로 난감해지기 시작하였다. 이상한 쪽으로 생각하자고 들면 점점 이상해지고, 그렇지 않은 쪽으로 생각하자고 들면 또 그렇게도 생각이 든다. 그 자의 생김생김이나 말하는 태나 어느 모로 보아도 장사꾼 쪽으로 맞는 사람이오, 그의 생활 전반을 떠받들고 있는 것도 <조심하라>는 쪽과는 정반대쪽 사람으로 보이지 않던가. 어디서나 활달 자유로운 사람으로 보이고 일정한 조직 속에 얽매일 사람으로 보이지는 않는 것이다. 그러나 한편으로 생각하면 박훈석 자신의 이런 평가는 어느 한 면만 보고 다른 한 면은 보지 못한 사람의 평가일 수도 있다. 그 옛날에 자기가 겪었던 경험만을 기준으로 모든 것을 일괄해서 평가할 수는 없는 것이다. 옛날에 자기가 속했던 그 조직이 그랬었다고 해서 오늘날 일본에서 비슷한 이념을 내세운 조직이 반드시 비슷하란 법은 없을 터였다. 이 나가노라는 자의 생김생김이나 말하는 태 같은 것도 그렇다. 온 나라가 통틀어 장사꾼화 했다고도 볼 수 있는 오늘의 일본에서, 그 일에 이런 식으로 종사하는 사람을 전형적인 장사꾼으로 보이게 할 것은 공작상 당연한 일일 터였다. 그러나 어떤 일이든 이상한 쪽으로 보자고 들면 점점 더 이상해진다. 박훈석은 이럴수록 침착하게 이 나가노라는 자의 정

체를 알아볼 어떤 방법이 없을까 하고, 그런 쪽으로 다시 궁리를 해보았다. 그러나 그렇게 알아본다는 것도 여간 어려울 것 같지 않았다. 우선 게이조오에게 혹은 그의 아버지 다쯔오에게 직접 편지를 내서 나가노라는 자가 나타났던 저간의 사정을 소상하게 밝히고, 아울러 그의 그 <전언>이라는 것까지 적어서 저쪽의 명백한 회답을 구할 수도 있는 문제지만, 함부로 이런 편지를 냈다가 도리어 뜻하지 않게 엉뚱한 사단을 빚어낼 수도 있는 것이다. 아무것도 아닌 일에 괜히 당국의 신경을 곤두세우게 하여 오너라 가거라 하는 일도 귀찮지만 국가적으로도 여간 소모가 아니다. 자칫하다가는 어장은커녕 빈대 잡으려다가 집 태우게 되는 꼴이 될 수도 있다. 그야 어장이라는 건만 없다면야 모든 일을 당국에 미리 통보하여 미리미리 안전방안을 강구할 것이지만. 그리고 보면, 전에 게이조오가 박성갑에게 보내준 어장 경영분야의 그 몇 권의 전문서적과 잡지를 나가노의 <전언>이라는 것과 연결시켜 볼 때도 약간 수상하였다. 그런 <전언>을 인편을 통해서 전해올 사람이 정작 본인에게는 말 한마디 없이 그 분야의 전문서적과 잡지를 보내오다니. 더구나 잡지는 앞으로도 매달 꼬박꼬박 보내주겠다던 것이 아닌가. 그 책꾸러미를 헤쳐보고 났을 때 박훈석은 피시시 웃으며 생각했던 것이다. 이렇다 저렇다 별 사연 한마디 없이 이런 책만 보내준 심정을 알 만하다. 동생들에게 이런 정도로나마 정회의 징표로 삼겠다는 것일 뿐, 그 밖에 정작 어장 그 자체의 일에는 일체 관심조차 안 갖겠다는 것이렸다. 그러니까 어장일이 한·일간에 이런 식으로 벌어지는 데에는 여전히 반대하지만, 기왕에 벌어지는 일인 바엔 이런 정도로 제 성의나마 표시하겠다는 것일 터였다. 그렇게

착하고 질박한 사람의 질박한 뜻이려니 하였는데 엉뚱하게도 나가노를 통한 <조심하라>는 전언은 무엇인가. 쉽게 연결이 되지 않고 납득이 되지 않았다. 나가노와 게이조오의 관계도 대체로 어떤 종류인지 애매모호하기 짝이 없었다. 저번에 게이조오가 한국으로 나오던 비행기에 우연히 옆자리에 같이 앉게 되어서 피차에 인사를 나누었다고 하나, 나가노의 그 말이 일단 사실처럼도 들리지만 그 깊은 뒤에는 무언지 엄청난 사연이 있을 것도 같았다. 두 사람의 사람됨으로 미루어 볼 때도 쉽게 친해질 사이가 아니다. 나가노가 지껄이던 얘기로 짐작되는 그의 발상법도 차라리 다쯔오 쪽과 통했으면 통했지 게이조오하고는 별로 맞아 떨어지지가 않는다. 그렇다면 게이조오가 <조심하라>는 뜻도 실은 나가노의 이런 위인을 두고 한 소리인지도 모른다. 그러나 설마하니 나가노라는 자를 조심하라는 것을, 나가노 본인을 통해서 전해올 리도 없지 않는가. 이런가 저런가 하고 이모저모로 생각해 보면서 박훈석은 자기 자신이 무언지 정체 모를 허깨비에 말려들었다는 느낌이었다. 이런 허깨비에 말려들지 말아야겠다고 머리를 설레설레 저으면서도 맨 밑바닥에 남는 소리, 그것이 누구의 소리든 간에 <조심하라>는 소리는 여전히 박훈석을 붙들고 놓지 않았다. 일 자체가 한·일 관계에서 벌어지는 한 처음부터 조심 안 할 도리라곤 없는 것이다.

 그러자 박훈석은 당장 최소한의 방법으로 일본의 이즈미를 띄워볼 생각이 났다. 그것이 지금 이 사태에서 할 수 있는 가장 첩경일 것 같았다. 물론 시원한 해결책은 아니겠지만. 이런 생각이 떠오르면서 동시에 편지 문안까지도 거의 저절로 떠올랐다.

일본에서의 일의 진척 상황이 어떤지 몹시 궁금하나 마땅하게 연락할 길이 없어 답답하던 중에 마침 당신의 아드님 게이조오씨와 친분이 있다는 일본 모 무역회사 서울지사장 나가노라는 자가 이 일을 자진해서 맡아 나섰노라. 더구나 이 사람은 이미 이런 건이 진행 중이라는 것을 미리 알고 그 나름으로 면밀하게 정보를 수집하여, 어장 현장의 조건도 당사자인 저희들보다 더 기술적인 차원으로 소상하게 꿰고 있고 이편의 인적 상황이나 이즈미 선생과 우리와의 관계도 환히 알고 있더이다. 다만, 저로서 약간 뒤숭숭하게 느껴진 점은 게이조오씨가 전해온 말이라면서 저더러 <조심하라>는 것이었는데 이 말이 정확하게 무슨 뜻인지 이해하기가 곤란하다. 그냥, 우리 일이 한국 일본 간의 일이어서 자칫 주변의 오해를 살 가능성이 있고, 또한 게이조오씨의 평소 생각이 껴들어 처음부터 이런 일을 못마땅하게 생각하던 그 정도 차원의 소리나 아닌지, 아니면 이 나가노라는 사람 자신의 딴 꿍꿍이속이 있어서 제 잇속으로 이런 허소리를 하는 건지, 도대체 알쏭달쏭하다. 나가노는 이 어장일로 일본과의 연락관계를 맡겠다고 나서는데 여러 가지 여건으로 봐서 마땅해 보이기는 하나 그보다 먼저 이 사람의 인적 상황부터 알아야겠다.

대강 이 정도로 편지 문면이 떠올랐지만, 쓸 때에는 좀 더 신중을 기하리라 마음먹었다.

그러나 박훈석은 다쯔오에게 그런 편지를 띄우기 전에, 바로 이 일이 아니더라도 요즘 벌어진 전체의 일을 두고 일단 경자의 남편 강수덕부터 만나 그런저런 상의를 한번 하는 것이 순서일 것 같았다. 생각난 김에 점심을 먹자마자 혼자 부랴부랴 서울로 올라갔다. 그러나 박훈석 성격으로 굳이 그런 구애를 받을 사람은 아니었지만, 신촌 집으로 찾아가기에는 아무래도 경자를 대할 일이 민망스러워 우선 회사로 찾아갔다. 회사로 찾아가면서도 꽤나 망설여졌다. 비록 친딸은 아닐망정 장인 사위 간임에는 틀림없는데, 경자 쪽에서 조치원의 다른 식구는 몰라도 박훈석은 전혀 상종이 없이 지내온 터에 불쑥 찾아가기가 쑥스러운 생각이 없지 않았던 것이다.

아니나 다를까, 인터폰에 나온 경자 남편 강수덕은 박훈석이라는 이름이 전혀 생소하다는 듯이 무뚝뚝하게 되물었다.

"누구시라고요? 박훈석씨라고요?"

"아니, 날세. 경순이 애비 박훈석이야."

"경순이 아버지?"

"조치원의……"

"아, 네."

그제야 저편에서도 화다닥 놀라듯이

"어쩐 일이십니까? 어떻게 회사까지…… 집엔 들렀다가 오시는지요?"

하고 장인임을 금방 몰랐던 것을 얼버무리듯이 급하게 덧붙였다.

"그러지 않아도 백화점 나가는 경희가 어제인가 집에 다녀가는 모양이던데요."

박훈석도 이에 맞장구를 치듯이 한술 더 떴다.

"성병이는? 성병이는 자주 들르든가. 그 녀석은 얼마 전에 누나랑 같이 몇 년 만에 모처럼 집에 들렀드만도, 온다 간다는 말 한마디 없이 도로 올라가서는 여직 소식 한마디 없으니."

"그런 일이 있었구먼요"

하고 강수덕은 별 관심도 없는 일이라는 듯이 건성으로 받고는 다시 물었다.

"그건 그렇고, 웬일이십니까?"

"웬일이나마나 좀 봤으면 쓰겠구먼. 전화로 이럴 게 아니라."

비로소 강수덕도 수화기를 옮겨 잡는 모양 약간 당혹한 목소리로

"…… 근처에 계십니까?"

하고 물었다.

"근처나마나, 인터폰으로 하는 걸세. 현관일세."

"그렇군요 그럼 올라오시지요. 십일층 꼭대기에 구내 다방이 있으니까, 바로 올라오시지요"

박훈석은 이게 몇 년 만인가, 몇 년은커녕 경자가 결혼할 무렵에 보고는 그 후로 전혀 만난 일이 없었다는 것을 새삼 확인하며 스스로도 조금 어이가 없었으나, 옛날과 달라서 요즘의 도시생활이라는 게 누구나가 그렇지 않겠느냐는 쪽으로 일단 무안해 오는 느낌을 누르려고 하였다. 그렇게 엘리베이터에 올라탔는데 마침 속은 텅 비고, 빨강색 제복차림의 소녀 아이가 박훈석 쪽은 보는 둥 마는 둥 구석에 앉아서 웬 소설책 같은 것을 읽고 있었다. 소녀는 시종 두 눈을 소설책에 꼬나박은 채 한 팔만 올려서 버튼을 누르자 문이 닫히고 곧장 둔탁한 소리를 내며 움직이기 시작했다. 2층, 3층, 4층, 눈 깜짝할 사이에 지나고 있었고, 6층에서 섰다. 비로소 6층에서 한 사람이 올라탔다. 엘리베이터 소녀는 여전히 두 눈을 소설책에 꼬나박은 채 한손만 올려서 버튼을 누르자 문이 닫혔다.

새로 올라탄 사람은 몸집이 크고 꽤나 비대한 사람이어서 박훈석은 그저 무심하게 서 있었다.

그편에서 흘끔흘끔 두어 번 박훈석 쪽을 곁눈질 하듯 하더니 조심조심 물었다.

"혹시, 신촌애들 외할아버지가……?"

"응, 응, 자네나?"

하고, 박훈석도 멍하게 서 있다가 질겁을 하듯이 놀랐다.

"굉장히 몸이 부대해졌군. 금방은 몰라보겠구먼."

비로소 엘리베이터 소녀도 눈길을 들어 쳐다보았고 9층에선가 두 사람이 다시 올라탔다.

11층까지 오자 강수덕은 박훈석의 뒷등을 옹위하듯 하며 같이 내렸다.

식당 겸 홀은 시간이 시간이라 텅 비어 있었다. 연한 파랑색 제복차림의 소녀들이 창턱에 대 여섯이나 오몽조몽 모여 앉았다가 두 사람이 들어서자 화다닥 놀라듯이 일제히 일어섰다.

자리에 앉자마자 강수덕은 나무 의자가 금방 무너 내리지나 않을까 위태위태 보일 정도로 잔뜩 온몸을 느슨하게 내맡기듯 하며 물었다.

"참, 점심은 하셨습니까?"

"응, 집에서 먹고 올라오는 길이네."

강수덕은 보일 듯 말 듯 미간을 살짝 찡그렸다가 금방 제 얼굴로 돌아오며

"그럼, 쥬스 같은 것우루."

"아무려나, 좋네."

강수덕은 대강 시킬 것 시키고는 다시 대체 무엇 때문에 회사까지 찾아왔을까? 그 무슨 성가신 일이라도 불쑥 내밀지 않을까 하고 궁금하기도 하고 불안하기도 한 낯색으로 되도록 정면으로 눈길 부딪치는 것을 피하면서, 그러나 그렇게 언제까지도 딴청을 부릴 수만도 없어서 꽤나 난처하고 조바심스러운 얼굴이었다.

"어머니랑도 다 편안하시겠지요? 한 번쯤 내려가 본다면서도 원체 서울 생활이라는 게."

"그럼, 그럼, 요즘 도시생활이라는 게, 제 고향을 코앞에 두고도 이삼십 년씩을 못 가보는 사람도 있나 보드면. 얼쩡얼쩡하다가 따져 보니까 그래졌드래. 원체 코앞에 있는 곳이니까 가려니가려니 하였는데 삼십 년이 휘딱 지났더라드면. 요즘 도시생활이라는 게 그렇당이."

"아무리 그렇기로선, 그건 좀 지나쳤군요. 삼십 년 씩이나 안 가보았다는 건 너무했는데요."

"조금 거짓말도 보태었을 테지. 설마 삼십 년 씩이나 그러기야 했을라고 우리가 이북서 떠나온 것도 삼십 년은 못 되는 판인데."

"그렇군요, 그렇군요."

하고 건성으로 머리를 끄덕이면서도 강수덕의 여전히 흘끔흘끔 던지는 두 눈길은 어서 용건을 꺼냈으면 하는 마음과, 정작 그것이 귀찮은 일이기라도 하면 어떠하나 하고, 불안하게 여기는 마음이 마구 뒤섞여 있어 보였다. 박훈석은 일부러 더욱 큰소리로 지껄였다.

"아닌 말로, 자네 같은 사람이야, 일본이다, 미국이다, 구라파다, 그런 데는 이틀 사흘 걸러만큼씩도 휘익 둘러오곤 할 테지만."

"네, 그야 뭐, 사업상으로 어쩔 수 없는 일이지요만……"
하고 강수덕은 박훈석이 너무 큰 목소리로 지껄여서 약간 창피하다는 듯이 주변에 신경을 썼으나 다행히도 넓은 식당에는 둘뿐이었다.
"바로 그 일이네. 그 일로 이렇게 자넬 찾아 올라왔네. 그 일로 조금 상의할 일이 있어서."
하고, 이번에는 강수덕 편에서 당혹해질 정도로 갑자기 낮은 목소리가 되었다. 그렇게 제 쪽에서부터 주변의 시선에 신경을 쓰듯이 상체를 약간 앞으로 내밀 듯 하였다.
강수덕도 상체를 잔뜩 뒤쪽으로 젖힌 채 멍청한 듯이 되물었다.
"그 일이라니요?"
"다름이 아니라, 아니, 그보다도 자네도 자네 안사람에게서 대강 얘기는 들었겠지? 일본에서 사람이 왔었다는 소린 들었겠지?"
"아니오 무슨 얘기입니까? 그런 얘기 들은 일이 없는데요 일본서 누가 왔었다는 말입니까?"
순간, 박훈석은 이 사람 시치미를 떼는군 하고 생각하다가 어쩌면 모르는 게 사실일는지도 모르겠다고 잠시 빠안히 강수덕을 건너다보았다. 그러나 실은 강수덕도 제 눈치껏은 알고 있었지만 이런 자리에서 이 정도로 능청을 떨 수 있을 만큼은 구렁이었다. 강수덕도 강수덕대로 이런 식으로 능청을 떨므로써 박훈석이가 어떤 목적으로 찾아왔는지는 아직 모르지만, 되도록 이편을 만만하게 보고 대어들지 못하도록 방패막이를 할 줄은 알았다.
박훈석은 낯색이 시무룩해지며 혼잣소리 비슷이 지껄였다.

"옳지, 자네가 그것조차 모르고 있었나! 이렇게 되면 얘기가 좀 길어지겠구먼. 하긴 자네 안사람(경자)이니까 그럴만도 했겠지만 자네도 엔간히는 눈치가 둔했구먼."

"그야."

하고, 강수덕은 두 손으로 턱을 싸쥐면서 두 팔굽을 탁자 위에 세웠다.

"그 사람의 친아범이 일본에 여직 살고 있다는 건 어찌어찌 저도 알고는 있었습니다. 그 사람이 알려줘서 안 것이 아니라 저 혼자서 안 것이죠만."

"이를테면 눈치로."

"그렇습니다."

하고 강수덕은, 자기도 그런 정도의 일은 눈치껏 간파할 수 있다는 것을 시위라도 하듯이 받았다. 박훈석은 비시시 웃으면서 지껄였다.

"바로, 자네 안사람의 일본인 오빠가 한국엘 왔었네."

강수덕은 실은 이 사실도 알고 있었지만 이것을 곧이곧대로 밝히는 게 이 자리서 유리할는지 어쩔는지 몰라서 잠시 망설이듯이 멍한 얼굴로 박훈석을 건너다보았다.

박훈석은 이 강수덕의 멍한 표정을 너무도 얘기가 놀라워서 충격을 받은 것으로 해석을 하며 거듭 비시시 웃었다.

"게다가 며칠이나 묵어갔네. 그뿐인 줄 아는가. 자네 안사람이랑 성병이랑 같이들 설악산까지 다녀오고 야단이었는데. 그때 자넨 국내에 없었나 보군. 그것도 몰랐을 적에는……"

"네, 아마 그랬던 것 같습니다. 동남아 쪽에 한 달 남짓 나가 있던 동안이었던가 보군요."

하고, 박훈석 쪽에서 핑계를 댈 길까지 열어주어서 안성맞춤이라는 듯이 강수덕은 우물쭈물 둘러댈 수가 있었다.

"자, 이렇게 되면 얘기가 좀 길어져야 하겠는데, 자네 형편은 괜찮겠나?"

하고, 박훈석은 시계를 보았다.

"네, 별 지장은 없습니다만."

하고, 강수덕도 손목시계를 들어 보면서 지장이 전혀 없지도 않다는 여운이 풍기도록 뒤끝을 얼버무렸다.

"그럴 테지. 지장이 전혀 없진 않을 테지. 그럼, 내용을 간단히 요점만 얘기하겠네."

하고 박훈석은 저간의 사정을 간단히 요약해서 다음과 같이 지껄였다. 일본서 게이조오가 건너오겠다는 서신을 받고 조치원 집에서는 한바탕 소동이 벌어졌었다. 우선 가장 강경하게 반대 입장을 표명하고 펄펄 뛴 것이 자네 마누라인 경자였다. 김포 공항으로 마중을 나가서도 안 된다는게 경자의 주장이었다. 그런 경자의 강경한 반발에 부딪쳐서 조치원의 어머니와 성갑이도 어쨌으면 좋을는지 전혀 엄두도 못내고 있었다. 그런데 박훈석 자기로서는 처음에는 그 일과 직접적으로 상관도 없으려니와 자네도 짐작하다시피 자못 쑥스러운 점도 없지 않아서 그냥 모르는 체하고 있었지만, 정작 사람이 건너오는 마당에 더구나 아무 날 아무 시에 김포에 닿는다고 사전 연락까지 왔는데 전혀 묵살할 수는 없는 문제여서 경희와 경순이를 올려 보냈다. 한데 그 애들도 공항에는 시간이 늦어서 대지 못하고 호텔로 찾아가서 만났고 여기서 전화로 경자를 불러냈던 모양이다. 그리하여 가장 강경하게 반발하던 경자는 본의 아니게 일본인 오빠인 게이조오를 만났고, 그러자 경자는 성병이를 불러내서, 셋이 설악산까지 다녀오면서 대강 저쪽에서 알아듣도록 이편의 사정과 형편을 알려주었던 모양이다. 이를테면 조치원의 어머니와 오빠가 만나러 오지 못하는 그 형편을 말이다. 대강 사태가 이렇게 되자 박훈석 자기가 적극적으로 나서지 않을 수 없었다. 경자나 성병이의 생각을 자기인들 모르는 바는 아니지만, 도저히 그 애들의 그런 객기에만 일임해 둘 수가 없었고 최소한으로 차릴 예의는 차려야 할 것 같아서 직접 나섰던 것, 그렇게 게이조오와 인사를 나누면서 의당 조치원에서 사는 형편이나 근황이 얘기되지 않았겠느냐. 그렇게 성갑이가 어장에 착수했다는 소리도 나왔던 거다. 그리고 그 얘기가 나온 김에 지나가는 말 비슷이, 어차피 한국에서 대규모 어장 경영이란 일본시장을 염두에 두어야 하는 것이고 따라서 일본 자본의 유치가 가능하면 썩 전망이 서는데 어떨는지 모르겠다, 그럴 길이 있거들랑 알선해 줄 수 없겠느냐. 그런 얘기를 저편에서 대강 알아듣도록 비쳤던 것이다. 그랬더니 그 게이조오가 돌아가고 난 다음 얼마 있다가 그의 아버지, 그러니까 자네 집사람의 친아버지이기도 한 다쯔오라는 사람에게서 내 앞으로 직접 편지가 왔는데, 그 어장에 진출할 만한 이러저러한 일본 자본이 있으니 생각이 있으면 해보라는 거다.

"이러니, 내 입장으로서는 일이 조금 난감하드먼. 별 깊은 생각 없이 얘기했던 건데 그편에서 정작 달려드니까 괜헌 일을 벌이지나 않았는가 싶더구먼. 게다가 자네도 아시다시피 성갑이는 원체 저런 사람이 아닌가.

심심파적으로 저 일을 벌여 놓긴 하였으되 일이 제대로 벌어질 경우에는 저대로 감당할 만한 위인이 못 되거든. 그래서 궁리 끝에 나 혼자만 알고 나 혼자서만 추진을 한 것일세."

여기서 박훈석은 오오다니상사와의 일이라든지 자기 쪽에서 다쯔오에게 그러저러한 편지를 먼저 냈던 일은 일체 입을 다문 채, 혹시 이런 사실들까지 실은 강수덕도 경자를 통해 다 꿰고 있으면서 저렇게 능청을 떨고 있는 것이나 아닌가 하듯이 흘끔 한번 강수덕을 건너다보았다.

그러나 강수덕의 얼굴 표정에서는 아무것도 가려 낼 수가 없었다.

"그래서 결국은 나 혼자 독단적으로 그 일을 추진해 갔는데 일은 생각보다 썩 잘 풀려서 단시일 안으로 성공될 단계에 이르렀어. 자네도 알다시피, 일본 사람들이야 바다 생선이건 민물 생선이건 생선 없이는 하루도 못 살아내는 사람들 아닌가. 게다가 인구는 많고 어장은 날로 줄어들어서 북태평양 어장을 두고도 소련과 실랑이가 끊일 날이 없는 형편이거든. 그러니 우리 같은 조건이면 전량 수출해 간다는 전제에서 그들로서는 얼씨구나 하고 대어들 일이었지. 일본 정부쪽에서도 적극적으로 권장할 만한 일이었고 그러나 솔직하게 말해서 나로서야 어지간히 쑥스러운 일이드먼. 어쨌든 상대가 상대 아닌가. 경자 남매의 친애비인데다가, 경자 어미도 시퍼렇게 있는 마당이니 그럴 것 아니겠나. 그러나 일본 쪽에서 전혀 그런 쪽의 내색을 않는 이상 나도 똑같이 그 일 자체로만 응대를 했던 걸세. 다시 말하면 그 어장 경영자가 누구였건 일본 쪽에서는 건件 자체가 열을 낼만한 일이라고 바로 그런 식으로 접근해 오더라는 얘기일세. 그편이 나도 훨씬 편리하드먼. 실은 자네도 아시다시피 그 어장 경영이라는 것도 조합(토지개량조합)과 계약했다 뿐이지 개인 소유도 아닌 만큼 제대로 크게 일을 벌이자면 문제가 많거든. 그러나 어쨌든 기득권이라는 게 있는 거고, 그야 일이 제 궤도에 올라서서 이권이 커지면 유력자들이 너도나도 달려들 것이겠고, 그렇게 줄을 타고 가로채 가는 일도 비일비재한 모양이지만 그런 일은 그때에 가서 그때그때 사정 나름으로 대어들자는 배포였던 거지. 그렁저렁 하는 동안에 일은 예상했던 것보다도 훨씬 순조로워진 것이 아니겠나. 말하자면 일본 쪽에서도 그들 나름으로 현지 조사를 면밀하게 한 모양이고 자본을 투하할 값어치가 있다고 판단을 한 것이지. 이렇게 되면 처음부터 목표했던 대로 밀고 나갈 길밖에 없어 보이드먼. 남이 눈독들이기 전에 기득권을 굳혀야겠다 이런 생각이었지. 한데 얼마 전에 일본 모 기업의 서울 지사장이라는 자가 이 일의 진척에 그 기업 나름으로 착안을 해서는, 일본 쪽과의 연락업무를 자청해 나섰는데 내가 보기로는 여러 가지 점으로 맞춤한 사람으로 보이더구먼. 일이 제대로 되려고 이런 사람도 이런 때에 제 발로 굴러 들어오는 모양이라고 꽤나 대견한 생각이었어. 한데, 이 자의 말이 게이조오의 전언이라면서 매사에 〈조심하라〉는 전갈을 해오지 않겠나. 그러자, 이 〈조심하라〉는 뜻이 정확하게 무슨 뜻인지 불안해지기 시작하는군."

일순 강수덕은 살짝 미간을 찡그리며 박훈석의 말을 가로막았다.

"그러니까, 오늘 절 찾아오신 목적은 그 일 전체를 두고 이를테면 일종의 자문을 청하실 심산이셨습니까?"

그 표정은 마치 다음과 같은 말을 생략하기로 마음먹기라도 한 듯한 어투였다.

아니면 그 <조심하라>는 말의 뜻을 알아보자는 생각이십니까? 하고
그렇게 강수덕의 표정에는 벌써부터 만일의 사태에 대비한 방패막이부터 염두에 두는 듯한 표정이 어리었다.
박훈석은 약간 찔끔해지며
"좀 늦은 셈이지만, 대강 그런 셈이지. 더구나 난 일본 사정에는 어둡고 특히 일본 안에는 우리로서 경계해야 할 일도 많은 모양이지만 나 같은 사람으로서는 그런 형편에도 전혀 어둡고"
하자, 강수덕은 벌써 뒷날을 미리 염두에 두기라도 하는 듯이 꽤나 분명하게 쌀쌀맞게 말하였다.
"제 생각을 미리 말씀드리자면 이렇습니다. 저는 제 안사람이 이 일에 적극적으로 개입하지 않은 것이 성병이 아버지가 생각하는 것과는 다른 뜻으로지만 일단 다행입니다. 그런 일이란 해보던 사람이 할 일이지 아무나 대어 들어서 될 일이 아닙니다. 장사도 해본 사람이 한다는 말이 있지 않습니까."
"글쎄, 그렇긴 하지만 장사로 말할 것 같으면 나라는 사람도 둘째 가라면 서러울 사람인데. 비록 큰 장사는 아니고 장돌뱅이 장사이지만."
하고 박훈석은 손수건을 꺼내 이마의 땀을 닦아내며 강수덕이가 갑자기 이렇게 똑 부러지듯이 제 입장을 내보인 뜻이 무엇일까 하고 생각해 보려고 하며 다시 조심조심 지껄였다.
"나는 조금 다른 의견이네. 장사해 먹을 사람이란 태어날 적부터 아예 별종으로 태어난 것도 아닐 테고 말이지. 게다가 막말로 요즘 일본을 등에 지고 하는 장사란 것은 그게 일본사람이 하는 장사지 제가 하는 장사

가. 이쪽에서는 터와 인력만 제공해서 그 삯만 받아먹는 셈이지. 우리 일만 해도 그렇다고 장사 자체로서 신경 쓸 일은 없는 게고 그런 일은 그쪽에서 다 알아서 할 성질이니까. 그래서 지금 내가 자네에게 자문을 구하는 것은 이 일 자체의 기술적인 문제보다는 이 일을 둘러 싸고서의 외곽 문제라고 할까, 양국 형편이라고 할까. 좀 더 구체적으로 말한다면 그 서울 지사장 나가노라는 사람의 전언이 신경에 걸린다는 말일세."

"제가 하고 싶은 얘기도 바로 그 점입니다."
하고 강수덕은 여느 때의 그답지 않게 약간 짜증을 내듯이 지껄였다.

"일본과 장사라는거야, 성병이 아버지도 잘 아시다시피 그렇고 그런 거여서 사실 별로 힘들 것은 없지요. 더구나 그런 일은 명의만 빌려주고 터만 제공하면 되는 거니까요. 그러나 이런 일도 해보던 사람이 따로 있지 아무나 대어들었다가는 전혀 예상하지 못했던 일에 부딪치는 수도 있는 겁니다. 아닌 게 아니라 그 전언이라는 건 자신도 성병이 아버지에게 누누이 강조하고 싶은 얘기군요. 암요 <조심> 해야지요. 그러나 그런 일에 경험이 없는 사람은 과연 어떻게 하는 게 조심하는 거고, 어떻게 하는 게 조심 안 하는 것인지 그 분별조차 모른다는 말입니다. 성병이 아버지 경우가 바로 그렇습니다. 성병이 아버지는 방금 모든 일은 전혀 예상하지 못했을 정도로 순조롭게 그리고 속성으로 이루어져 가고 있다고 하였는데 그 이루어져 간 내용을 저로서 잘 모르긴 하겠지만, 바로 순조로우면 순조로운 그만큼 속성으로 이루어졌으면 속성인 그만큼 무언가 더 께름칙하게 느껴질 소지도 없지 않다, 그 말입니다. 우리 안사람이 처음부터 이 일에 부정적으로 대어들었다는 걸 제가 내심으로 다행하게 여기는 것도 그 점을 두고서입니다. 성병이 아버지는 이미 깊이 말려들어 있는지도 몰라요. 본인은 모르고 있지만 일이 순조롭게 성숙되었다는 건, 말려들어 있는 것도 이미 깊어져 있다는 것인지도 모르지요. 이 말은 지금 와서 쓸 데가 없는 말이겠지만, 일을 너무 처음부터 혼자서만 틀어 쥐고 추진했던 것 같습니다. 혼자서 은밀하게 추진하는 일에 그런 부작용이 생기기가 으레 쉬운 법이지요."

박훈석은 거듭 손수건으로 이마의 땀을 훔쳐내면서 불끈하고 못마땅한 듯이 지껄였다.

"자넨 마치 내가 이미 빼도 박도 못할 정도로 그렇게 말려든 듯이 얘기하는데 뭐 그럴만한 근거라도 있어서 하는 얘기인가. 또오, 자네 안사람이 이 일에 개입해 들지 않은 것도 자네 안사람의 자의처럼 생각하는 모양인데 그렇지는 않다고"

"네, 그 점은 저도 알고 있습니다. 그래서 처음부터 얘기하지 않았습니까. 우리 안사람의 그런 태도를 성병이 아버지가 생각하는 것과는 어떤 의미에서 정반대의 국면으로 다행스럽게 생각한다고요"

"아무튼 그런 얘기는 지엽 말절에 불과한 거고"

"요점으로 말할 것 같으면."

하고, 강수덕은 재빨리 박훈석의 말을 가로챘다.

"제 생각도 마찬가지입니다. 성병이 아버지는 조심하셔야 할 겁니다. 그러나 이미 늦었는지도 모릅니다. 아무리 조심할래도 벌써 조심할 방법이 없을는지도 모릅니다."

"자넨 어떤 근거에서 그렇게 자신있게 얘기하는가?"

"저 나름의 직관입니다. 어쨌거나 그런 일이나, 일본 안의 형편, 한일 관계의 실제적인 국면은 성병이 아버지보다 제 쪽이 잘 알고 있을 겁니다."

"그건 그럴 거네만."

하고, 박훈석은 안절부절 못하듯이 두 손을 포켓에 찔러 넣었다가 뺐다가 하였다.

"하지만 자네도 지레 짐작으로만 그럴 건 없네."

박훈석은 궁지에 몰린 사람이 애써 여유를 잃지 않으려는 듯이 어색한 웃음을 입가에 흘렸다.

"도대체 방금 내가 간단히 한 얘기로 자네가 이 일의 전체 윤곽을 파악했을 리도 없는 거고"

"차라리 전체 윤곽을 파악해 보라면 저도 모르게 그 일의 외양, 번드르르한 외양에 휩쓸려 들어서 전혀 다른 국면은 보아내기가 힘든 겁니다."

"그렇다면 자네 생각엔 어떤가? 이제 내가 어찌 했으면 좋겠는가? 최소한으로 할 만한 일과 하지 말아야 할 일이 무엇인지……"

"분명하게 얘기하지만 잘 들어주십시오 이런 충고가 이미 성병이 아버지에게는 먹혀들기가 힘들겠지만, 그저 가만히만 계십시오 할 일은 없고 하지 말아야 할 일은 숱합니다. 그 가운데서도 가장 명심할 일은 어떤 자금이든지 일본에서 들어오는 걸 덥석 받질 마십시오 그게 핵심입니다."

"아니 그건, 일을 아예 포기하라는 소리가 아닌가."

"그렇습니다. 자, 저는 그만 일어서야겠습니다.
하고 강수덕은 벌써 엉거주춤히 일어서고 있었다.

4

 강수덕을 만나고 조치원으로 내려온 박훈석은 새삼스럽게 모든 일이 불안해졌다. 강수덕은 아예 처음부터 이 일에 털끝만큼도 간여하려 들지를 않고 이 일로 박훈석과 대면했다는 사실조차 여간 께름칙하게 여기고 있지 않다. 이를테면 강수덕 쪽에서는 이미 이 일로 해서 틀림없이 벌어질 후환을 미리 확신하고 그런 때에 대비해서 몸조심 말조심부터 하자는 속셈임이 그 표정에 덕지덕지 드러나 있었다. 어떤 보이지 않는 마수가 이미 박훈석의 뒷덜미를 움켜잡고 다시 그 끝이 제 쪽으로 뻗쳐오는 것을 빤히 느끼며, 공포에 질려서 어쩔 바를 모르는 표정이던 것이다.
 박훈석은 강수덕의 그 반응이 새삼 불안하였다. 강수덕의 살아온 경력으로 미루어 보건대 그런 일에 필요 이상으로 겁을 집어먹을 사름으로도 보였지만, 한편으로 생각하면 이런 일에 그 정도로 겁을 집어먹을 만큼 그는 이런 일의 그 냉혹한 국면을 여느 사람보다 익히 알고 있다는 얘기도 된다.
 그러나 박훈석의 상식으로는 무엇이 그토록이나 께름칙해야 할 일이고 그렇게도 겁을 내야 할 일인지 이해가 되지 않았다. 게이조오가 나가노 편으로 전해 온 그 전언, <조심하라!>는 말에 그저 무작정하고 두려움을 느끼고 있는 것이라고 밖에 여겨지지 않았다. 일본을 비롯하여 여러 외국을 자주 드나드는 강수덕이다. 우물 안의 개구리처럼 국내에서만 살아온 사람보다 그런 판에는 지나치게 예민해 있어서 그 〈조심하라!〉는 말도 어떤 근거에서 나온 말이건 따지기 전에, 그런 말 근처에서는 미리 백리 바깥으로 피해 있자는 속셈이 아닐까. 그러나 박훈석이 무엇보다도 기분이 나쁜 것은 강수덕이 이미 모든 것은 늦었다, 이제 와서는 박훈석 쪽에서 아무리 안간힘을 써도 그 그물에서 헤어나올 길이 없을 거라고 단정하고 드는 그 점이었다. 그러니 박훈석은 어쩔 수 없이 그렇게 걸렸다고 치고 주변 사람들이 새로 그 그물에 걸려들지 않도록이나 해야겠다, 피해를 최소한으로 줄이는 데나 신경을 써야겠다고 강수덕은 생각하고 있는 것이다. 그러나 그 강수덕도 그렇게 생각은 하면서도 실은 아무런 손도 쓰지 못하고 있다. 이런 판국에서는 어떤 식으로건 손을 쓴다는 것 자체가 자칫하면 그 속으로 말려드는 결과를 초래하는 것이라고 철저히 믿고 있는 사람이다.

심지어는 낮에 경순이 아버지가 회사로 저를 만나러 왔더라도 지나가는 말로라도 제 아내(경자)에게조차 운운하지 않을 사람이다. 그리고 그것이 원체 말수가 적고 뚱한 사람이어서라기보다는, 만일의 사태에 대비해서 그런 흔적조차 제 집에는 끌어들이지 않겠다는 제 나름의 깊은 사려에서일 것이다.

박훈석은 이모저모로 생각하며 차라리 강수덕을 찾아가지 않으니만도 못했다고 일말의 후회도 없지 않았지만, 이 일의 시작부터 지금까지를 되훑어 보더라도 별로 크게 문제가 될 점은 없을 것 같고, 강수덕의 그것은 강수덕다운 기우에 불과하다고 거듭 마음을 다져먹게 되는 것이었다.

그러나 그러면서도 박훈석은 그 후 사나흘 동안은 무언지 불안하고 뒤숭숭한 기분에서 헤어 나올 수가 없었다. 그렇다고 누구 하나 터놓고 상의해 볼 사람도 없었다. 그런대로 아무 일도 없이 며칠이 지나는 동안, 박훈석은 모든 것은 자연적인 추세에 내맡기자는 쪽으로 마음을 먹었다. 이대로 모든 일이 안 된대도 별로 서운할 것은 없겠다는 생각이었고, 그렇다고 눈앞에 뻔히 새로운 진전이 벌어지는데 굳이 마다할 것도 없겠다는 생각이었다. 다만 매사에 너무 흥분하지 말고 엄벙덤벙하지만 말 일이고, 일확천금이 굴러든대도 냉정만은 유지하리라고 거듭 마음먹었다. 그러나 이것도 뜨물에 뜨물 탄 듯이 모든 것이 불길한 정도로 조용한 이 며칠 동안의 생각일 뿐 정작 실제의 국면에 들어서는 썩 자신이 서지 않았다.

아니나 다를까. 강수덕을 만나고 온 지 닷새가 지나서 서울의 나가노에게서 인편으로 간단한 연락이 왔다. 나가노는 그새 동경을 다녀왔는데, 오오다니상사 쪽과도 애기가 다 잘 되었고 이즈미 게이조오 부자와도 만나서 모든 일을 제대로 다 마무리 지었노라는 것이었다. 그 간단한 나가노의 쪽지를 받는 순간 박훈석은 저도 모르게 온몸을 흠칫하고 떨었는데 그것이 환희의 발작이었는지, 아니면 강수덕의 예상이 점점 들어맞아간다는 순간적인 공포의 발작이었는지는 스스로도 가누기가 힘이 들었다. 어쩌면 그 두 가지가 겹쳐 있었는지도 모른다. 일순 박훈석은 얼굴이 벌겋게 상기되어 환희였든 공포였든 그 두 가지의 반반이었든 간에, 온몸을 순간적으로 부르르 떠는 것을 빠안히 건너다보고 있는 상대의 눈길을 의식하며 물었다.

"댁은 그러니까 나가노씨와 어떻게 되는 사이입니까?"

이렇게 물으면서 박훈석은, 상대가 얼굴이 거무데데하고 몸집이나 눈길이나 예사 사람 같지는 않다고 퍼뜩 느꼈다.

"네."

하고 상대는 자기의 정체가 흘깃 내비쳤던 것을 스스로 책망이라도 하듯이 금방 눈길을 내리깔며 약간 어눌한 목소리로 받았다.

"운전수 겸 그 회사 직원입니다."

"운전은 대개 나가노씨가 직접 하시는 것 같던데?"

"그야 형편에 따라서지요. 그렇지 못할 경우도 간혹은 있는 것 아니겠습니까. 가령 오늘처럼 선생에게 급히 이런 전갈을 알려야 할 경우 같은 것 말입니다. 지사장님은 서울서 다른 일로 바쁘시고 꼭 선생에게 사람을 보내야겠고 이런 경우에는 회사 차도 중요한 쪽으로 돌립니다. 이를테면 회사 차를 지금 제가 몰고 내려온 것처럼 말입니다. 그 대신 지사장님이 서울서 일 보는 것은 택시를 이용하시든지 하게 되는 거지요."

번드르르하게 지껄인데 비해서는 별로 내용이 없는 얘기라고 느끼며 박훈석도 받아 웃었다.

"그야, 그러실 테지. 그러니까 그 회사의 한인韓人……"

<고용인이시구먼> 하려다가 그 마지막 말은 어째 상대편의 생김생김이나 분위기와 어느 구석인가 걸맞지 않는 것도 같아서, 그냥 우물쭈물해 버리고는 금방 받은 그 나가노의 짧은 쪽지를 거듭 들여다보며 물었다.

"그러면 지금 선생의 차를 같이 타고 저더러 당장 서울로 올라오라는 것일까요? 나가노씨의 뜻은?"

"그 쪽지에는 뭐라고 적혀 있습니까?"

하고, 상대는 덮어씌우듯이 아직 엉거주춤하게 들고 있는 박훈석의 쪽지를 같이 들여다보려는 것처럼 등을 굽히고 되물었다.

"네 네, 알겠습니다. 맨 끝머리에 별 지장이 없으면 그랬으면 좋겠다고 적혀 있군요."

하고 박훈석은 문득 이것도 무언지 나가노답지 못한 트릭 냄새가 풍긴다고, 이 쪽지를 보자마자 그 당장으로 헐레벌떡 달려 올라오리라는 걸 뻔히 알면서 이런 식으로 적어놓고 있다고 생각하며, 그러나 저편의 그런 계산에 안간힘을 써서 버텨보기라도 하듯이 냉정을 가장하여 시큰둥하게 지껄였다.

"지금 올라가더라도 이 쪽지에 적혀있는 이상으로 별일은 없을 것 같기도 한데. 하지만 기왕 올라가시는 차편을 이용하는 것도 좋긴 하겠군요."

그러자 상대는 다시 빼안히 이쪽을 쳐다보았다. 그러는 그의 눈길은 이 쪽지를 보자마자 정신없이 열에 떠서 어쩔 바를 모를 것을 예상했었는데 그렇지가 않은 이편을 약간 미심쩍게 여기기라도 하는 듯하였다.

"그럼 준비하고 나오시지요. 차는 바로 요 골목어귀에 세워두고 있습니다."

하고, 상대는 박훈석 쪽의 반응이 그닥 신통치 않은 데에 적지 않게 실망이라도 하듯이 사무적으로 지껄였다.

박훈석은 곧 채비를 하고 나섰다. 과연 골목길 어귀에 연한 파랑색 차 한 대가 길가에 바싹 붙어 서 있고, 좀 전의 그 자는 운전대를 두 팔로 끌어안듯이 상체를 앞쪽으로 숙인 채 무료하게 앉아 있었다. 박훈석은 문득 그냥 이대로 전혀 엉뚱한 곳으로 끌려가는 것이나 아닌가 하고 그 야말로 엉뚱한 상상까지 하며 다시 한번 온몸을 부르르 떨었다. 그렇게 앞 운전대를 잡은 채 전혀 이편의 기척에 아는 체를 않는 그 자의 거동 에는 무언지 수상하게 느껴지는 것, 강수덕이 염려하던 바로 그런 국면 이 퍼뜩 떠오르던 것이다. 그 자의 그 거동은 이제부터 단둘이 자동차로 한두 시간 동행할 사람을 기다리는 따뜻한 기운은 털끝만큼도 없고, 마 치 그 무슨 상부의 지시를 받고 연행해 갈 사람이 채비를 하고 나오기를 기다리기라도 하는 것 같은 냉랭함이 감돌았다. 박훈석이 잔기침을 두어 번 하며 뒷자리에 올라탈 때도 그 자는 한번 돌아다보며 빈말로라도 한 마디 건네는 법이 없이 부릉부릉 발동을 걸었다. 그 발동이 걸리는 소리 는 흔한 고물차가 아니라 생긴 그대로 새 차임을 일깨워 주었다. 박훈석 은 그렇게 말을 걸 핑계라도 생긴 듯이 앞자리를 향해 하나마나한 소리 를 한마디 하였다.

"아주 새 차인가보군요. 엔진소리가 맑게 들리는 것이."

"……"

그 자는 굳이 대답할 필요가 없어선지 아니면 처음부터 그만한 곡절이 나 저의가 깔려서인지 아예 묵살을 하며, 첫 시동치고는 홱 빠르게 차를 내몰아서 멍청하게 앉았던 박훈석은 하마터면 뒤로 벌렁 할 뻔하였다. 차는 그렇게 뒤의 골목길에 마른 먼지를 일으키며 대번에 속도를 내기 시작했다. 일순 박훈석은 와락 불안해지며 이대로 혹시 돌아오지 못할 몸이 되지나 않는가, 너무 경솔하게 이 차에 올라타지나 않았을까, 그 무슨 곡절이 분명히 있긴 있을 것 같다는 생각으로 이마에는 진땀이 내솟으며 옆문의 손잡이를 움켜잡았다. 그러나 다음 순간, 그럴 리는 없지 도대체 그럴 일이라곤 없을 걸 싶으며 우선 담배 한 대를 꺼내 물었다. 그대로 담뱃갑을 넣을까 하다가 다시 얘기를 걸어볼 일이 생겨서 천행이라는 듯이 물었다.

"담배 태시겠습니까?"

"안 피웁니다."

마치 이런 질문이 넘어오기를 알고 미리 준비라도 하고 있었다는 듯이 제꺽 되넘기듯이 받았다. <못 피운다>는 소리보다 <안 피운다>는 소리도 이 경우에는 더욱 강한 거부의 뜻으로 받아들여졌다. 사람이 원래 저렇게 퉁명하게 생겨먹었는가, 더구나 외국사람 밑에서 일하면서 저도 모르게 저 정도로 비뚤어진 것이나 아닌지 모르겠다고 전혀 달리 해석을 하며 박훈석은 창 바깥으로 눈길을 돌렸다. 그러나 아무리 그렇다고 한들 저렇게까지 강한 거부반응을 보일 리는 없다. 어쩌면 저러는 것도 나가노가 일부러 지시한 것인지도 모른다고 돌려 생각하며 그 다음부터는 이판사판이라는 듯이 박훈석의 편에서 뻔뻔하게 나갔다. 운전을 하는 그 자 앞의 백미러로 우선 그 자의 눈길이나 표정을 잡으려고 상체를 그 자 모르게 이리저리 돌려 제대로 각도를 잡으려고 하였으나 좀체로 그 자의 표정이 정면으로는 잡히지 않아서, 그러면 그런대로 박훈석은 혼잣소리 비슷이 지껄였다.

"아찔아찔하구먼. 어찌나 빨리 달리는지. 벌써 고속도로로 나왔구먼."

"……"

그 자는 여전히 완강한 뒷어깨를 보일 뿐이었다.

순간 박훈석은 무언가 울컥하듯이 앞좌석을 두 손으로 움켜잡으며 물었다.

"선생은 그 회사에 몇 년이나 계셨습니까?"

그 자는 일순 뒷자리를 한번 돌아본 듯하다가 백미러 쪽으로 약간 머리를 돌리며 박훈석의 눈길을 찾았다. 바로 그 순간 백미러 속에서 두 눈길이 부딪쳤다.

"……그건 왜 묻습니까?"

하고 그 자는 여전히 눈길을 떼지 않은 채 냉랭하게 되물었다.

"뭐, 못 물어볼 것도 없지 않습니까."

"그야 그렇겠지만."

하고, 그 자는 '댁은 참 순진하십니다' 어쩐지 그런 식으로 보이는 미소를 비시시 입가에 흘렸다. 박훈석은 옆에 그 자 말고 누구 다른 사람이 있기나 한 듯이 둘레둘레 둘러보듯 하며

"그래, 몇 년이나 계셨습니까?"

하고 기왕, 밑천이라도 건져야겠다는 듯이 물고 늘어졌다.

비로소 그 자는 백미러 속의 눈길을 떼며 차의 운행에만 제대로 신경을 쓰는 사무적인 표정으로 돌아갔다. 그것은 다시 그 자의 뒷어깨와 더불어 냉혹하게 느껴졌다. 그대로 묵살이었다.

박훈석은 이때부터 이 자동차의 행방이 진짜로 나가노에게인지, 아니면 전혀 엉뚱한 곳인지, 아무래도 후자 쪽으로 가깝겠다는 심중을 굳히며 그 엉뚱한 곳도 대체 어떤 식으로 엉뚱한 곳일까 하고 여간 조바심을

피우지 않았으나 아무리 생각해도 그런 곳으로 연행되어 갈만한 이유는 전혀 찾아지지가 않았다. 게이조오의 내한 이후의 모든 일을 혼자 샅샅이 되훑어 보아도 그럴만한 이유는 전혀 털끝만큼도 찾아지지 않았다.

　박훈석은 뒷자리에 느슨히 기대어 앉아 담담하게 담배연기를 그 자의 뒤통수에 내뿜곤 하였다.

　역시 예상했던 대로였다. 짙은 초록색 페인트칠을 한 넓은 철대문이 열리고 자동차가 그 안으로 스르르 미끄러져 들어가자 뒤로 문이 닫혔다. 우중충한 이층 벽돌집이었다. 박훈석은 아직은 모른다, 바로 이곳이 나가노의 그 지사라는 것인지도 모른다 하고, 일말의 미련을 버리지 못하였으나, 이미 조치원서 이곳까지 오는 동안 앞자리 운수수의 그 여전히 완강한 어깨로서, 이 길이 나가노를 만나러 가는 길이 아니라 어떤 종류로건 연행되어 가는 길이라는 건 명백히 느끼고 있었던 것이다. 다만 건이 뭐냐는 것뿐이었다. 그것도 뻔하였다. 그동안 일본과의 사이에서 벌였던 그 일일 터였다. 그러나 과연 어느 정도의 혐의를 뒤집어쓰고 있느냐 하는 것은 전혀 미지수였다. 어쩌면 일정한 혐의가 있어서라기보다, 비로소 이런 일이 벌어지고 있다는 것을 뒤늦게 알고 나서 혹시나 뭐가 있을는지도 모르겠다는 판단에서 그 어떤 예방조치 겸해 간단한 조사에 나섰을는지도 알 수 없는 일이다.

　그러자 박훈석은 새삼스럽게 펀뜻 생각이 짚혔다. 이제까지 이 점을 미리 예상하지 못했던 스스로가 어이없기도 하였다. 필경은 강수덕의 짓일 것이다. 강수덕의 짓이 틀림없다. 그는 박훈석의 안위도 안위지만 제 아내도 관련되어 있는 만큼 그런 식으로 자위수단으로 일을 이렇게 벌였는지도 알 수 없다. 이렇게 일단 이런 차원의 공적인 마당으로 올려놓은 것이 가장 합당한 것이라고 평가하고서 말이다. 심지어 강수덕의 성격으로는 이를테면 제보자로서의 자기의 정체를 숨겨둔 채 이러저러하게 수상해 보이는 일이 있으니 철저하게 조사해보는 것이 좋겠다고 전혀 남의 일처럼 제기했을는지도 모른다. 그래야만 제대로 공적인 성격으로 객관성을 띠게 되고, 그래야만 털끝만큼이라도 친소 관계가 껴들지 못하게 철저히 흑백이 가려질 것이라고, 그렇게 철저하게 흑백이 가려져야만 후환을 미리 막을 수 있을 것이라고

대강 이렇게 되었을 것이 틀림없다고 짐작하며 박훈석은 약간 마음이 놓였는데 아니나 다를까, 이층의 등받이 없는 의자 하나만 덩그러니 놓여 있는 텅 빈 방으로 안내되어 혼자 오 분쯤이나 기다렸을까. 사방의 흰 벽만 둘레둘레 둘러보고 있는데 무지무지하게 키가 큰 사내 하나가 들어서더니, 마치 급하게 볼일은 따로 있고 잠시 틈을 내어 잠깐 들렀다는 듯이 이상스럽게 수선을 피웠다.

"박선생이지요?"

"네."

하고 박훈석은, 혹시 성만 같고 이름은 다를는지도 모른다, 그렇게 잘못 왔을 수도 있다는 생각에서,

"박훈석입니다."

하고 덧붙였다.

그러나 상대가 박훈석이건 김훈석이건 그런 건 별로 중요하지 않다는

듯이

"네, 암튼 죄송합니다. 별일은 아니고요 잠깐 알아 볼 일이 있어서 어려운 걸음을 하시게 한 겁니다. 이 점 미리 양해하시고 협조를 부탁하겠습니다."

하고는, 제대로 한번 정면으로 쳐다보는 일도 없이 휭 하고 연기 스러지듯이 도로 나가버렸다. 그리고는 또 감감 소식이었다.

박훈석은 무료해져서 창가로 다가서서 밖을 내다보았다. 그러나 아까 들어온 마당이 내려다보일 뿐 검정 페인트칠을 한 담장 너머로 차도 다닐 수 있는 길인 모양으로 이따금 차 지나가는 소리가 들리고 그 건너는 아담한 이층집으로 보통 살림집 같았다. 이층 베란다에다가는 빨랫줄을 매어 알록달록한 남방 두엇과 애들 옷인 듯이 보이는 몇 가지 옷나부랑이도 걸려 있고 그 집 식모로 보이는 처녀아이 하나가 빗자루와 쓰레받기를 들고 왔다갔다하는 것도 보였다. 그렇게 이방에서는 시계가 꽉 막혀 있고, 보이는 것은 검정 페인트칠을 한 담장 안마당의 나무 한 그루 꽃 한 포기 없는 살풍경한 광경과 그 건너로 엉뚱하게도 어떤 여염집의 나른한 일상풍경이었다. 그러나 그 여염집 이층의 나른한 움직임도 어느새 지루하기 짝이 없었다. 그 식모로 보이는 처녀아이 하나만 방으로 베란다로 들랑거리고 잠시잠시 이편을 뚫어지게 건너다보기도 하였다. 그런 때는 마치 이쪽에서 그쪽의 동정을 하나도 빠뜨리지 않고 쳐다보고 있다는 것을 알고 있는 듯한 눈길이어서 박훈석은 저도 모르게 흠칠하고 뒤로 물러서곤 하였으나, 다음 순간 이쪽은 창문이 닫혀 있어 보이지 않을 것이라고 다시 살금살금 창가로 다가서곤 하였다. 이런 식으로 이럭저럭 삼십 분쯤이나 흘렀을 것이다. 어느새 박훈석은 자기가 지금 이런 데에 와 있다는 사실조차 깜박 잊어버리고 그 무슨 숨바꼭질이라도 하듯이 그 처녀아이의 행방을 좇고 있었다. 하얀 에이프런을 걸치고 있는 그 처녀는 잠시도 쉼 없이 움직이고 있었다. 이층의 이 방 저 방 베란다를 들랑날랑 하다가는 잠시 동안 행방이 묘연해지곤 하였다. 그런 때 박훈석은 저도 모르게 포켓에서 담배 한 대를 꺼내 무는 것이었는데, 마악 라이터를 켜는 순간 어느새 그 소녀는 끙끙거리듯이 피곤한 걸음걸이로 층층다리를 올라오고 있다. 박훈석은 흠칠하고 놀란 듯이 라이터를 도로 집어넣고 꼬나물었던 담배도 도로 입에서 빼어 두 손가락 틈에 끼어 쥐고 그냥 뱅뱅 돌렸다. 문득 박훈석은 담배를 끼어 쥔 그 두 손가락에 땀이 배어 있는 것을 느끼며 지금 자기는, 자기가 와 있는 이 집이 어떤 집이고 어떤 곳인지도 모른 체 엉뚱하게도 건너 여염집의 저런 엉뚱한 처녀에게 완전히 마음이 사로잡혀 포로가 되어 있는 꼴이라고 비시시 우스워지기도 하였으나, 지금 이 방에서 좁은 관처럼 뚫려 있는 통로로 이어져 있는 범상한 일상이라는 것은 바로 저 이층집 여염집의 나른한 오전 풍경일 뿐이었던 것이다. 박훈석은 이런 스스로가 거듭 어이가 없어지며, 대체 어쩌다가 자기는 지금 이런 방에 혼자 이러고 있게 되었는가 하고 갑자기 미치도록 답답해졌다. 그렇게 얼굴에 피가 오른다고 생각되자 곧 문이 열리며 키가 작달막한, 땅땅하게 생긴 사람 하나가 노랑 봉투 하나를 끼고 들어섰다.

"실례했습니다. 지루하셨죠? 옆방으로 가실까요"
하였다. 박훈석은 이제 살았다 싶으면서도 한편으로는 그동안 그런대로

정이 들어버렸던 그 이층집 처녀아이와 헤어지게 되는 것이 섭섭하기라도 한 듯 그쪽을 두어 번 돌아보자 이건 또 웬 우연일까. 그 처녀아이도 이쪽의 이런 기척을 알기라도 한 듯이 갑자기 베란다 끝으로 달려 나와서 두 팔을 잔뜩 이쪽으로 뻗어, 마치 흔한 달력의 바닷가를 달리는 배우 같은 포즈를 취하는 것이 아닌가. 그렇게 못내 이별을 아쉬워하는 것도 같은 몸짓이었다.

옆방은 책상도 많고 의자도 많았다. 좁은 평수에 비해 지나치게 빽빽할 정도로 책상이 놓여 있었고 사방 벽에도 달력을 비롯해서 그런저런 차트판 비슷한 것도 여러 개가 붙여져 있어 흔한 사무실 구색을 갖추어 있는 것이 그런대로 조금 마음이 놓였다. 이렇게 잡다한 물건으로만 들끓고 있는 사무실 구색을 갖추고 있다는 것이 어째서 마음을 놓이게 하는지 박훈석 스스로도 알 수가 없었지만 막연히 어이없다는 느낌은 여전히 떨쳐 버릴 수가 없었다. 도대체 괴이한 것이 바로 옆방은 그렇게 텅 비워둔 채 이 방은 이렇게 비좁을 정도로 들어차 있는 것이었다. 박훈석은 책상 틈을 비집고 그 자 뒤를 따라 맨 구석 자리로 들어갔다. 그곳은 바로 바깥으로 난 창문이 끝나고 있어 상대가 앉은 자리는 조금 어두무레하게 그늘이 져 있었지만

"자, 앉으시죠"

하고 그 자가 권하여 박훈석이가 앉은 자리는 아슬아슬하게 창문 너머로 바깥이 내다보이는 자리였다. 엉거주춤히 자리에 앉으면서 박훈석은 뭔지 조마조마한 조바심 섞어 창문 너머로 바깥을 내다보고 싶어 견딜 수가 없었다. 여기서도 옆방에서처럼 건너편 이층집이 보이는지 그 처녀아

이가 보이는지 여간 궁금하지가 않았다. 심지어는 그 이층집이 안 보이고 처녀아이가 안 보이면 어떡하나 어떡하나 하고 와락 불안해져 오기까지 하였다. 그러자 이건 또 웬일인가. 보이는 각도만 조금 달라졌을 뿐이지 그 이층집은 지금 앉아있는 이 각도에서도 아슬아슬하게 건너다보이고, 게다가 그 처녀아이는 여전히 베란다 끝에 조금 전과 똑같은 포즈로 한 팔을 잔뜩 이쪽으로 내뻗쳐 애처로운 애잔한 표정을 하고 있지 않은가. 아니, 표정까지는 정확히 볼 수 없고 어쩐지 그런 표정이려니 하고 짐작이 되는 것이다. 박훈석은 일순 등에 진땀이 배어나는 것을 느끼며 갑자기 공포감이 엄습해 왔다. 박훈석은, 어쩌면 이것까지도 미리 짜여진 장치일는지도 모른다고 애써 침착해지려고 하였으나, 바로 그때 그 자는 재촉하듯이 말하였다.

"조금 이쪽으로 당겨 앉으시죠, 바싹."

"……네"

하고 박훈석은, 그 자 쪽으로 당겨 앉으면서 앞의 이층집이 벽에 가린다는 생각으로 그 점만이 여간 조바심스럽게 불안해지는 것이 아니었다. 그리고 한편으로는 희희낙락하듯이 나가노를 만나러 올라와서 대체 엉뚱하게 이게 무슨 꼴인가 싶기도 하였다.

박훈석이 의자를 조금 당겨서 앉자 창 바깥의 이층집이 과연 벽에 가려지는 것이 왼쪽 볼로 의식되었으나 깨끗이 체념을 하면서 스스로도 조금·목소리가 크다고 느끼며 천연스럽게 지껄였다.

"나가노씨는 출타중이신가요?"

그러자 상대는 흘깃 한번 쳐다보고는 두 눈알을 부라리며

"이 양반이, 지금 능청을 부리나. 여기는 그런 데가 아니에요. 실은 그 일 때문인데 순순히 애길 하시오. 나가노씨 하고는 어떻게 되는 관계인지?"
하였다.
"어떻게 되는 관계라뇨? 왜놈 아닙니까."
"왜놈인 걸 누가 몰라? 왜놈인데 그 자하고는 어떻게 알게 됐나, 이 말이오."
박훈석은 갑자기 머릿속이 어벙벙해지며 가슴이 막혀 오듯이 답답해졌다. 그 떵떵거리는 억양과 부라린 눈으로써 모든 일이 대강 어떤 국면으로 벌어지고 있다는 것이 알려졌으며 그 모든 것은 한때의 꿈이었다는 것이 절실하게 안겨왔다.
"실은, 알고 말고 할 것도 없지요. 그 자 쪽에서 날 찾아와서 두어 번 만났을 뿐이니까."
"무슨 일로?"
"그걸 다 얘기하자면 길어지겠는데요."
"괜찮으니까 다 얘기해 봐."
어느새 그 자의 그 반말 짓거리도 익숙해져 있었고 그럴수록 박훈석은 고분고분해졌다.
"어디서부터 애길 해야 할는지 좀 막막해지는군요. 실은 나가노 그 사람과는 극히 최근에 그편에서 찾아와 만났을 뿐 특별히 얘기할만한 거리도 없다니까요."
"이 양반이 같은 얘기만 되풀이하고 있군. 그렇게 당신을 찾아왔을 때는 찾아올 만한 용건이 있었을 거 아냐. 그게 뭐였느냐 이거야?"

박훈석은 아직까지도 일말의 미련은 남아있어 이 자리서 일본과의 그 모든 일을 다 털어놓기는 꽤나 아쉬운 생각이었다. 그 일까지는 털어놓지 않고 나가노씨와의 관계만 쏙 떼어내서 얘기할 수 있었으면 하고 바랐지만 그러면 그럴수록 상대는 점점 더 의심하고 들 것이 뻔하였다.

박훈석은 안간힘을 쓰듯이 물었다.

"그전에 한 가지만 묻겠습니다. 나가노라는 자가 대체 어떤 작자이기에 이러는 겁니까? 나가노의 정체가 대체 뭡니까?"

"밀정이야."

상대는 나지막한 목소리로 지껄이며 실눈을 하고 웃었다. 박훈석은 애써 침착을 가장하며 잠시 멍하게 상대를 쳐다보았다.

"밀정이라면 일본 정부의?"

"그 정도면 약과지."

하고, 상대는 엄지손가락을 가볍게 뒤로 젖혀서 북쪽 편을 가리켰다.

"그럴 리가. 왜놈이 하필이면……"

"그건 당신의 순진한 생각이고 그러니까 당신도 이렇게 말려든 거 아냐. 어느 정도 말려들었는지 사그리 털어놓고 싹싹 두 손 씻는 게 좋을 걸. 그렇게 목간을 한번 철저히 해야 하는 거요."

"말려들다니요? 내가? 그 자에게?"

"그렇지 않으면, 우리가 당신을 부를 이유가 뭐야."

"기가 차구먼."

하고 박훈석은 절망적으로 이마를 짚었다.

"글쎄 그러니까 사그리 털어놓으라고 하지 않는가. 그 자가 당신을 만나서 뭐라고 하더냐, 이 말이야."

"제가 실은 일본과 최근에 모종 일로 장삿길을 트고 있는데요. 그 장삿일의 연락을 맡겠다고 자청해 오더군요. 저로서는 사실 일본과의 연락이 아쉽던 것이어서 안성맞춤이라고 일을 맡길 참이었지요. 물론 아직은 맡기지 않았고 말입니다. 맡길 작정으로만 있었지요."

아직도 박훈석은 그 어장을 둘러싼 모든 일, 일본의 오오다니상사와의 관계나 이즈미 게이조오 부자의 일까지는 털어놓지 않고도 그럭저럭 넘길 수가 없을까하고 아쉬워서도 그대로 버틸 때까지는 버티리라 마음먹고 이렇게 지껄이자

"이 양반이. 당신 여기가 어딘 줄 알고 이러지? 그게 말대답이라고 하고 있는거야. 이 사람이 아직 정신을 못차리는가보군. 조금 본때를 봐야 정신이 들겠어."

하고, 금방 두 눈을 부라리며 어린애를 닥뜨릴 때 옆에 회초리가 없나 하고 두리번두리번 찾듯이 이상스럽게 두리번거렸다.

"그렇게 우물쭈물은 통하지 않으니까 똑똑히 얘기해. 당신 정말 그런 태도로 나오다가는 큰일 난다고 이 사람이 판세가 지금 어떻게 돌아가고 있는지 여엉 깡통이로군."

비로소 박훈석은 모든 일을 처음부터 소상하게 털어놓기 시작하였다. 그러나 다 털어놓으려고 하자 무슨 얘기부터 시작해야 할는지 할 말이 너무 많아서 걱정일 지경이었다. 박훈석은 되도록 체계를 세워서 일본의 이즈미 다쯔오 부자와 자기 집과의 관계, 서로 소식을 몰라서 궁금해 하

다가 주한 일본 대사관의 협조를 빌어서 피차에 소식이 알려진 것으로부터 시작해서 그동안 몇 차례에 걸친 편지 왕래 끝에 드디어 이즈미 게이조오가 한국에 나오게 된 일까지를 일사천리로 털어놓았다. 비로소 상대는 얘기 내용도 꽤나 재미가 있고 하여 시종 무표정하게 머리를 끄덕이며 다음다음으로 얘기를 재촉해 갔다.

그러나 박훈석은 이즈미 게이조오가 한국으로 나오게 된 일을 두고 그의 집안에서 약간의 저항이 있었다는 소리를 그대로 해서 좋을는지 어떨는지 잠시 망설이다가 대강 사실대로 다 털어놓았다. 성갑이 경자 남매와 그 어머니(박훈석 자신의 현 아내)는 어느 구석 쑥스러운 면도 없지 않아서 게이조오를 마중하러 나가지는 못하였다고 털어놓았을 때는 상대도 그게 그렇기도 하겠다는 듯이 머리를 끄덕였다. 그런저런 사정으로 박훈석이가 직접 나서서 게이조오를 만났던 일이며, 그렇게 게이조오 편에 그의 아버지인 다쯔오에게 몇 자 편지를 보내어 성갑이가 벌이고 있는 어장에 일본 쪽의 자본을 끌어들일 길이나 없을까 싶어 박훈석이가 옛날에 모시고 있던 일본인 사업가 오오다니라는 자의 근황을 궁금하게 여겼는데, 금방 오오다니상사와 줄이 닿게 되어 그쪽에서도 이 어장에 탐을 내어서 일이 쉽게 풀리게 되었다는 거며, 바로 이런 단계에서 느닷없이 나가노라는 자가 나타나 자청해서 이 일의 연락관계를 맡아 나서더라고 하였다. 그뿐이어서 그 자의 정체가 무엇인지, 그 자가 일본 안에서 이즈미 다쯔오 부자나 오오다니상사와 어떤 관계에 있는지 아무것도 아는 바가 없노라고 하였다.

상대는 시종 무표정하게, 그러나 끄덕끄덕 머리는 끄덕이고 있어서 구체적으로 어떤 반응인지 헤아릴 길이 없었다. 다만 지금 박훈석은 나가노와의 관계에서는 아무리 털어 보아야 먼지밖에 날 것이 없고 털끝만큼이라도 꿀릴 점이 없었지만, 그 어장을 둘러싼 이만한 정도의 이권이 있다는 것을 상대도 미리부터 알고 있었는지, 지금 박훈석의 얘기로 비로소 알게 되었는지 도통 헤아릴 길이 없었다. 그리고 지금의 박훈석으로서는 그 나가노라는 자가 사실상 이 일에 박훈석 모르게 어느 정도나 깊이 개입되어 있는지, 지금 당장이라도 나가노를 끊는다면 오오다니상사와의 일은 그대로 이어갈 수 있을 성질인지 그 점만이 여간 궁금한 것이 아니었다. 그 자는 별로 중요하지 않은 것을 몇 가지 더 간단간단히 물어보고는,

"암튼 알았쉬다. 오늘은 이대로 돌아가시오 선생이 방금 얘기한 일본 안에서의 움직임이 어떤 것이었는지 거기에도 나가노라는 자가 어느 정도 개입했을 것은 뻔해 보이니까, 그쪽 움직임을 탐문해 보고 나서 다시 얘기하십시다."

하고, 보일 듯 말 듯 회심의 미소가 슬쩍 입가에 스치었다.

그곳을 나와서도 박훈석은 그 자의 그 미소가 머리 한구석에 매달려 떨어지지가 않았다. 그것이 어떤 뜻인지 막연히 알 것도 같았지만 어쨌든 불안한 것임에는 틀림없었다. 결국 모든 것은 이것으로서 하룻밤 꿈으로 끝나는가 싶게 체념이 들어앉으면서도 한편으로는 버틸 수 있는데까지는 버텨 보리라, 그 어장을 성갑이가 맡고 있는 한은 전혀 절망할 것도 아니라고 마음을 굳게 사려먹었다.

끝머리

　나가노의 행태를 당국에서는 이미 오래 전부터 꿰고 있었던 듯하였다. 그러나 그의 정체를 알게 된 사정은 여전히 짙은 베일에 싸여 있었다. 일본의 비슷한 기관의 은밀한 제보에 의한 것이었는지, 아니면 일본 현지에 나가 있는 이쪽의 에이전트를 통해서였는지 애매한 채 어쨌든 나가노의 한국 내 행태보다도 일본 쪽의 움직임을 더 환히 꿰고 있는 듯하였다. 그러니까 그의 일본 쪽의 움직임에서부터 단서를 잡아 장시간 뒤를 쫓다가 보니까 조치원의 박훈석에게 연결이 닿아져서 불시에 그를 덮쳤던 것 같았다.
　물론 당국도 당국대로 이 사태를 두고 여러 가지로 숙고를 한 흔적은 없지 않았다. 이를테면 금방 덮치는 쪽이 유리할는지 불리할는지를 두고서 말이다. 그야 가장 떠들썩하게 개가를 올리고 뚜렷한 실적을 올릴 수 있는 길은 일본 쪽에서 자금이 들어오기까지 기다렸다가 덮치는 길일 것이다. 그건 현장을 잡는 일이어서 가장 틀림이 없다. 그러나 이렇게 될 경우 사건이 지나치게 확대 되어서 복잡한 부작용을 야기시킬 수도 있다. 다시 말하면, 어떤 수상한 움직임을 당국 쪽에서 미리 간파할 경우에 흔히 있는 일이지만 우선 걸려든 상대의 주변조사부터 면밀하게 한다. 이를테면 성분조사 비슷한 것이 될 터이다. 그의 평소 행태, 국가관, 집안의 내력이나 인척관계, 가까운 친척 가운데 국가에 공이 있거나 현재 요직에 있는 사람은 없는가 하는 것, 그 밖에도 군대생활 관계, 교우관계, 학창관계 등등 면밀하게 살펴서 그 결론에 따라 일정한 원칙이 세워진다. 즉 믿을 수 있는 집안의 믿을 수 있는 과거를 지니고 현재도 믿을 수 있는 사람인데, 자칫 깊은 사정을 모르고 걸려드는 모양이라는 결론이 나오면 일을 떠들썩하게 요란하게 벌일 것 없이 일종의 예방조치로 다룬다. 그러는 편이 국가적인 시야에서 볼 때도 소모를 최소한으로 줄일 수 있을 거라는 계산일 터였다. 실은 별일도 아닌 것을, 실적 위주로만 크게 벌여 놓아서 괜한 사람을 피 보게 하고, 그만큼 국가적으로도 유형무형으로 손실이 크다는 심려에서 일을 별로 표 안 나게끔 은밀하게 처리하게 된다. 그러나 그때그때의 상황에 따라서 이런 문제를 다루는 시점도 그때그때 달라진다. 가령 국민 일반의 정신적인 자세랄까 하는 것이 어느 정도 해이되어 있다거나, 혹은 지나치게 몇 년 동안 아무 일도 없고 풍족한 일상에만 젖어 있어 내외로 처해 있는 기본상황을 망각하고 있지나 않는가 싶을 때는 사건의 성격이나 걸려든 사람의 선별에 따라 대대적으로 터뜨릴 여지도 전혀 없지는 않다. 그리고 사실 이 평가는 여간 미묘한 것이 아니고 더구나 그때그때의 정치적, 사회적 분위기와도 밀접하게 관련되어 선별하게 되는 것이다.

더욱이 이번의 이 일에서 보듯이, 일본인과 한국인이 한 핏줄의 혼혈로 관련되어서 일이 터져 나올 경우에는 당국에서도 더욱 조심하지 않을 수 없다. 이를테면, 일본 당국 쪽에서도 관련된 사람의 성분에 비례해서 깊은 관심을 드러낼 것이고, 일본 내의 여론에까지 자칫 비화되어 버리면 일은 본의 아니게 시끄럽게 뻗어갈 수도 있는 것이다. 심지어 일이 벌어지는 양태에 따라서는 한일 관계의 핵심에까지 닿아질 수가 있다. 다시 말해서 법이 만인에게 공통이라는 것은 법정신의 기본을 두고서 말할 경우에나 통할 소리이지 법을 운영하는 실제 국면에 들어서는 여러 가지 정황을 참작하지 않을 수가 없다. 비근한 예로, 정황 참작이라는 것부터가 그렇지만, 똑같이 법을 위반한 경우에도 국내인과 외국인을 같은 차원으로 취급할 수 없는 것이다. 살인 같은 누구의 눈으로나 납득이 갈 만한 파렴치범인 경우는 말고라도, 그렇지 않은 애매한 경우에는 두 나라 정부 간의 외교적인 문제로 처리될 성질이 허다하다. 그러나 지금 나가노의 경우는 어떻게 되어 있는지 박훈석으로서는 알 도리가 없었다. 당국에서는 과연 그의 신병을 확보하고 있는 것인지 아니면 국내법의 차원에서 볼 때는 비록 죄질이 엄하지만, 국가 간의 문제와 관련시킬 때는 신병 확보에까지 이르게 되면 양국관계가 시끄럽게 될 것 같아서 그냥 놓아 주었는지도 확실치 않았다. 그리고 지금 박훈석 경우에서 가장 궁금한 것은 이 점이었다. 어쨌든 나가노가 박훈석의 모든 일을 입증해 줄 당사자인 만큼 그는 놓아줘 버리고 박훈석만 닥뜨리게 되는 경우라도 닥치면 꽤나 난처해질 수도 있는 것이다. 물론 그곳을 한번 가볍게 다녀왔을 뿐인 지금으로 보아서는 일이 그닥 무섭게 벌어지는 것 같지는 않지만. 그러나 어느 고비에서 어떤 식으로 방침이 바뀌어져서 국내용 차원으로 무거워질 공산도 없지는 않은 것이다. 그리고 대개 이런 일의 가장 난처한 경우란 이 일의 가장 핵심인 셈인 나가노 그 자의 신병은 확보가 안 된 채, 그의 진술만이 유일하게 증거로서 활용될 때인 것이다.

　박훈석은 이 일 저 일 궁금하였다.

　한편, 이런 정도의 상식을 평소에 미리 갖고 있었으면서도 이런 식으로 부딪친 자신을 새삼 되씹어 보지 않을 수 없었다. 설마 이런 일이 자기에게야 닥치랴 싶었던 것이다. 그러나 좁은 바다 하나를 사이에 둔 채 불과 한 시간 사십 분의 비행기 시간으로 서울과 동경이 이어져 있는 조건 속에서는 어느 때 어떤 일이 불시에 벌어질는지 그 누구도 알 수 없는 것이다. 이것은 박훈석 경우도 예외는 아니었다. 박훈석인들, 그런저런 풍문이나 더러 신문지상이나 텔레비전, 라디오로 요란하게 터뜨려지던 일로 하여, 그러저러한 일에 본인도 모르는 사이에 말려드는 경우가 허다하다는 것을 알고는 있었다고 하더라도 자기에게 닥치는 일에 임해서는 설마 하고 가볍게 여기는 것이다. 누구나 그럴밖에 없을 것이, 설령 그런 일이라고 하더라도 그 진행되는 외모는 너무나도 일상적인 허울을 쓰고 있어서 깜빡 속아 넘어가기는 예사인 것이다. 속아 넘어간다는 것조차 뒤에 모든 것이 낱낱이 밝혀지고 깡그리 되바라져 나온 경우이지 그렇지 않고서는 계속 긴가민가하고 머리가 갸우뚱해진다. 그런 일을 감당하는 기관 쪽에서 그렇다니까 그런가? 그런 모양인가? 하고 알 뿐이지 여전히 그때까지 진행되어온 일상 과정으로 보아서는 전혀 실감이 없는 것이다.

박훈석 경우에서 나가노라는 자는 바로 그러했고 새삼새삼 나가노라는 자가 여간 괘씸해지는 것이 아니었다. 일이 순조롭게 진행되고 있는 판에 엉뚱하게도 그 자가 끼어들어옴으로서 일거에 무산되어버린 꼴이기 때문이다. 그러나 실은 이때까지 일이 순조롭게 진행되어 왔다는 것도 박훈석 쪽의 일관된 착각일 뿐 어디까지가 자연스러운 일의 진행이고, 어디서부터가 착각이었는지 본인으로서도 차츰 몰라지는 것이었다. 심지어는 저번에 게이조오가 왔었다는 사실조차 지금에 와서는 자연스럽게 믿어지지가 않았다. 그 일조차 처음부터 어떤 다른 목적을 위한 미리 짜여졌던 연극이니 아니었는가, 따라서 게이조오라는 인물도 실재의 이즈미 게이조오 본인이 아니라 혹여 가공의 조작이나 아니었는지, 그 정도로 아무 근거도 없는 판에 괜스레 박훈석 혼자서 흥분하여 일종의 꼭두각시놀음을 하지나 않았는지, 이런 생각까지 들었다.

박훈석의 이런 생각을 뒷받침하기라도 하듯이 정작 일본 쪽에서도 갑자기 모든 움직임이 일체 끊어져 있었다. 실은 이 일도 어디까지가 사실로 벌어지는 일이고 어디서부터가 당국의 손길이 닿아있는 것인지조차 알쏭달쏭하였다. 일본의 이즈미 다쯔오나 이즈미 게이조오 쪽에서 이렇게도 갑자기 모든 움직임을 정지할 리는 없고, 만일 그러저러한 일이 생겼다면 어떤 방법을 써서라도 이쪽에다 그만한 신호를 보냈을 터인데 일체 아무 소식이 없는 것도 여간 궁금하지 않았다. 그러나 궁금하고 말 것도 없이 이것도 뻔한 일이었을 터이다. 지금 단계에서는 당연히 그쪽의 우편물 같은 것도 나름대로 체크 당하고 있을 것이 아닐까.

어쨌거나 일의 진행되는 상황이 아무리 궁금하다고 할지라도 박훈석 쪽에서 그 진행 정도를 알아볼 길은 없는 것이오, 얼마동안은 그 일 저 일 궁금한 대로 기다려 볼 수밖에 없다는 판단이 서고 나서, 그렇게 그 곳을 다녀온 지 사나흘이나 지났을까 박훈석은 다시 호출을 받았다.

나흘 전의 그곳으로 다시 불려 갔는데 요전날과는 달리 여간 친절하지 않았고, 처음부터 여간 사근사근하지 않았다.

"그새, 일본 쪽에서는 무슨 편지 연락이라도 없었나요?"
하고 싱긋이 웃으면서 딴청이라도 피우듯이 묻는데 그 웃는 표정은 거의 드러내놓고 이렇게 말하고 있었다.

'우편물도 우리가 체크했어요. 사실로 별 것은 없습디다. 그러니까 당신은 나가노에 말려들기 직전에 구원을 받은 셈이지요.'

이 날은 그간의 사정이 좀 더 면밀하게 조사되었다. 일본 쪽의 이즈미 다쯔오 부자와의 관계와 이즈미 게이조오의 내한, 그리고 성갑이가 경영하는 그 어장에 대한 일본 자금을 끌어들일 수 없을까 하고 착안했던 일 등등, 요전번에도 대강 여쭈었던 일이 더욱 자세히 면밀하게 조사되었다. 일이 그닥 험하게 걸릴 낌새가 아님을 눈치채며 박훈석도 조심조심 그편의 동정을 떠 보듯이 물어보았다.

"그러니까 어떻습니까. 지금 현재로서는 나가노만 문제가 된다 뿐이고, 그 어장일 전체의 덩어리는 별로 지장이 없는 셈인가요?"

상대는 눈가에 잔주름을 지으며 잠시 웃더니 나지막하게 지껄였다.

"이 양반, 순진하시군. 그럴 리가 없지요. 벌써 일이 이쯤이면 균은 여지저기 퍼져 있지요. 오오다니상사며, 이즈미 다쯔오씨 부자며, 모두 문제가 많아요. 본인들이 그렇다는 게 아니라 그 속에 이렇게 저렇게 침투해 있는 세력들이…… 선생도 대강 짐작하시겠지만, 일본이라는 나라가 원체 태평성세가 아닙니까. 당신의 그 일, 어장일에는 벌써 처음부터 문제가 있었어요. 다시 말해서 이즈미 게이조오가 내한할 때 게이조오 자신에게부터 본인도 잘 모르는 부분이 그의 뒷등에 벌써 얹혀 있었다는 말입니다. 좀 더 부연해서 말하자면 보이지 않는 손길이 그에게 뻗쳐 있었어요. 그때 박선생과 만나서도 그가 지껄이는 소리들은 좀 그런 편이 아니었습니까? 지금 와서야 털어 놓아도 괜찮음직해서 하는 소리입니다마는 선생의 아드님 말입니다. 박성병이 말이에요. 우리가 며칠동안 신병을 확보하고 있었지요.

"네?"

하고 박훈석은 깜짝 놀랐다.

"나가노라는 자의 손길이 그애게까지 닿아 있었던가요?"

"나가노가 아니라 저번에 이즈미 게이조오가 왔을 때의 행적을 조사하려고 말입니다. 설악산까지 갔다 왔더군요."

"아니 그럼 게이조오까지도?"

"아니요, 그 점은 염려 마십시오. 게이조오 본인도 모르게 그에게 묻어 들어온 것이 있었거든요. 우리는 그 점에까지 눈길이 닿아 있었지요. 그 무렵만 해도 아직 나가노는 부상이 안 되고 해서 그 게이조오를 만나서 하신 얘기도 우리로서는 꽤나 흐뭇했었구요. 하지만 염려는 놓으십시오. 선생의 아드님인 박성병이도 오늘 오전에 나갔으니까요. 며칠 사이에 댁에 들리더라도 박선생 편에서 먼저 이 일로 아는 체를 말아 주십시오."

박훈석은 어안이 벙벙해졌다. 그러니까 오늘의 호출은 혹시 성병이 문제가 주관이었는지 모르겠다는 생각도 들었지만 그보다도 게이조오가 한국에 올 때부터 모든 동정을 이미 꿰고 있었고, 그 어장을 둘러싼 움직임도 박훈석 쪽에서 불고 말고 할 것도 없이 미리 샅샅이 꿰고 있었다고 생각하자 새삼 뒷등이 오싹해졌다. 모든 일을 깡그리 사실대로 불었기 망정이지 자칫 어느 대목을 속이기라도 했다가 뒤에 들통이 났더라면 어쩔 뻔했는가 싶었다.

일순 박훈석은, 그렇다면 이 일은 신촌의 경자에게도 비화 되었을까, 설악산에까지 갔던 것을 꿰고 있으니 의당 경자도 호출을 받았을지도 모른다. 그렇다면 그 남편인 강수덕에게는 혹시 폐가 가지 않았을까 하고 조마조마해졌다. 바로 박훈석의 이런 생각을 꿰뚫어 보기라도 한 듯이 상대는 비시시 웃으면서 말하였다.

"강수덕 선생과 박선생이 어떤 관계에 계시다는 것까지 우리는 잘 알고 있습니다. 그리고 강선생은 최근에 박선생께서 그분을 찾아뵙기까지도 이 일에 관해서 전혀 모르고 있었습니다만, 박선생 얘기를 듣고서야 아셨지요. 이건 덧붙여 하는 얘기입니다만 강수덕 선생은 약간 분야만 다르다 뿐이지 우리와 같은 계통의 일을 하는 회사입니다. 박선생도 이 일로는 강선생 덕을 보았다는 것을 염두에 두십시오. 하기야 덕을 보고 말고 할 것도 없이 선생을 아무리 털어 보았으나 별 것이 안 나타나서 이 정도로 마무리를 짓는 것이지, 어떤 끄나풀 하나라도 나타났더라면 아무리 강수덕선생과 그런 사이에 있다고 하더라도 우리로서는 어쩔 수 없을 뻔했지요."

"그건 그렇고"

하고 박훈석은 새삼 아찔한 느낌에 휘감기며 물었다.

"그 나가노라는 자의 신병을 확보하고 계십니까?"

상대는 갑자기 쌀쌀하게 말했다.

"그런 것까지는 당신이 관심 가질 것 없잖아. 신병이 확보되었건 안 되었건, 그런 건 지금 와서 알아서 뭐허게요."

박훈석은 새삼 찔끔해졌다.

그날도 그 다음날도 성병이는 조치원으로 내려오지 않았다. 그러자 박훈석은 다시 불안해지고 좀이 쑤셔서 견딜 수가 없었다. 그렇지 않아도 그는 서울서 조사를 마치고 조치원으로 내려오기 전에 신촌으로 들러 경자를 만나서 저간의 일을 사과라도 할까, 그러면서 성병이 근황을 알아보고도 싶었으나 자칫 하다가 잦아드는 일을 되건드리게 되지나 않을까 싶어 백화점으로 경희만 찾아갔던 것이다. 경희도 박훈석의 낯색이 벌써 이상하게 느껴졌던 모양으로 잠시 빠안히 쳐다보더니 황겁하게

"어머, 아부지도 무슨 일이 계셨나요? 낯색이 왜 그렇게 갑자기 까매지셨지요?"

하고는 거푸 물었다.

"그렇잖아도 아까 오전 때에 신촌 언니가 들러서 아무래도 조치원엘 내려가 보아야겠다고 하던데 아부진 언닐 못 뵈고 올라오신 모양이지요?"

"왜 무슨 일 났다든? 너까지 그렇게 호들갑을 떨게."

"나야 뭐 아나요? 언니가 바글바글 볶고 지져서 무슨 일이 단단히 났

나부다 했지요."

하고, 경희의 얼굴도 이미 이 일이 일본 쪽과 얽혀서 빚어진 것임을 대강 눈치채고 있는 듯하였다.

"일은 무슨 일. 너까지 걱정할 것은 없다. 신촌언니야 본시 성미가 급해서 그런 것이고"

박훈석도 경희가 자리를 뜨지 못하는 것을 내심 다행으로 여기며 경희 쪽에서 연방 손목시계를 들여다보며 잠시 틈이라도 내고 싶어 하는 것을

"그럼 난 어디 좀 들렀다가 곧장 내려갈 테다. 엄마에게 뭐 전할 말이라도 없겠니?"

하자 경희는 안절부절 하듯이 지껄였다.

"아이, 아부지 붙들고 말할 것이 좀 있는데. 암튼 신촌언니 내려간 일이 예삿일 같지는 않던데요. 아부지는 그 욕심이 탈이에요. 괜히 이 일 저 일 탐하지 마시고, 이젠 그냥 집에 계세요. 자식들 다 키워놓고 이제 돈 벌어서 뭐에 쓸려는 거예요? 경순이도 고등학교만 졸업하고서 생활전선에 나서겠다고 하던데. 그러니, 엄마도 그래요. 제발 이젠 그 행상인지 뭔지도 그만두시고 집에 들어앉아 있으라고 해요. 남의 눈에 꼴보기도 사납고."

백화점 안이어서 남의 귀에 들려도 창피하다고 생각하는 모양, 재빠른 억양으로 소근대듯이 단숨에 지껄였다.

"오냐, 오냐. 그러마 알았다. 이번 비근날엔 꼭 내려오너라. 기다리마."

하고, 박훈석도 경희의 마지막 말은 뒷등으로 들으며 급하게 그 자리에서 빠져나왔다. 웬일인가, 전에 없이 가슴이 뭉클해지고 눈시울이 뜨거워

왔다. 새삼스럽게 경희도 저 정도로 컸는가 싶어지고 박훈석 자신들의 시대도 이제 끝장이 났다는 생각이 울컥 들던 것이었다. 그렇게 조치원으로 내려왔을 때는 경자와 길이 마악 어긋난 참이어서, 비로소 돌아가는 대강의 낌새를 눈치 챈 애들 어미도 뒤늦게 새파랗게 질려 여간 안달복달을 하지 않았다.

이튿날 박훈석은 내처 잠만 잤다. 혹시 성병이가 내려오는가 하고 기다렸으나 코빼기도 안 내밀었고 모든 일은 이대로 마무리가 지어지는 듯하였으나 그러면서도 박훈석은 여전히 궁금해서 견딜 수가 없었다. 내처 잠은 왔다. 어장의 성갑이는 아직 아무런 기척도 못차리는 모양으로 역시 얼굴 한번 내밀지 않았다.

지금 이 시점에서 일 돌아가는 전 국면을 짐작이라도 하려면 결국 강수덕을 만나보는 길밖에는 뾰족한 일이 있을 것 같지도 않았다. 다만, 온 심신이 나른한 속에서 박훈석은 이대로 주저앉으면 그대로 병이라도 날 것 같아 어떻게든 움직여라도 보아야겠다는 생각에서 사흘째에는 다시 혼자 서울로 올라왔다. 강수덕의 회사로 찾아갈까, 아니면 대면하기 쑥스러운 대로 신촌의 경자를 직접 만나러 갈까, 잠시 망설인 끝에 신촌에다가 전화를 걸었다. 마침 경자는 집에 있었다.

박훈석은 우선 나지막한 목소리로 성병이의 소식부터 물었다.

"성병이 신상에 무슨 일이 있었던가 본데, 혹시 모르나?"

경자편에서는 지금 박훈석의 이런 어투나 억양을 능청스럽게 여길 터이지만, 박훈석의 입장에서는 일단 이렇게 나갈 밖에 없었다.

"별일은 없나보던데요. 나오던 날, 잠깐 만났어요 도리어 성병이는 아부지 일을 궁금하게 여기던데요."

하고 경자도 처음부터 담박하게 받았다.

"조치원에 내려 왔던 모양이던데, 만났더라면 좋았을 것을 그만."

다시 박훈석이 경자 자신을 두고 이렇게 말하였으나 경자 편에서는 성병이를 두고 하는 소리로 잘못 듣고 깜짝 놀랐다.

"내가 듣기로는 조치원에 내려갈 생각은 아닌 것 같던데요 성병인."

"아니, 내가 하는 소린 성병이가 아니라 자네 말이네."

"저요?"

하고, 경자는 잠시 멍해진 듯이 간을 두더니

"네, 대체 조치원에서는 어떻게 돌아가는가 해서 내려가 보았지요. 어장에 있는 오빠는 전혀 아무 것도 모르고 있고, 어머니도 마찬가지더군요. 그래서 대체 이게 어떻게 돌아가는 판국인가 하고 그냥 서울로 올라왔지요."

하였다.

박훈석은 이 틈을 놓칠세라 빠르게 지껄였다.

"지금 좀 만났으면 좋겠다만, 내가 그쪽으로 가랴? 가능하면 네 편에서 이곳까지 나와 줬으면 좋겠다만."

경자도 잠시 형편을 생각해보는 듯하더니 다짜고짜 거기가 어디냐고 물어왔다. 박훈석은 터미널 옆의 다방 이름을 가르쳐주었다. 경자는 금방 나오겠노라고 곧장 수화기를 놓았다. 박훈석은 비로소 경자를 만나면 무슨 말부터 물어볼 것이냐고 약간 당황해지며 담배를 붙여 물고 차분하게 마음을 가라 앉혔다.

지금 와서 생각해 보면 일을 이렇게까지 벌인 데에는 박훈석으로서 경자에게 미안한 일이 한두 가지가 아니었다. 처음부터 그랬던 것이다. 게이조오가 한국으로 올 때부터 일체 묵살하자던 것이 경자가 아니었던가. 그때 경자 말을 들었더라면 일이 이렇게 벌어졌을 리는 없었다. 그때 박훈석이 거의 어거지를 쓰다시피 경자를 끌어내고, 그렇게 뒤에서 조종을 하듯 하였던 것이다. 그 얼마 후 경자는 이 일에서 깨끗이 손을 떼고 조치원에는 얼씬조차 하지 않았고 그러자 박훈석은 문득, 실은 그때부터 이미 경자는 그 어떤 낌새를 혼자서만 눈치채고 있었던 것이나 아닐까 하고 울컥 의심이 품어졌다. 남편 강수덕이 무역회사에 중역으로 있다고 하지만 실은 그러저러한 직종인 것도 지금에 와서는 드러난 셈인 것이다. 그러니까 경자는 그때에 이미 남편을 통해 어떤 낌새를 눈치 챘던 것이나 아닐까. 그러나 그럴 리는 없다. 강수덕도 저번에 박훈석이가 상경해서 얘기를 함으로써 비로소 알게 됐다고 하지 않던가. 어떻게 생각하면 그것이 사실이었던 것도 같고 어떤 쪽으로 생각하면 전혀 아닌 것 같기도 하였다.

박훈석은 다시 어떤 미궁으로 감겨드는 것을 피하자는 듯이 머리를 설레설레 저었다.

'그건 어쨌든, 지금 경자를 만나서는 무슨 얘기를 하자는 속셈이지?' 하고, 다시 한번 스스로를 다지었다.

바로 그때 저만큼 키가 훤칠한 경자가 들어서고 있었다. 경자는 대뜸 이편의 박훈석을 시선으로 찾아내고는 아무 말 없이 맞은 편 자리에 와서 앉았다. 그리고는 가까운 주변을 조심스럽게 살피듯이 휘이 둘러보더니 나지막하게 들릴 듯 말 듯하게 속삭였다.

"여긴 자리가 안 좋군요"

"그렇구면."

하고, 박훈석도 천행이라는 듯이 발딱 자리에서 일어섰다.

"가까운 남산 쪽으로나 올라가지요, 뭐"

하고 뒤따라 나오면서 경자가 지껄였다.

일순 박훈석은 경자와 이런 식으로 제법 부녀간다운 얘기를 나누어 보는 것이 어쩜 비로소 처음이 아닌가 싶어지며 이상한 느낌이 들었다.

경자가 마침 지나가는 택시 한 대를 잡았다. 그렇게 같이 뒷자리에 올라타자, 경자는 남산 위로 올라가자고 운전수 뒤통수에다 대고 짤막하게 한마디 하고는 옆 창문을 올리고 그쪽으로 팔굽을 걸친 채 시가지를 내려다보며 딴청을 피웠다. 남산 꼭대기까지 올라가 차를 내리자 경자는 여전히 주변을 기웃기웃 하듯이 둘러보았다. 박훈석은 경자의 그 거동이 어쩐지 가슴이 철렁해졌다. 그 무슨 첩보영화 같은 데서 흔히 보아온 진짜 베테랑급의 여자 공작원처럼 보이는 것이었다.

"어디, 저 벤치에라도 앉지."

하고, 박훈석이 말하였다.

"그러지요"

비로소 경자는 낼름 앞을 서서 정면으로 중심가가 내려다보이는 북향 쪽으로 벤치를 차지하고 앉았다.

박훈석은 가벼운 마음으로 만나자고 했을 뿐인데 무언지 분위기가 지나치게 삼엄한 것이 와락 두려워지는 느낌이었다. 경자가 이렇게 나올

적에는 정말로 그럴 만해서일 것이다. 그 무슨 청천벽력 같은 소리가 나올는지도 모른다 싶어지며, 그 청천벽력 같은 말은 당장은 감당하지 못하기라도 하듯이 우선은 딴소리를 한마디 지껄였다.

"집엔 다 무고허고 애들이랑."

그러나 경자는 이런 마당에 그런 의례적인 소리가 귀에 거슬린다는 듯이 살짝 미간을 찡그렸다. 그렇게 다짜고짜 물었다.

"그 새 별일은 없으셨나요?"

"별일이라는 거야, 이미 너도 알겠다만 대강 그런 일이 있지."

경자는 박훈석의 말이 떨어지자마자 덮어씌우듯이 다시 물었다.

"앞으로는 어쩔 참이지요?"

"어쩔 참이나마나, 너도 잘 알다시피 이쯤 되면 손을 뗄밖에 길이 있겠니? 그보다도"

하고 박훈석은 비로소 경자에게 물어보고 싶은 본건 생각이 떠올라 경자 쪽으로 머리를 돌렸다. 경자는 가지런히 앉은 채 같이 박훈석을 빠안히 쳐다보았다.

일순 박훈석은 꿈틀하면서 슬그머니 머리를 돌렸다.

"그보다도 뭐지요?"

"실은 무언가 분명치가 않아서 그런다. 너는 이미 벌써부터 이 일이 이렇게 되리라는 걸 혹 알고 있었던 것은 아니냐? 어쩐지 그런 생각이 드는구나. 네 남편이 있는 곳도 이번에야 나도 자세히 알았지만. 그렇게 너는 이 일이 이렇게 되리라는 걸 오래 전부터 이미 알고 있었지나 않는가 하고."

하고 박훈석의 편에서는 맞대면해서 말하기 난처한 소리를 하듯이 꾸물꾸물 지껄였으나 경자는 제꺽 받았다.

"네, 잘 보셨어요. 전 벌써부터 알고 있었으니까요."

박훈석은 와락 경자를 돌아보며 눈을 커다랗게 떴으나 경자는 그 박훈석의 눈길을 피하지 않은 채 계속 지껄였다.

"사실을 얘기하면, 지금 와서 너무 노엽게일랑 생각마세요. 이렇게 되기가 천만다행이었으니까요. 사실을 얘기하면, 이 일을 쫓도록 당국에 제보한 것은 저였어요. 물론 우리 애아버지도 모르게요. 하지만 제가 그렇게 한 뜻은 딴 데 있었지요. 성갑오빠나 저나, 저희들 핏줄을 이용해서 그쪽과 장삿길이 열린다는 건 제 자존심으로 도저히 참을 수가 없었고 그대로 묵과해 버릴 수는 없었어요. 그러나 아부지는 그냥 추진해가고 있고 하는 수없이 저로서는 트릭을 쓰지 않을 수 없었지요. 무언가 그런 것이 있을는지도 모른다, 그러니 뒤를 쫓아 보라고 말이지요. 이때의 내 생각도 설마했지요. 설마 진짜로 그런 뭐가 있을 거라는 생각보다는 이 일을 방해하자니까 일단 그런 식으로라도 끌어가지 않을 수 없었지요. 한데, 정작 이 일이 이렇게 될 줄이야 누가 알았겠어요. 어쩜, 일본 계시는 아부지나 게이조오 오빠도 몰랐을 거예요. 뒤에 들은 얘기지만 사실이 그랬다는군요. 어쨌든 난 보상금을 받을 입장이 되었는데 나가노라는 자를 잡게 되었다는 거지요. 일단 사양했지요. 처음부터 돈 바라고 한 일도 아닌데다가 이런 게 저의 본의도 아니었으니까요."

박훈석은 쾅 하고 뒷머리가 울리며 현기증이 일어났다. 그렇게 경자의 얼굴이 그 앞에서 가물가물 했으나 혼신의 힘을 써서 경자의 눈길을 버티었다. 무슨 말을 더 묻고 싶었으나 목소리가 나오지 않았다.

"그리고 지금 심정은 착잡해요. 일이, 이렇게 뻗으리라고는 정말 상상도 못하였으니까요. 물론 이렇게 되자 저도 몇 시간 동안 소환당해서 조사는 받았지요. 정중하게 대접을 받으면서. 설악산에 가서 게이조오 오빠랑 성병이랑 대강 무슨 얘기를 나누었느냐 하는 것으루. 그러구 이 조사는 주로 게이조오 오빠나 성병이의 평상시 생각을 알아보는데 주안이 있는 듯하더군요."

"그런 얘긴 나한테는 아무 뜻도 없는 거고"

하고, 비로소 박훈석은 어금니를 악물면서 경자를 노려보았다. 그러자 경자는 재빨리 지껄였다.

"그렇게 저를 노려 볼 까닭이 없으실 거예요. 만일 그런 식으로 하지 않고 이 일이 아부지 뜻대로 뻗어 갔더라면 대체 일이 어디까지 갈 뻔했지요? 아부지는 어떻게 되었을까요? 지금 아부지는 나를 원망스럽게 생각 할 것이 아니라 되려 나한테 감사해야 할 것이에요. 나도 일이 정말로 이렇게 될 줄은 상상도 못했으니까요."

그 점은 그렇겠다는 듯이 박훈석도 쓴 입을 다시며 다시 머리를 돌렸다. 그렇게 시가지 쪽을 멀거니 내려다보았다. 경자가 다시 나지막하게 말하였다.

"아부지도 이젠 늙으실 때도 되었을 텐데요. 이제 이 일을 겪고서야 늙으시겠지요. 지나치게 돈을 탐하실 나이도 지날 때가 되지 않았나요 가만, 올라오는 차가 있을 텐데 내려갑시다."

팔짱까지 끼지는 않았지만 두 사이는 비로소 제대로 부녀 같은 느낌이

들었다.

이 일의 충격이 그 정도로 커서였던가. 박훈석은 그 길로 조치원으로 내려와 며칠 동안 앓아누웠다. 대단한 열병이었는데 그냥 몸살 같지 않았다.

다시 일주일쯤 지나서 겨우 자리에서 일어난 박훈석은 경자 말대로 비로소 얼굴이 파리해 보이고 갑자기 늙어져 있었다.

그리고 바로 그날과 그 다음다음 날인가, 일본 쪽에서는 따로따로 두 통의 편지가 왔다. 짤막한 안부 편지 비슷한 것이었는데 게이조오의 편지는 다음과 같았다.

冠省

긴 얘기 않겠습니다. 그저 놀랄 뿐입니다. 역시 당신 생각이나 내 생각의 차이 같은 것은 풋내기 애들의 소꿉놀음 정도밖에 안 되는 듯싶군요. 그러나 일상적인 생각으로 잘 가늠이 안 되는 삶의 영역을 어떻게 생각해야 할까요? 그것은 제대로 생긴 사람 사는 세상은 아닐 겁니다. 생각만 해도 끔찍스럽고 소름이 끼치는군요. 저로서는 상상이 안 됩니다. 이 일이 종당에는 이런 성격이 되다니 한반도 실체가 새삼 가까이 들여다보이는군요. 그 무슨 깊은 화산 구멍 속이 나처럼. 30년 만에 모처럼 가져본 한반도 여행이 이런 결과로 끝날 줄이야 누가 짐작이나 했겠습니까. 한반도의 비극은 역시 태평성세를 사는 일본 땅에 앉아서 일본을 살아가는 일상 감각으로는 전혀 상상도 할 수 없는 영역인가보군요. 더구나 식물성 성격에, 좋은 것이 좋은 것이라고 단순하게 순진하게만 태어난 저 같은 사람으로서는 감히 들여다 볼 수도 없는 곳이라는 느낌이 새삼스럽습니다.

안녕히 계십시오.

다음은 아버지인 다쯔오의 편지.

冠省

일본 쪽에도 모종의 일이 있었습니다. 대강 이렇게 얘기하면 박선생도 짐작하시리라 믿습니다. 그저 거듭거듭 놀라울 뿐입니다. 일본 제국시대의 기개나 욕심만으로는 역시 안 되겠고, 세월은 많이 흘렀다는 느낌이 절실할 뿐입니다.

본인도 일본 내에서 여간 난처하게 빠졌었습니다. 백주 대낮에 이런 일이 버젓이 벌어지고 있고, 이런 일에 이렇게 당해야 하는 이 일본 땅이 일본인의 한 사람으로서조차 혐오감이 일뿐이군요. 이게 과연 제대로 풍요한 사회인가, 본인의 이런 생각이 시대착오인지 알쏭달쏭할 뿐입니다. 다만, 본인으로서는 몽매에도 잊지 못할 그 옛날 가장 화려했던 만주시절은 영원히 오지 않으리라는 점만 확실해 보이는군요. 경개, 경자, 그리고 …… 감사할 뿐입니다. 그리고 모든 것은 꿈이었습니다. 이만 총총.

끝

| 작품 해설 |

'역려(逆旅)'의 정신, 성찰의 서사
— 이호철의 『출렁이는 유령들』

정호웅(문학평론가)

1. 어둠 속으로부터의 생환

청계연구소(1988-1991)에서 나온 『이호철전집』, 새미출판사(2001)에서 나온 『이호철장편소설』에도 빠졌던 이호철의 장편 『출렁이는 유령들』이 살아 돌아왔다. 어둠 속에 묻혀 잊혀질 뻔했는데 다시 빛을 보게 됐으니 귀환이 아니라 생환이다.

『출렁이는 유령들』의 본래 제목은 '역려(逆旅)'다. "『한국문학』지에 3회인가 쓰고 금방 1974년 봄, 본의 아니게 옥고를 치르게 되어 한동안 중단했다가 풀려나온 후 다시 뒤를 잇대어서 2년가량 연재"(이호철, <후기>, 『역려(逆旅)』, 세종출판공사, 1978, 345쪽), 세종출판공사에서 한 권짜리 단행본으로 출판(1978), 그리고 '이호철 연보'에만 나올 뿐 잊혀졌던 작품인데 단행본 출간 후 30년을 지나 이렇게 이름을 바꾸어 우리 앞에 다시 나타난 것이다.

이 작품이 우리 앞에 다시 나타나게 되기까지 이력을 살폈거니와 그 가운데는 이른바 '문인간첩단 사건'이라는, 분단 현실이 낳은 희비극이 찡그린 얼굴을 내밀고 있다. 유신헌법을 무기로 철권 독재 정치를 펼치던 1974년 서울지검 공안부에서 이호철, 김우종, 정을병, 장병희, 임헌영 등 문인 5명을 반공법 및 국가보안법 위반혐의로 기소한 사건이 '문인간첩단 사건'이다. 검찰이 내세운 그들의 혐의는 이들 문인이 1970년부터 일본에 있던 김기심, 김인제 등과 교류하며 그들이 펴내던 잡지 『한양』에 한국의 정치 체제를 비판하는 글을 기고했다는 것이었다. 이 사건은 '『한양』지 사건'으로 불리기도 하는데 『한양』지에 기고한 글이 문제의 핵심이었기 때문이다. 간첩행위를 했다는 혐의를 덮어쓰기도 하고(구속 시), 벗기도 하고(기소 시), 실형을 선고받기도 하고(1심), 집행유예를 선고받기도 하고(항소심), 우여곡절의 과정을 거쳐 1974년 10월 31일 항소심 공판에서 집행유예가 선고됨으로써 이호철은 석방되었다.

이 사건은 <진실·화해를 위한 과거사정리위원회>가 밝힌 대로 1974년 유신헌법을 반대하는 성명(유신헌법 개헌 청원 성명)에 서명한 문인들을 국군보안사령부(보안사)가 간첩으로 몰아 처벌함으로써 국면 전환을 꾀했던 정치적 조작의 산물이었다. 36년 전 이 땅에 일어났던 우습고도 슬픈 정치 조작 사건이었던 것이다.

정치권력의 무도한 탄압도 작가의 창작의욕을 어찌하지 못했다. 정당성을 잃은 정치권력의 부도덕한 탄압에 맞서 굴복하지 않았기에 오히려 더 힘을 낼 수 있었는지도 모른다. 작가는 풀려나자마자 연재를 계속해서 작품을 완성해 내었다.

폭력적인 정치권력의 탄압을 이기고 완성되었던 이 작품이 30여 년 망각의 시간을 견디고 어둠 속에서 생환한 것은 이 작품이 오래도록 읽히며 살아남을 팔자를 타고난 것임을 말해주는 것인지도 모른다. 함께 지켜볼 일이다.

 이 작품을 되살린 사람은 작가다. 작가는 무엇 때문에 이 작품을 망각의 어둠 속에서 다시 불러낸 것일까? 작가의 말을 들어보지 않을 수 없다.

 어거지로 강제 병탄되던 그 해로부터는 꼭 백 년이 지난 이 마당에 와 본즉, 이 소설 안에서 다루고 있는 1970년대의 한일 관계에 북한까지 끼어들어 있는 삼각관계의 소설화, 형상화가 이 작품 말고는 찾아보기 어렵겠다는 점에서도 이 작품의 우리 문학사史적인 뜻도 만만치 않겠다고 스스로 자부하고 싶어지기도 한다.

 (중략) 여러 국면에서도 일본을 앞질러 나가고 있는 것을 겪으면서 감개무량한 바가 없지도 않는데, 바로 이 작품은 그런 면에서 우리 두 나라 간의 지난 30년 간을 총체적으로 돌아보고자 들 때도, 매우 시의성이 있어 보인다.

 그러니까 이 작품 『출렁이는 유령들』은 바로 백 년 전, 1910년부터 1945년까지의 지난 36년 간의 일제 식민지였던 시기를 <어제>로, 그리고 그 뒤 2010년 오늘까지의 남북으로 분단된 65년 간을 <오늘>로 잡으면서, 당장은 언제가 될지는 모르겠지만, 한 발 한 발 우리 앞으로 다가오고 있는 <통일>, <남북통일>이라는 밝은 역사를 <내일>로 잡아 본 것이다.

— 이호철, <후기 – 다시 작가의 몇 마디 말>,
『출렁이는 유령들』 2권, 글누림, 2010, 253~254쪽.

요점은 세 가지이다. 한국, 일본, 북한 세 나라의 복잡미묘한 삼각관계를 문제 삼은 소설이 이 작품 말고는 달리 없다는 점에서 소설사적인 의미가 크다는 점, 한일 두 나라의 지난 역사를 총체적으로 점검하는 데 시사하는 바가 많은 시의성 높은 작품이라는 점, 이 작품에서 다루고 있는 <어제>와 <오늘>에 대한 성찰이 언젠가는 실현될 통일의 '밝은 역사', <내일>을 여는 데 이바지할 것이라는 점 등이다.

과연 그러하다. 자식 자랑과 같은 맹목적인 자기 작품 자랑이 아니라, 이 작품의 문학사적 의의, 현재적 의의를 간추린 자작 해설이다.『출렁이는 유령들』은 어둠 속에 묻혀 잊혀져서는 안 될 작품이니, 마땅히 생환하여 다시 독자들과 만나야만 하였다.

2. '역려(逆旅)'의 정신, 성찰의 서사

『출렁이는 유령들』의 본래 이름인 '逆旅'는 무엇을 뜻하는 것일까? 사전을 들추면 '손님을 맞는 여관'이라고 풀이되어 있는데 작품 내용과 맞아떨어지지 않는다. 그렇다면 한자의 뜻을 따라, '거꾸로 가는 여행'이라는 상징적 의미를 작가가 새롭게 부여한 것으로 보는 것은 어떨까? 앞만 보고 내달리는 추세를 거슬러 잊고 싶은, 그러나 잊을 수 없는 과거를 기억 속에서 불러내어 성찰하는 '거꾸로 가는 여행', 그리고 거의 모든 한국인이 외면하고자 하는 현재의 한국, 일본, 북한의 삼각관계를 정시하고 성찰하는 '거꾸로 가는 여행'을 뜻하는 것이라면 작품 내용과 어울린다.『출렁이는 유령들』의 서사는 일본에 의한 식민 지배의 역사, 그것이

낳은 일본인과 한국인의 결연과 혼혈아 문제, 그것들과 연결된 한국, 일본, 북한의 삼각관계 등을 문제 삼고 있기 때문에 이런 해석은 설득력을 갖는다.

이 작품의 본래 제목인 '逆旅'를 '거꾸로 가는 여행'이라고 풀이할 때 그것은 서정주의 시 「逆旅」에서의 '역려'가 갖는 상징 의미와 통한다.

>샛길로 샛길로만 쪼껴 가다가
>한바탕 가시밭을 휘젓고 나서면
>다리는 훌처 肉膾 처노흔 듯,
>피ㅅ방울리 내려저 바윗돌을 적시고…
>
>(중략)
>
>잊어 버리자. 잊어 버리자.
>히부얀 종이燈ㅅ불밑에 애비와, 에미와, 게집을,
>그들의 슳은 習慣, 서러운 言語를
>찌낀 흰옷과 같이 벗어 던저 버리고
>이제 나의 胃腸은 豹범을 닮어야 한다.
>
>거리 거리 쇠窓살이 나를 한때 가두어도
>나오면 다시 날카로워지는 망자!
>열민 붉은옷을 다시 입힌대도
>나의 소망은 熱赤의 砂漠저편에 불타오르는 바다!
>   ― 서정주, 「逆旅」, 『미당 시전집 1』, 민음사, 1994, 93~4쪽

'逆旅'란 거꾸로 가기이다. 현실세계를 규율하는 지배질서를 거슬러 오르는 반역의 여로이다. 피투성이 가시밭길일 수밖에 없으니, 많은 것들을 버리고 잊어야만 감내할 수 있다. 시인은 '애비와, 에미와, 게집을,' 지금까지의 그를 그이게 한 모든 것을 잊고 지금 반역의 여로를 시작하고자 하는 것이다.

서정주는 널리 알려진 명시「자화상」에서 "나를 키운 건 팔 할이 바람이었다"라고 하였다. 기성의 권위에 대한 부정이며 신인간(新人間)의 탄생 선언이었다. 바람 속에서 자라난 반역의 정신, 신인간이기에 그의 여행은 지배질서 밖의 길, 남들이 걷지 않는 길을 열어 나아가는 것일 수밖에 없다. 지배질서 안의 눈으로 보면 '죄인'이거나 '천치(광인)'이지만 이 신인간은 굴복하지 않는다. 길 없는 곳에 새 길을 열고자 하는 이 반역의 정신이 정체하거나 고착되지 않고 계속해서 자기 갱신을 거듭하며 나아가는 거대한 서정주 문학을 세웠다.

서정주의 시「逆旅」를 이끄는 정신은 과격한 파괴와 해체, 이상 추구의 낭만적 정신이다.『출렁이는 유령들』에서 이처럼 과격한 부정과 이상 추구의 정신을 찾을 수 없기에 서정주 시의 '역려'와 이호철 소설의 '역려'가 갖는 상징 의미는 다르다고 보아야 한다. 그러나 그 근본에서는, 어떤 외적 구속에도 갇히지 않고 나만의 길을 걷겠다는 서정주 시의 화자와, 추세를 거슬러 모두가 외면하고 잊고자 하는 성찰의 여행에 오르겠다는 이호철 소설의 서술자는 맞통한다. 그들은 모두가 현재에 안주하지 않고 새 길을 열고자 하는 정신이라는 점에서 하나다.

3. 위기 탈출의 서사와 통제체제의 증언

『출렁이는 유령들』은 한국, 일본, 북한의 복잡미묘한 삼각관계 속에서 흔들리는 유령 같은 존재들의 삶을 다룬 작품이다. 그들이 '출렁이는 유령들'인 것은 그들의 삶이 3국의 관계, 그 과거와 현재라는 외적 요인에 의해 규정되고 움직여지기 때문이다. 그들은 주체가 아니라 꼭두각시 인형이다.

특히 소설에 등장하는 한국인들은 상대적으로 훨씬 불안정한 상황 속에 들어 흔들리고 있는데, 그 불안정한 상황의 핵심 요소는 반공법, 국가보안법 등의 이름을 달고 있는 법에 의해 밖으로 드러나고 구체적으로 실행되는 통제체제이다. 이들 한국인들은 자칫하면, 어떤 일이 있었는지, 무엇이 잘못된 것인지 알지도 못한 채, 그 통제체제의 덫에 걸릴 수 있는 불안정한 상황에 놓여 있는데, 더욱 충격적인 것은 그 누구도 자신이 그런 상황에 놓여 있다는 사실을 모른다는 사실이다.

> 누구나 그럴밖에 없을 것이, 설령 그런 일이라고 하더라도 그 진행되는 외모는 너무나도 일상적인 허울을 쓰고 있어서 깜빡 속아 넘어가는 예사인 것이다. 속아 넘어간다는 것조차 뒤에 모든 것이 낱낱이 밝혀지고 깡그리 되바라져 나온 경우이지 그렇지 않고서는 계속 긴가민가하고 머리가 갸우뚱해진다. 그런 일을 감당하는 기관 쪽에서 그렇다니까 그런가? 그런 모양인가? 하고 알 뿐이지 여전히 그때까지 진행되어온 일상 과정으로 보아서는 전혀 실감이 없는 것이다.
> — 『출렁이는 유령들』 2권, 219쪽.

분단 상황의 산물인 이 같은 통제체제와 관련된 한국인들의 불안정한 존재성에 초점을 맞추어 읽는다면 이 작품은 어느 한국인 가족이 자신들도 모르게 북한의 공작금을 받아 이적 행위를 했다는 간첩의 혐의를 덮어쓸 위기 직전까지 갔다가 간신히 벗어나기까지의 과정을 그린 작품이라 할 수 있다. '위기 봉착-위기 탈출'의 구조를 지닌 서사인 것이다.

　　'위기 봉착-위기 탈출'의 서사는 영화에서 일쑤 만날 수 있는 것인데, 대체로 도덕적 선성 또는 이념적 정당성을 지닌 인물이 그것과 적대적인 대상에 맞서 남다른 능력 또는 의지로써 싸워 위기상황에서 벗어난다는 이야기를 담고 있다. 근본적으로는 영웅서사인 것이다. 이런 서사의 주인공은 자신을 위기에 빠뜨린 적대적인 대상이 누구이며 어떤 속성을 지녔는지는 물론이고 자신이 어떤 상황에 놓여 있는지도 정확하게 알고 있는 경우가 대부분이다. 자신을 괴롭히는 대상과 자신이 처한 위기상황의 성격을 정확하게 파악하고 있기에 그는 자신의 모든 능력을 동원하여 그 상황으로부터 벗어나기 위해 최선의 노력을 다한다. 이런 서사를 읽거나 보는 독자 또는 시청자는 그 같은 주인공과 자신을 동일시하여 주인공의 입장에서 적대적인 대상과 싸워 위기상황에서 벗어나고자 애쓰게 되기 십상이다. '위기 봉착-위기 탈출의 서사'가 독서 또는 시청 과정에서 강렬한 긴장감을 불러일으키는 것은 이런 요인들의 작용 때문이다.

　　『출렁이는 유령들』은 이 같은 특성을 지니고 있는 '위기 봉착-위기 탈출'의 서사 일반과는 달리, 자신도 모르는 사이에 위기상황에 빠져, 무엇이 자신을 그런 상황에 빠뜨렸는지도 모르는 채 막다른 파멸의 지점으로 나아가고 거기서 벗어나는 인물들의 행로가 엮어내는 '위기 봉착-위기 탈출'의 서사이다. 그 서사는 분단 상황이 만들어낸 한국 사회 특유의 통제체제가 얼마나 무서운가를 섬뜩하게 증언하는 데 매우 효과적이다.

4. 잇속파의 현실주의와 남북·한일 관계

『출렁이는 유령들』에는 여러 유형의 인물들이 등장하지만, 가장 두드러진 유형은 박훈석이 대표하는 '잇속'파, 곧 현실주의자이다. 박훈석은 일제시대에는 만주에서 오오다니라는 관동군 특무장교 출신의 사업가 밑에서 운전수로 일하였고, 해방 직후에는 함경남도에서 공산당원으로 농맹위원장을 지냈으며, 월남 후에는 이런저런 작은 사업을 하며 살아온 사람이다. 한국현대사의 격류에 몸을 싣고 흘러왔음에도 용케 살아남은 사람이라 하겠는데 그는 두 가지 점에서 특징적이다.

ㄱ) 세상살이란 모든 군더더기를 배제하고 남는 알맹이는 요컨대 승부이다. 승부밖에 없다. 이런 논리로만 살아온 사람이다.
　　　　　　　　　　　　　　　　－『출렁이는 유령들』1권, 161쪽.

ㄴ) 언제 어디서나 그런 법입니다. 논의나 이론보다는 잇속이지요. 세상은 잇속의 집산과 잇속의 향방으로 움직여가는 거예요. 다만, 사람들은 염치를 차려서 그 점에서는 솔직하지 못하다 뿐이지요.
　　　　　　　　　　　　　　　　－『출렁이는 유령들』1권, 219쪽.

"세상살이란 승부다."란 그의 명제는 타고난 성정과 무관한 것이 아니겠지만 보다도 험로를 뚫고 나아온 삶의 이력과 더 깊이 관련된 것으로 읽힌다. 살아남기 위해서는 승부사여만 했던 것이다. 그러나 소설 전체 내용과 관련지울 때 그가 승부사라는 사실은 그렇게 큰 의미를 갖는 게 아니다. 그보다 더 중요한 것은 그가 철저한 현실주의자라는 사실이다. ㄴ)에서 뚜렷이 드러나듯 그는 "세상은 잇속의 집산과 잇속의 향방으로 움직여가는 거"라는 생각을 확고하게 가지고 있으며 그런 인간 이해, 현실 이해에 근거하여 그 자신 '잇속'에 따라 살아온 철저한 현실주의자이다. 그가 아내의 전 남편인 이즈미 다쯔오의 아들 게이조오에게 "경삼씨의 숙모와 동생 두 분을 소생이 맡은 지 어언 30년이 된 이 마당"(『출렁이는 유령들』 1권, 98쪽) 운운의 편지를 쓰고, 그 30년 세월에 대해 "혹종의 보상을 받아야 하겠다."(『출렁이는 유령들』 1권, 182쪽)라고 말하고, "실은 잘 아시겠지만 일본에 붙어먹고 있는 현실이 오늘의 우리 한국 현실이어서 저도 이런 식으로 애기를 꺼내는 겁니다"(『출렁이는 유령들』 1권, 182쪽)라고 뻔뻔하게 말할 수 있는 것은 그가 철저한 현실주의자이기 때문이다.

『출렁이는 유령들』에 등장하는 박훈석 류의 현실주의자 가운데 뚜렷한 또 한 사람은 나가노이다. 야마나까 무역상사의 한국지사장, 일본 우익의 '발상법'(『출렁이는 유령들』 2, 90쪽)을 가진 사람, 그럼에도 북한의 '에이전트'로 암약하는, 정체성이 모호한 인물인데 그 모호한 모순덩어리 인물의 핵심은 '눈앞의 잇속'을 따라 움직이는 것이다.

나가노라는 그 사람은 자기 나름의 주견이나 신념으로 그런 일에 종사

하는 건 아니다. 하다못해 일본 공산당의 세례를 받은 일도 없고 추호나
마 그 노선에 동조하는 사람도 아니다. 너하고 얘기할 때의 그 사람의
발상법이야말로 그 사람의 진면목 바로 그것이다. 그러나 그럼에도 그
사람이 그런 일에 종사하는 것은 요컨대 눈앞의 잇속이다. 무슨 말인지
알겠느냐. 그 사람 나름의 돈벌이라는 거다.

— 『출렁이는 유령들』 2권, 103쪽.

마찬가지로 현실주의자인 이즈미 다쯔오의 진단이다. 이즈미는 나가노를 두고 "돈의 논리로만 사는 사람들은 돈과 상관되는 신의는 목숨을 걸고라도 지키는 자들이거든."(『출렁이는 유령들』 2권, 103쪽)이라고도 말하는데, 그의 말대로라면 나가노가 잇속에 철저한 정도는 거의 절대적이라고 할 만하다.

이처럼 절대적이라 할 정도로 철저하니 이들 현실주의자들은 뻔뻔할 정도로 솔직하다. 박훈석의 말대로 그들은 '염치'를 돌아보지 않는다. 염치를 돌아보지 않으니 도덕, 이념 등 통상 사람의 사고와 행위를 규율하는 추상 관념은 그들과 무관하다. 남북 문제, 한일 관계도 마찬가지이다.

북쪽에서 남으로 나온 사람이 이 남한 천지에는 굉장히 많습니다. 각
계각층을 막론하고 말입니다. 그 사람들이 살아있는 한은 오늘의 남북
관계가 바꾸어지기는 힘들거라는 얘기지요. 남북 문제가 직접 살갗에 닿
지 않는 당신 같은 사람의 수준으로는 결판이 나기가 힘들어요. 그리고
이러한 남북 관계는 바로 오늘의 한일 관계로 이어지는 겁니다.

— 『출렁이는 유령들』 1권, 219쪽.

작품 해설 '역려(逆旅)'의 정신, 성찰의 서사 247

모두가, 모든 것이 '잇속'을 따르고 '잇속'에 따라 결정된다는 것이다. 그렇다면, 남북 문제에 있어서 무엇보다 앞서는 것으로 흔히 강조되는 민족, 민족공동체 등의 관념, 한일 관계에 있어서 흔히 강조되는 민족 자존심, 극일 등의 관념은 무엇인가? 이들 철저한 현실주의자의 생각에 따르면 그것은 부차적인 것이거나 의미 없는 것에 지나지 않는다. 유일한 준거는 '잇속'이기 때문이다.

잇속파들의 이 같은 현실주의가 남북 관계, 한일 관계에 깊이 개입돼 있는 현실을 직시하고 정확하게 읽어내는 일이 중요하다는 것은 새삼 말할 필요도 없는 것이니, 이 작품의 현실 인식은 대단히 중요한 의미를 갖는다. 도덕적 정당성, 이념적 정당성을 앞세워 객관 현실에서 벗어난 추상 관념을 강조하는 관념론적 당위론을 비판할 수 있는 힘이 여기 깃들어 있다.

5. 가족 서사로서의 『출렁이는 유령들』

『출렁이는 유령들』은 조씨와 두 자식의 기구한 인생 역정을 중심에 놓은 가족 서사로 볼 수도 있다. 조씨는, 함경남도 안변 "인근에서는 누구나 알아주는 뿌리 깊은 명문 집안"(『출렁이는 유령들』 1권, 58쪽)의 귀한 딸로 태어났지만 독립운동 때문에 집안이 쑥대밭이 되는 바람에 일본인 이즈미 다쯔오의 첩이 되었고, 해방 후 귀국하는 일본인 가족과 헤어져 두 남매와 함께 혼란의 해방 직후 가파른 현실을 견뎌야 했으며, 박훈석과 재혼하여 새 가정을 꾸리고 두 남매 밑으로 아들 하나 딸 둘을 더 낳았으며, 사회주의 체제가 들어서기 시작한 북한에서는 공산당원으로서 여맹위원장을 지냈고 월남 후에는 남편과 함께 고생하며 안정된 가정을 지키고 일구어왔다.

기구한 인생 여로라 할 것인데, 작가의 관심은 그녀의 내면에 있지 않았던 듯 그 곡절다기의 여로를 걷는 그녀의 생각, 느낌 등은 거의 만날 수 없다. 그 대신 일본인 이즈미와의 사이에서 얻은 큰아들 성갑(옛날 이름 게이스케 그러니까 敬介)의 '느낌'이 그들 세 모자녀의 여로를 요약하고 있다.

> 근 삼십 년 동안에 어느새 부지불식간에 버릇이 되어 있었지만 성갑에게 있어서는 8·15 해방은 곧 새골집 큰아들의 죽음으로만 단순화되어 있었던 것이다. 그 밖에는 모든 일이 그대로 쑥스러운 느낌 그것이었다. 외갓집과의 일, 온 식구가 과수원 속에 갇혀 있다가 얼마 후에 시내 수용소로 집단 수용되게 되어 어머니와 성갑이 자기만 동네에 남고 서로 헤어지던 일, 그때 동네 아낙네들이 둘러서서 먼발치서 구경을 하던 일, 그러나 다시 얼마 있다가 할머니랑 아버지 다쯔오랑 돌아와서 이듬해 봄까지 같이 지내던 일, (중략) 어머니의 박훈석과의 재혼, 외갓집과의 관계, 그리고 1·4 후퇴 때의 월남……
> ―『출렁이는 유령들』1권, 196~197쪽.

'느낌'으로 인물의 생각, 처지, 다른 인물들과의 관계 등을 드러내는 이호철식 방법론을 잘 보여주는 예이다. 그에게 '어느새 부지불식간에 버릇'이 돼버린 그 '쑥스러움'의 느낌이야말로 그와 어머니 조씨 그리고 누이동생 경자 세 가족이 걸어온 인생 여로의 험난함, 일본 남성과 한국

여성(그것도 첩) 사이에서 태어난 혼혈이라는 고약한 정체성 등을 그 어떤 논리적 설명보다도 더 뚜렷이 드러내 보인다.

한편 『출렁이는 유령들』은 해방 직후 한국 땅에 살았던 패전국민 일본인들의 현실을 사실적으로 증언한 소설로서 우리 문학사에 기록될 만하다. 해방 직후 이 땅에 살고 있던 일본인들의 비참한 현실을 담고 있는 소설 가운데 대표적인 것은 허준의 『잔등(殘燈)』인데, 그 옆자리에 『출렁이는 유령들』을 놓을 수 있다. 패전국민 일본인들의 비참한 현실을 중요 내용의 하나로 담고 있는 『잔등(殘燈)』의 한복판에는 "꺼질 듯 꺼지지 않는" '잔등'이 환하게 타오르고 있는데 무한포용의 보살심을 상징하는 이미지이다. 허준은 이 '잔등' 이미지로써 증오와 적대의 기운으로 가득 차 시뻘겋게 충혈되었던 해방공간의 한국사회와 한국인들을 향해 원수조차 감싸 안는 마음을 강조했던 것이다.

허준의 그 '마음'은 추상적 관념이라는 점에서 해방공간에 생산된 문학 작품 어디를 들추든 만날 수 있는 '이념'들과 동질태다. 그 '마음'과 '이념'들은 이러해야 함이 마땅하다는 당위의 주장을 실어 나르는 구호로서의 주관적 관념들이다. 마찬가지로 해방 직후 재조선 일본인들의 비참한 상황을 그리고 있지만 그 같은 주관적 관념과 무관하다는 점에서 『출렁이는 유령들』은 크게 다르다. 『출렁이는 유령들』의 개성은 이 점에서도 뚜렷하다.

| 후기 |

다시 작가의 몇 마디 말

 금년은 일본이 우리나라를 강권으로 병탐했던 해로부터 꼭 백 년을 맞는 해이다.
 그 지난 백 년을 거슬러 돌아보며 이 땅에 태어난 우리 모두 어찌 나름대로의 감회가 없을 것인가.
 2010년 오늘에 들어선 마당에서의 양국 관계나 온 세계를 통틀어 본 국제적 위상에서나, 가위 우리나라는 이제 일본이라는 나라를 뒤따르고 있는 형편이 아니라, 몇 발짝 더 앞서 가고 있다고 할 정도로 국격이 높아지고 있다.
 그리하여 바로 지난해 말 12월 26일에는 현재 일본의 대표적 한반도 전문가로 알려져 있는 한 교수가 도쿄 시내 프레스센터에서 열렸던 일본 내 한반도 전문가들의 세미나 자리에서 ≪현재 보는 한국의 놀랄만한 발전의 동력은 바로 사대주의였다.≫고 이색적인 주장을 펼치기도 했었다. 그이는 그렇게 ≪이때까지 일본 학자들이 한국을 경멸할 때 항용 써 왔던 용어가 바로 사대주의였다.≫고 전제하면서, ≪그러나 그 사대주의를 요즘 흔히 쓰는 용어로 바꾸어 보면 바로 '글로벌 스탠더드'를 열심히 따라가려는 국가 전략이라고 보아야 한다.≫고 잘라 말하였다. 그는 잇대어서 ≪저 옛날의 '글로벌 스탠더드'는 중국이었는데, 18세기 이후는 동북아시아에서 중국은 이미 그런 자리를 잃어가고 있었음에도 그냥저냥 중국 '스탠더드'만을 고집하면서 끝내는 일본에 병탐되는 비극을 맞이하기도 했지만, 꼭 그로부터 백 년이 지난 작금에 와서는 새로운 글로벌 시스템과 함께 가는데 성공하고 있다.≫라고 하고 있다.

그이는 그 구체적인 사례까지 들어가면서 ≪현재 한국 통신업체들은 일찍부터 세계 표준을 선택해 세계로 진출하는데 성공했지만, 일본의 NIT는 그냥저냥 일본 표준에만 집착하면서 국내에 고립되어 버렸고, 인천공항은 '글로벌 스탠더드'에 맞는 공항으로 올라섰지만, 나리타공항은 국내 공항으로 전락해 버렸다.≫라고 하면서 ≪요즘 일본의 지식인들 사이에서는 "한국은 저렇게 매사에 다이내믹한데 왜 일본은 정체되어 있는가" 혹은 "한국의 젊은이들은 세계로 세계로 나아가는데 일본 젊은이들은 왜 국내에만 틀어 박혀 있는가" 같은 말을 많이 하고 있다.≫라고 하였다.

어떤가. 놀랍지 않은가.

실은, 세상 흘러가는 진면목이 바로 이런 것이었음을 새삼 절감하지 않을 수 없다. 이때까지는 어떤 자리에서나 폄하되어야 할 개념으로만 정착되어 있던 사대주의라는 것이 별안간에 '글로벌 스탠더드'라는 영광과 상찬의 뜻으로 우리 가슴에 압도되어 오질 않는가.

이렇듯 사대주의에 대한 새롭고도 신선한 해석을 접하면서 본 저자도 새삼스럽게 와락 놀라지 않을 수 없었고, 그리하여 이때까지 30여 년 동안 거의 버린 자식 취급하듯이 어느 구석에 그냥 처박아둔 채 그간의 선집이나 전집이라는 것에도 일체 끼이지 못했던 1978년에 상재되었던

『逆旅』라는 장편소설을 깊은 광 속에서 되끄집어 내어 읽어본즉, 이게 웬일인가. 완전히 남의 소설 읽듯이 읽게 되며 나름대로 재미있고 신선하게 읽히지가 않는가. 도대체 어느 구석에 박혀 있다가 이제야 내 앞에 다시 나타났노! 싶었던 것이다.

바로 이렇게 소설 작품이라는 것도 세월 따라 시간 따라 그것대로의 운명, 팔자라는 것이 있는가보구나, 하는 걸 새삼 절감했었다.

그리곤 그간에 이 작품을 그냥 깊은 광 속에 처박아 두기만 했던 것이 이 이상 미안해질 수가 없다. 뿐 아니라 이 작품을 쓰던 저 1970년대 초 무렵의 그런저런 일까지 하나하나 되떠올리며 나름대로의 감회에 젖어들기도 했다. 그러니까 이 작품은 그 옛날에 이 책을 첫 출간할 때의 후기에서도 언급 했듯이 그 당시 고 이문구 형이 어렵게 창간했던『한국문학』잡지에 3회인가 연재하다가, 1974년 봄 본의 아니게 서울 구치소에 갇히게 되어 중단했었는데, 풀려 나온 뒤 다시 잇대어 2년 동안 연재했던 작품이었다.

하여, 이 작품의 기본 내용은 바로 그 때로부터 다시 30여 년이 지나고, 더구나 어거지로 강제 병탐되던 그 해로부터는 꼭 백 년이 지난 이 마당에 와 본즉, 이 소설 안에서 다루고 있는 1970년대의 한일 관계에 북한까지 끼어들어 있는 삼각관계의 소설화, 형상화가 이 작품 말고는 찾아보기 어렵겠다는 점에서도 이 작품의 우리 문학사史적인 뜻도 만만치 않겠다고 스스로 자부하고 싶어지기도 한다.

더구나 동계 올림픽에서도 우리나라가 5위에 오른데 비해서 일본은 금메달 하나도 못 딴 채 19위엔가 한데서도 보이듯이, 지난 30년 동안에 우리나라가 그 밖의 여러 국면에서도 작금에 일본을 앞질러 나가고 있는 것을 겪으면서 감개무량한 바가 없지도 않는데, 바로 이 작품은 그런 면에서 우리 두 나라 간의 지난 30년 간을 총체적으로 돌아보자고 들 때도 매우 시의성이 있어 보인다.

그러니까 이 작품 『출렁이는 유령들』은 바로 백 년 전, 1910년부터 1945년까지의 지난 36년 간의 일제 식민지였던 시기를 〈어제〉로, 그리고 그 뒤 2010년 오늘까지의 남북으로 분단된 65년 간을 〈오늘〉로 잡으면서, 당장은 언제가 될는지는 모르겠지만, 한 발 한 발 우리 앞으로 다가오고 있는 〈통일〉, 〈남북통일〉이라는 우리나라의 밝은 역사를 〈내일〉로 잡아본 것이다.

어떤가. 바로 이런 관점으로 지난 30여 년 전, 1970년대 초 무렵의 우리 남북 관계를 포함한 한일 관계를 본 저자 나름대로 다루어 본 것이, 바로 이 장편소설이다.

그러니 꼭 한번들 읽어 보기를 권하고 싶다.

2010년 10월
불광동 寓居에서 저자 씀.

| 초판 후기 |

　이 소설 <逆旅>는 나로서 그런대로 感懷가 있는 작품이다. 「韓國文學」誌에 3回인가 쓰고 금방 1974년 봄, 본의 아니게 獄苦를 치르게 되어 한동안 中斷했다가 풀려나온 후 다시 뒤를 잇대어서 2년가량 연재를 했던 작품인 것이다.
　1964년 韓日妥結 이후, 대강 1970년쯤의 視點에서 韓日 문제를 우리 南北 문제와 오우버랩 시키면서 總體的으로 한번 다루어 보겠다는 생각이 이 작품의 意圖였다. 다시 말하면 韓半島와 南北 문제와, 가장 가까운 이웃나라이면서 동시에 舊植民關係이었던 日本이라는 나라가 지금 걸려 있는 관계를 總體的으로 속속들이 파헤쳐 보자는 것이었다. 생각하기에 따라서는 나의 분수를 넘는 지나친 野心이었으나 나는 또 나대로 20세기의 오늘을 사는 韓國 작가치고 이 主題는 누가 다루던 한번은 다루어야 하지 않을까 하는 것이 평소의 생각이었던 것이다.
　이런 식으로 써낸 작품이어서 나의 여느 長篇小說인 경우, 대개는 크건 작건, 人物로건 事件이건, 어느 정도의 모델이 있는게 常例였는데 이 작품만은 例外이다. 완전히 虛構요, 완전히 想像의 산물이다.
　그러나 내가 獄苦를 치른 계기가 1973년 초겨울 일본에 약 보름동

255

안 갔던 일로서였는데, 그때 본 일본 나라의 그런저런 분위기는 나대로 이 소설을 쓰는데 거의 결정적인 參考가 되었다는 사실은 약간 아이러니가 아닐 수 없다.

  한 마디로 말한다면 이 소설은, 지난날 植民地 時代에 우리나라에 나와 있던 日本人이 오늘 이 시각, 일본 땅에서 우리 韓半島에 대해 어떤 생각을 갖고 있으며, 그런 생각이 정작 韓國 現地에 왔을 때 어떤 樣態로 부딪치게 되는가 하는 점을 몇가지 패턴으로 다루어 본 것이다. 아울러 이들을 대하는 現地 韓國人의 反應도 몇가지로 나누어 다루어 보았다.

1978년 2월 1일

이호철